AF301867

Saskia Louis kam 1993 mit einer Menge Fantasie zur Welt, die sie seit der vierten Klasse nutzt, um Geschichten zu schreiben. Zusammen mit ihren zwei älteren Brüdern wuchs sie in der Kleinstadt Hattingen auf und über die Jahre hat sie ihr Zuhause in unterhaltsamer Frauenliteratur und Fantasy gefunden.

Heute wohnt sie in Köln, schreibt Songs und wünscht sich, dass Menschen mehr singen als schimpfen würden. Ihr größter Traum ist es, den Soundtrack zur Verfilmung eines ihrer Bücher zu schreiben.

SASKIA LOUIS

Mordsmäßig verkatert

LOUISA MANUS
FÜNFTER FALL

Erstausgabe Oktober 2021

© 2021 dp Verlag, ein Imprint der dp DIGITAL PUBLISHERS
GmbH

Made in Stuttgart with ♥
Alle Rechte vorbehalten

Mordsmäßig verkatert

ISBN 9783986373986
E-Book-ISBN 978-3-96087-673-1

Covergestaltung: ARTC.ore Design
Umschlaggestaltung: ARTC.ore Design
Unter Verwendung von Abbildungen von
© Dchauy/shutterstock.com
Lektorat: Janina Klinck
Satz: dp DIGITAL PUBLISHERS GmbH
Druck und Bindung: Books on Demand GmbH, Norderstedt

Für Eva, meine Zwillingsschwester im Herzen.

Unsere Detektivagentur war legendär!

Kapitel 1

Es gab schreckliche Dinge auf der Welt.

Krieg. Die Pest. Donald Trumps Frisur. Atombomben. Analog-Käse.

Eines furchtbarer als das andere. Doch hätte man mich an diesem Morgen gefragt, was sofort abgeschafft werden sollte, hätte ich *Sonnenlicht* geantwortet. Ich war nicht stolz darauf, aber es war die Wahrheit.

„Scheiße", stöhnte ich und hielt mir die Hände vors Gesicht, um die lästigen Strahlen davon abzuhalten, mir die Augen aus dem Kopf zu brennen. Meine Schläfen schmerzten, als hätte eine Horde Sumoringer die ganze Nacht darauf Steppen geübt.

Ich rollte nach links, um meinen Kopf im Kissen zu vergraben, und stieß gegen etwas Warmes, Knittriges. Stirnrunzelnd tastete ich danach. Es fühlte sich nach einem riesigen, labbrigen Laib Toast an. Unter großer Anstrengung öffnete ich ein Auge. Erneut blendete mich das Licht und ein Schwall Übelkeit schwappte gegen meine Magenwände. Ich schluckte und musste würgen, weil mein Mund sich anfühlte, als habe es sich eine besonders haarige Katze dort drin gemütlich gemacht. Eine Katze, die lange nicht gewaschen worden war. Gott, war das ekelig.

Mein Gesicht vom Licht abschirmend, öffnete ich auch das andere Auge, um die Teigware neben mir näher betrachten zu können. Interessant. Das Toastbrot war pink und hatte Trudis Gesicht. Ich blinzelte

mehrmals, bis die Konturen meiner 72-jährigen Angestellten aufhörten, Wellen zu schlagen. Waren ihre
Haare schon gestern so rosarot gewesen?

Ich wusste es nicht mehr. Wenn ich raten müsste,
hätte ich jedoch Nein getippt.

Moment, welcher Tag war heute? Sonntag, oder
nicht? Das hieß, gestern war … richtig, Emilys Junggesellinnenabschied gewesen. Langsam kam die Erinnerung zurück. Wir waren in diese schäbige Bar gegangen, mit dem noch schäbigeren Namen und den
schäbigen Möbeln und dem schäbigen Barkeeper und
dann …

Ich schloss die Augen, denn mein Magen gab mir zu
verstehen, dass er Licht noch immer scheiße fand.

Dann … dann hatten wir irgendetwas anderes getan.
Mit Alkohol.

Mist, ich hatte keinen Schimmer mehr, mein Gedächtnis war wie ausgelöscht. Ich hatte ein komplettes
Blackout. Wie viel zum Teufel hatte ich getrunken? Ich
hatte es bei einem Glas Wein belassen wollen, doch
dann waren wir bei diesem Burlesque-Tanzkurs gewesen, den Emily schon immer unbedingt hatte besuchen
wollen. Trudi hatte begeistert mitgemacht, ein Klei-
dungsstück nach dem anderen ausgezogen – und sich
nicht die Kante zu geben, war auf einmal keine Option
mehr gewesen.

Es musste ein aufregender Abend gewesen sein.

Ich war irgendwie froh, ihn vergessen zu haben. Aus
Erfahrung wusste ich, dass ich betrunken äußerst peinlich werden konnte.

Mit der Zungenspitze befeuchtete ich meine Lippen
und bemerkte mit einem Mal, wie furchtbar trocken

mein Mund war. Die Katze war verschwunden und hatte die Sahara zurückgelassen. Ich brauchte Wasser. Und einen neuen Kopf.

Seufzend rollte ich mich zurück auf den Rücken und strampelte die Decke von meinen Beinen. Der nächste Versuch, die Augen zu öffnen, verlief besser. Die Übelkeit turnte zwar noch immer in meinem Magen, wurde aber langsam müde. Wenigstens war ich bekleidet. Ich sollte mich auf die positiven Dinge konzentrieren.

„Scheiße", wiederholte ich krächzend und schwang die Beine von der Matratze. Ein lautes Uff-Geräusch erklang, als meine Füße auf etwas Weiches trafen.

„Hör auf, mich zu treten", murmelte eine griesgrämige Stimme.

Ich verzog das Gesicht und beugte mich vor. Emmi lag auf meinem Bettvorleger. „Hör auf, auf meinem Boden zu liegen", gab ich zurück.

Meine Schwester sah zugegebenermaßen etwas schwach aus ... aber ihre Hand heben und mir den Mittelfinger zeigen, das konnte sie noch. „Du hast mich aus dem Bett geschmissen, weil deine Hüften zu gebärfreudig sind", erklärte sie, zog das Handtuch, das sie als Decke missbrauchte, höher ihre Schultern hinauf, drehte sich von mir weg und schlief weiter.

Ich rieb mir mit der Hand über die Stirn und atmete mehrmals tief ein, bevor ich mich dazu imstande fühlte, aufzustehen.

Wasser. Ich brauchte Wasser. Umständlich stieg ich über Emmi hinweg und stolperte in den Flur. Eine pinke Spur aus Glitzer führte in mein Wohnzimmer mit Einbauküche, und wie angewurzelt blieb ich ihm Türrahmen stehen.

Die Küche war ein einziges Schlachtfeld. So schlimm hatte es hier nicht mehr ausgesehen, seitdem ich Twinky, meinem verhaltensgestörten Kater, zu viel Kaffee gegeben hatte und er die Wände hochgegangen war. Er mochte sich zwar für einen Hund halten, aber seine Krallen waren noch immer die einer Katze.

Die Arbeitsfläche war mit Mehl und Schokoflocken gepflastert, so als habe eine betrunkene Meute Kinder versucht, etwas zu backen. Bierflaschen stapelten sich auf dem Herd, vier abgebrannte Wunderkerzen thronten in einem zerpflückten Salatkopf mit Sonnenbrille, und weiße Pillen – von denen ich sehr hoffte, dass sie Tic Tacs waren – lagen verstreut auf dem Boden vor mir. Kopfschüttelnd wandte ich mich um, um auch den Rest des Raumes zu bewundern. Zwei meiner Zimmerpflanzen lagen umgestoßen vor der Fensterbank, drei Handtaschen auf meiner Anrichte und eine bleiche Schaufensterpuppe auf meinem Sofa.

Wo hatten wir die denn her? Waren wir bei H & M eingebrochen? Ich würde es mir zutrauen, ich war sehr wütend auf das Geschäft, weil mir dessen Hosen nie passten!

Schnaubend tapste ich über die Hoffentlich-Tic-Tacs hinweg und verteilte den an meinen Fußsohlen klebenden Glitzer weiter in meiner Küche. Ich griff nach einem Glas und füllte es mit Wasser, bevor ich es gierig hinunterstürzte und gleich noch einmal unter den Hahn hielt.

Twinky strich um meine Knöchel und schnurrte auffordernd. Er hatte heute Morgen noch kein Futter bekommen und offensichtlich Angst, dass ich ihn vergessen hatte.

„Du kriegst gleich was", murmelte ich müde lächelnd und hockte mich hin, um ihn zu streicheln.

Zufrieden rieb er seinen Kopf an meinem Schienenbein ... und hinterließ dabei eine klebrige Spur auf meiner Haut.

Ich verzog das Gesicht. „Twinky, hast du dich am Bier vergriffen?", wollte ich wissen und sah an mir hinunter. Doch es war kein Bier, das an meinem Bein haftete. Dafür war es zu dickflüssig ... und zu rot. Stirnrunzelnd beugte ich mich weiter vor und nahm vorsichtig Twinkys Gesicht in meine Hände. „Was hast du da, Twinky?", fragte ich leise und betrachtete seine rot getünchten Schnurrhaare, seine rosa Schnauze ...

Erschrocken richtete ich mich auf. Ich war in meinem Leben oft genug hingefallen, um Blut zu erkennen, wenn ich es sah.

„Scheiße", wisperte ich und ein beklemmendes Gefühl setzte sich in meiner Brust fest, drückte auf Zwerchfell und Lunge. „Wo hast du das her Twinky? Wo ..." Mein Blick schweifte über seinen Kopf hinweg, den Boden entlang, bis zu meiner Couch ... neben der sich eine spiegelglatte, rote Blutlache gebildet hatte. Mit trockenem Hals, aufgerissenen Augen und heftig klopfendem Herzen starrte ich die Schaufensterpuppe auf dem Sofapolster an, das gestern noch nicht im Batiklook rot eingefärbt gewesen war.

Die Puppe lag auf dem Rücken. Ihr einer Arm hing über den Rand des Sofas und berührte mit den Fingerspitzen die rote Lache. Der andere war an die Seite ihres Körpers gepresst. Sie hatte lange rote Haare, die ihr Gesicht noch bleicher aussehen ließen, trug ein weißes

Sommerkleid und bei näherem Hinsehen ... ragte ein Küchenmesser aus ihrer Brust.

Mein Küchenmesser.

„Nein", hauchte ich und schlug schockiert die Hand vor den Mund. Das konnte nicht sein!

Neue Übelkeit wallte in mir auf, während ich das ausdruckslose Gesicht der fremden Frau betrachtete. Das Blut floss aus meinem Kopf, meine Hände fingen an zu zittern und jeder Atemzug brannte auf einmal in meiner Lunge. Keuchend beugte ich mich nach vorn und stützte mich mit den Händen auf meinen Oberschenkeln ab.

Das konnte doch nicht ... warum sollte ... was zum ...?!

„Meine Güte, ich hab nicht mehr so viel gesoffen, seit mein Günter unter die Erde gelassen wurde. Gott hab ihn selig – und Tequila."

Trudi wehte durch die Tür. Ihre pinken Haare strahlten mit ihrem Lächeln um die Wette und sie sah nicht aus, als habe sie gestern getrunken. Sie sah aus, als habe sie gestern den schönsten Kindergeburtstag ihres Lebens gefeiert.

Ich sah sie an, blickte zur Leiche, sah zurück zu Trudi – wandte mich um und übergab mich in mein Waschbecken.

„Du hättest mir auch sagen können, dass dir das Pink nicht gefällt", murrte die alte Dame pikiert. „Ich finde, ich sehe fesch aus. Wie diese Sängerin, diese April Lawine in jungen Jahren. Die, die mit diesem Skater-Jungen abgehauen ist."

„Avril Lavigne", korrigierte ich sie mechanisch, spuckte aus, gurgelte mit Wasser ... und vermied es, mich wieder umzudrehen. Vielleicht hatte ich mir die

Leiche nur eingebildet. Vielleicht hatte mir jemand Drogen untergemischt und ich halluzinierte. Vielleicht musste ich nur kurz die Augen schließen und tief durchatmen. Wenn ich sie wieder öffnete, wäre die Tote vielleicht doch nur aus Plastik.

„Sag ich doch. April Lawine", bestätigte Trudi. „Weißt du, mir geht es gut, aber ich fühle mich schon sehr merkwürdig, ich ..."

„Trudi", unterbrach ich sie heiser. „Liegt ..." Ich räusperte mich. „Liegt sie immer noch da?"

„Woher soll ich wissen, wo April liegt?"

„Die meine ich nicht. Ich spreche von der ... von der Leiche", stellte ich mit zitternder Stimme klar, die Augen fest zusammengekniffen.

„Eine Leiche?", fragte Trudi begeistert. „Wo?"

„Auf meiner Couch."

Einige Momente lang hörte ich nur das Blut in meinen Ohren rauschen, dann murmelte Trudi: „Na, da erschieß mich doch ein Pferd, da liegt tatsächlich jemand!"

Ich vernahm Schritte und wirbelte alarmiert herum. Wie erwartet, hatte die alte Dame neugierig ein paar Schritte nach vorn gemacht, um sich über den toten Körper zu beugen.

„Nein, Trudi! Fass sie nicht an. Das hier ist ein Tatort, wir ... wir dürfen nichts berühren."

„Tatort, papperlapapp", sagte Trudi schnaubend, trat jedoch von der Leiche zurück. „Das hier ist dein Wohnzimmer, nicht *CSI: Miami*."

Ja, genau das war es, was mich beunruhigte.

„Sie sieht nicht echt aus", bemerkte sie noch immer skeptisch und kniff die Augen zusammen. „Ich sollte sie einmal anfassen, nur um sicherzugehen."

„Das ist keine gute Idee."

„Aber vielleicht ist es eine Wachsfigur, Louisa. Dann würden wir die Polizei vollkommen umsonst anrufen."

„Warum sollte eine blutende Wachsfigur bei mir auf der Couch liegen, Trudi?"

„Warum eine Leiche?"

Guter Punkt. „Fuck", fluchte ich, fuhr mir mit den Händen in die Haare und konzentrierte mich auf meine Atmung. Es war schwieriger als sonst, genug Sauerstoff in meinen Körper zu pumpen. Möglicherweise weil Panik meine Luftröhre verengte. „Fuck, Scheiße, Fuck. Ich weiß noch nicht einmal, wer sie ist! Ich meine: Kennst du sie, Trudi?" Hilfesuchend wandte ich mich an die pinkhaarige Frau.

Nachdenklich rümpfte Trudi die Nase. „Ich glaube nicht. Aber meine Augen sind auch nicht mehr die Besten. Wenn du mich etwas nach vorn gehen lassen würdest, um …"

„Nein!", sagte ich scharf und hob warnend einen Zeigefinger. Ich hatte jetzt keine Zeit dafür, Trudis irrationalen Wunsch, eine Tote zu berühren, zu berücksichtigen. „Trudi, eine tote Frau macht es sich auf meiner Couch gemütlich. Falls du es noch nicht wusstest: Das ist *nicht* gut!"

Betreten wiegte die alte Dame ihren Kopf von der einen Seite zur anderen. „Es hätte schlimmer kommen können", versuchte sie mich zu beschwichtigen und tätschelte meinen Arm.

Ungläubig sah ich sie an, während ich mir mit dem Handrücken über den Mund wischte. „Ach ja? Wie?"

„Nun … deine Couch hätte ein teures Designerstück sein können."

Ich lachte trocken auf. Gegen die Logik konnte ich nicht argumentieren.

Die Tür zum Wohnzimmer ging erneut auf und heraus trat eine sehr zerknautscht aussehende Emily. „Hey, Loubalou, wusstest du, dass ein Goldfisch in deiner Badewanne lebt?"

Die Lippen zusammengepresst schüttelte ich steif den Kopf.

Irritiert sah meine Schwester erst in mein entsetztes und dann in Trudis unsicheres Gesicht. „Wer ist denn hier gestorben?", wollte sie wissen.

Ich streckte zitternd den Arm aus und deutete auf die tote Rothaarige. „Sie dort."

„Ist nicht wahr." Mit offenem Mund und aufgerissenen Augen starrte Emily zu der Leiche. Einige Momente lang schien sie sprachlos – und wäre die Frau auf dem Sofa nicht tot gewesen, hätte ich ihr für diese Leistung gratuliert – schließlich flüsterte sie ehrfürchtig: „Aber … aber die ist doch nicht echt, oder?" Ihr Blick wanderte panisch zu mir. „Ich meine, sie sieht aus wie eine Wachsfigur."

„Mein Reden", unterstützte Trudi sie. „Ich war in Berlin in dieser Wachsfigurenausstellung und die sahen alle genauso aus wie die Frau auf dem Sofa."

Ich schüttelte nur immer wieder den Kopf. „Glaubt mir einfach. Ich habe in meinem Leben schon genug Leichen gesehen, um … nein, Twinky! Aus! Aus!" Mein Kater war mitten in die Blutlache spaziert und hatte angefangen, die Flüssigkeit vom Boden aufzulecken. „Du kannst dich nicht für einen Hund und eine Mücke gleichzeitig halten, Twinky“, fuhr ich meinen Kater an, der schuldbewusst innehielt.

„Ich glaube, Lou rastet aus“, murmelte Emmi laut hörbar aus ihren Mundwinkeln heraus.

„Eine Frau wurde in meinem Wohnzimmer ermordet“, herrschte ich sie an. „Natürlich raste ich aus!“

„Das weißt du doch gar nicht. Vielleicht wurde sie draußen umgebracht und dann erst hier hochgeschleppt.“ Sie sah zur Tür. „Fragt sich nur, wie der Mörder sie durch die verschlossene Tür bekommen hat.“

Das war gerade tatsächlich meine geringste Sorge. „Kennst du sie, Emmi?“, fragte ich fahrig. „Weißt du, wer sie ist?“

„Keinen Schimmer. Aber sie hat einen hübschen Nasenring. Frag mich, wo sie den hat machen lassen. Ich hatte nämlich überlegt –“

„Emmi, konzentrier dich!“

Sie verdrehte die Augen. „Ja, sorry! Ich bin schockiert, wirklich. Aber ehrlich gesagt ist der ganze gestrige Abend etwas nebelig, und mein Körper fühlt sich noch immer taub an. Ich erinnere mich nur noch an den Burlesque-Kurs und das *Dreieck*.“

Richtig, das war der Name der Bar gewesen. „Trudi? Was ist mit dir? Was weißt du noch?“

„Wir waren nach dem Tanzen noch in irgendeiner komischen Bar?“, fragte die alte Dame verwirrt.

Zischend stieß ich die Luft aus und legte den Kopf in den Nacken, bevor ich mit den Händen meine Taschen abtastete. Wo war mein Handy?

Ich zwang meinen Blick nach unten, blickte mich in der Küche um, konnte das Mistding jedoch nirgendwo finden.

„Emmi, gib mir dein Telefon."

„Wen rufst du an?", fragte sie unsicher, reichte mir jedoch ihr Handy.

„Was glaubst du denn?", erwiderte ich schnaubend, suchte in ihren Kontakten nach dem R und betätigte den grünen Hörer. Ich hatte schließlich so etwas wie eine Tradition, wenn ich Leichen oder Körperteile fand.

Nach dem dritten Klingeln hob jemand ab. „Egal, wer du bist, ich hasse dich."

Ich runzelte die Stirn. Das war nicht Joshs Stimme.

„Finn?", fragte ich verwirrt. „Bist du das?"

„Natürlich bin ich das! Du hast mich angerufen."

„Du hast Finn unter Rispo eingespeichert?", fragte ich Emily verwirrt.

„Na, so heißt er doch."

„Mit Nachnamen!"

„Und? Ich hatte seinen Vornamen vergessen."

„Du willst ihn nächsten Samstag heiraten! Er ist dein Verlobter!"

„Ja, aber als ich ihn eingespeichert habe, war er das noch nicht."

„Egal", sagte ich kopfschüttelnd. Ich musste mich auf das Wesentliche konzentrieren. „Finn, bist du zufällig gerade bei Josh? Ist er in deiner Nähe?"

„Ja, ich bin bei ihm. Wir haben gestern Junggesellenab–"

„Ist mir egal", unterbrach ich ihn. „Gib mir Josh. Wo ist er?"

„Louisa, es ist elf Uhr an einem Sonntag!", quengelte Finn. „Jeder weiß, dass man nicht so früh anruft. Ich kann nicht klar denken."

Es war schon elf? Den Sonntagsbrunch bei meiner Mutter würden wir heute wohl verpassen.

„Finn", sagte ich scharf und meine Stimme zitterte wie ein Fähnchen im Wind. „Das ist kein Spaß, gib mir deinen Bruder."

„Ich glaube, der steht unter der Dusche, zumindest läuft das Wasser, aber ..."

„Hol ihn."

„Nein! Ich will ihn nicht nackt sehen", beschwerte Finn sich.

„Dann mach halt deine beschissenen Augen zu. Wir stecken in Schwierigkeiten und ich brauche Josh."

„Schön!", murrte er, dann knackte es in der Leitung und im nächsten Moment war es still. Vielleicht hatte Finn das Handy abgelegt.

„Sie ist sehr hübsch, oder?", sinnierte Trudi verträumt und starrte die Tote an. „Das Blutrot steht ihr. Passt zu den Haaren. Und ihr Körper ist sehr ästhetisch über deine Couch drapiert. Der Mörder muss eine künstlerische Ader haben. Wenn ich irgendwann getötet werden sollte, dann bitte von so jemandem."

Interessiert sah Emily sie an. „Du bist eher der Glas-Halbvoll-Typ, oder, Trudi?"

Ich ignorierte die beiden und konzentrierte mich wieder darauf, nicht zu hyperventilieren. Ich war nicht gut darin, Blut zu sehen, war in den letzten Jahren jedoch etwas abgehärtet worden. Ein abgetrennter Finger, ein Paketbote mit einer Stricknadel im Hals, ein

Vergiftungsopfer, ein zerfleischter Tierpfleger ... man lernte, sich zu kontrollieren.

„Was ist los, Lou?", drang eine dunkle Stimme durch den Hörer.

„Josh", quietschte ich panisch. „Josh, hier liegt eine tote Frau in meinem Wohnzimmer."

Stille.

„Das ist nicht witzig, Lou."

„Ich *weiß*, dass das nicht witzig ist", erwiderte ich, meine Stimme so hoch wie mein Puls. „Mir ist gerade auch überhaupt nicht zum Lachen zumute – genauso wenig wie der Rothaarigen auf meiner Couch, der ein Messer aus der Brust ragt!"

Einige Herzschläge lang konnte ich nur seinen Atem durch die Ohrmuschel hören, schließlich meinte er leise: „Weißt du, was ich mich frage, Lou? Warum rufst du mich nie an und sagst: Josh, ich habe heute eine vollkommen lebendige Frau im Zoo kennengelernt. Sie hatte noch alle ihre Finger, hat gestrickt und mir vom Eishockey erzählt und wird wohl noch über hundert Jahre alt. Die Sätze würde ich gerne mal hören! Nicht den ganzen anderen Scheiß."

Ich lachte hysterisch auf. „Das nächste Mal, wenn ich jemand Lebendigen sehe, werde ich dran denken. Aber jetzt ... jetzt brauche ich jemanden, der mir sagt, dass es keine gute Idee ist, ihn Ohnmacht zu fallen und darauf zu hoffen, dass die Frau weg ist, sobald ich wieder aufwache."

„Warte. Moment", sagte er fahrig. „Du machst wirklich keine Witze?"

„Nein!"

„Scheiße", fasste Rispo die Situation passend zusammen. „Was zum Teufel ist passiert, Lou?"

„Ich weiß es nicht!", rief ich aufgebracht und fuhr mit einer Hand in meine Haare. „Ich erinnere mich an nichts mehr. Irgendwer muss uns was untergemischt haben. Wir wissen alle nicht mehr, was wir gestern Nacht getan haben! Trudi und Emmi sind auch hier und haben keine Ahnung. Wir ... wir waren auf dem Junggesellinnenabschied und dann anscheinend hier und dann ..." Ich schluckte. „Dann lag da plötzlich eine Tote in meinem Wohnzimmer."

„Okay ... okay", murmelte Josh, und meiner inneren Ruhe half es überhaupt nicht, dass er sich dabei sehr nervös anhörte. Rispo wurde nicht nervös! Er war ein eiskalter Bulle. Er hatte sich immer unter Kontrolle. Wenn *er* schon durchdrehte ...

„Josh, was mach ich denn jetzt?", wisperte ich ängstlich. „Ich kenne die Frau nicht! Und das Blut ist in meine Couch gesickert und Twinky hat es, glaube ich, getrunken und ..."

„Beruhige dich."

„Ich *kann* mich nicht beruhigen!", fuhr ich ihn an. „Mein Kater ist womöglich ein Vampir und ich will Nutella, keine tote Frau zum Frühstück. Und offensichtlich habe ich auch noch einen Fisch in meiner Badewanne! Ich mag Fische nicht einmal. Sie sind dämlich."

„Ja, der Fisch ist tatsächlich beunruhigender als die Leiche in deinem Wohnzimmer."

„Josh!"

„Ich weiß. Okay." Er sog zischend Luft ein. „Lou, pass auf: Fass nichts mehr an, atme tief durch – und ruf die

Polizei. Es kommt besser, wenn du es bist, die die Tote meldet, und nicht ich."

„Warum das?"

Einige Momente lang war es still auf der anderen Leitung, dann murmelte er: „Weil es dich als primäre Mordverdächtige entlasten könnte."

„Primäre was?" Ich konnte nicht verhindern, dass meine Stimme unnatürlich laut wurde. „Nur weil es mein Messer ist, das aus ihrer Brust ragt, heißt das doch noch lange nicht, dass ich sie umgebracht habe! Ich kann kein Blut sehen. Wie dumm wäre es von mir, ihr ein Messer in die Brust zu rammen? Womöglich wäre ich über ihr kollabiert."

„Es ist ... *dein* Messer?", fragte Rispo zögerlich, seine Stimme ungewohnt hoch.

„Ja, aber ... warum klingst du so alarmiert?"

„Weil das nicht gut ist, Lou!"

Als ob mir das nicht klar wäre! „Erzähl mir etwas, das ich noch nicht weiß!", blaffte ich zurück.

Wieder atmete er tief durch. „Ruf die Polizei, Lou ... und sieh zu, dass Emily, Trudi und du gleich exakt dieselbe Geschichte zum Besten gebt. Und sag den beiden, dass heute nicht der Tag ist, an dem sie ihre Erlebnisse übertrieben darstellen oder hübsch ausschmücken sollten."

„Sie würden nie ..."

„Bestimmt steckt die Mafia dahinter", sagte Trudi leise an Emily gewandt. „Ihnen scheinen die Pferdeköpfe ausgegangen zu sein. Jetzt, wo ich darüber nachdenke: Ich meine, mich daran erinnern zu können, in der Bar gestern einen Haufen zwielichtige Anzugträger gesehen zu haben, die mir schäbige Blicke zugeworfen haben. Erst dachte ich, sie wären an meinem Körper interessiert. Jetzt, da ich wieder vergeben bin, reihen sich die wollüstigen Kerle bei mir vor der Tür. Aber mit der toten Frau und allem ..." Vielsagend hob sie die Augenbrauen.

Scheiße. Josh hatte recht.

„Ich kümmere mich darum", sagte ich und rang die kalte Panik nieder, die durch meine Adern kroch. „Bitte, komm einfach her."

„Bin unterwegs", sagte Josh und legte auf.

Kapitel 2

Die Polizei traf noch vor Rispo ein.

Ich vermutete, dass Josh absichtlich zu spät kam, damit es so aussah, als habe ich zuerst die Männer in Blau und dann ihn verständigt.

Innerhalb von wenigen Minuten war meine Wohnung zum Tatort erklärt worden. Rot-weißes Absperrband zierte meine offene Tür, zu der immer neue, in weißen Plastikanzügen verpackte Polizisten ein- und ausspazierten, die mich an dünne Michelin-Männchen erinnerten. Da die Polizei nicht auf ihre Sirene verzichtet hatte, lungerte mittlerweile die gesamte Nachbarschaft vorm Wohnungseingang herum, um zu sehen, was nun schon wieder bei der durchgeknallten Blumenladeninhaberin los war. Es war ein Wunder, dass meine Mutter noch nicht vorbeigekommen war, um mir Hausarrest dafür zu geben, unentschuldigt den Sonntagsbrunch verpasst zu haben. Ich konnte ihre schrille Stimme bereits hören: *Louisa Josephine Manu, eine Leiche in deinem Wohnzimmer? Denkst du nicht, dass du es allmählich mit den toten Menschen übertreibst? Du brauchst dringend ein zeitintensives Hobby. Wie wäre es mit Golf?*

Dabei war es nicht meine Schuld, dass ich so oft in Mordfälle stolperte! Meistens fanden die Toten mich, nicht andersherum.

Trudi, Emily und ich wurden simultan in unterschiedlichen Räumen der Wohnung befragt. Damit wir nicht die Zeit hatten, unsere Geschichten aufeinander abzustimmen.

Tja, zu spät, wenn man mich fragte. Wir hatten uns dank Rispos Hinweis schon längst darauf geeinigt, dass wir bis ins *Dreieck* gekommen waren, bevor die Gedächtnislücke einsetzte, was der Wahrheit entsprach.

Während ich fahrig, nervös und am Rande eines hysterischen Anfalls dem Polizisten erzählte, was ich wusste, hörte man Trudi im Nebenzimmer ab und zu: „Oh, wie spannend!" ausrufen. Mein Freund befand sich derweil im Polizistenmodus und war nicht ansprechbar. Wenn ich ehrlich war, ärgerte ich mich darüber am meisten. Ich hatte wirklich dringend eine feste Umarmung nötig, und Joshua Rispo gab nun einmal die besten Umarmungen dieser Welt. Er war jedoch damit beschäftigt, die Leiche zu begutachten und meine gesamte Wohnung auf Spuren zu untersuchen.

Seine Stirn lag in tiefen Falten, seine Lippen waren zusammengepresst und er schwieg. Das war nicht ungewöhnlich für Rispo. Tatsächlich gehörte das skeptische, leicht düstere Stirnrunzeln zu seinen Lieblingsgesichtsausdrücken. Wir waren seit fast einem Jahr zusammen und der Blick, den er jetzt trug, war mir nur allzu bekannt. Und dennoch beunruhigte er mich. Denn er trug ihn nur, wenn ihn ein besonders kniffeliger Fall beschäftigte – und ich hatte noch immer die Hoffnung, dass irgendjemand einen Zettel fand, auf dem stand:

Hey, mein Name ist Max Mustermann, ich habe gestern Nacht diese Frau getötet, entschuldigt, dass ich sie auf diesem Sofa abgelegt habe. Ich hole sie am Montagmorgen um acht wieder ab.

Leider war der Mörder sehr unhöflich und hatte keine Telefonnummer oder Sonstiges hinterlassen.

Als der neugierige Beamte fertig war, mich zu fragen, ob ich mich denn wirklich nicht daran erinnern könne, was passiert sei – er fragte ganze viermal, bevor er aufgab –, bat er mich, zur weiteren Befragung und zum Unterschreiben meiner Aussage ins Präsidium zu kommen. Dieses Prozedere kannte ich bereits, schließlich hatte ich es schon mindestens viermal hinter mich gebracht. Ich war sicherlich die Zeugin des Jahres im Kölner Morddezernat. Sie hätten mir ruhig eine Karte schicken oder eine Plakette mit meinem Gesicht aufhängen können.

Ich schluckte und nickte. „Klar, ich komme mit. Lassen Sie mich nur meine Jacke holen." Es war Ende März, doch egal, wie warm es draußen war – ich wusste, dass ich heute frösteln würde.

Der Beamte nickte, bevor ich mich umwandte und im Flur verschwand, in dem sich meine Garderobe befand. Rispo stand mit den Armen verschränkt da und starrte konzentriert auf seine Füße.

Ich berührte ihn sacht am Arm. „Josh, ich gehe", flüsterte ich.

„Was?" Er sah irritiert vom mit Glitzer bedeckten Boden auf.

„Sie wollen mir ein paar weitere Fragen auf dem Präsidium stellen", murmelte ich und schluckte den Kloß in meinem Hals hinunter.

Augenblicklich wurde Joshs sonst so harter, aufmerksamer Blick weich. „Okay. Mach dir keine Sorgen. Das ist reine Routine."

Das wusste ich. Angst hatte ich trotzdem.

Josh sah über meine Schulter, sein Blick flog von einer Seite des Wohnzimmers zur anderen, bevor er nach vorne trat und mich in den Arm nahm. „Alles wird gut, Lou", raunte er und strich mir beruhigend über den Rücken. „Du bist keine Mörderin, die Polizei weiß das. Glaub mir. Erzähl dem Kollegen einfach alles, was du weißt. Und wenn sie fragen, ob sie eine Blutprobe von dir nehmen dürfen, sag Ja. Wenn dich wirklich jemand unter Drogen gesetzt hat, kann das nur von Vorteil sein."

Dieser Satz kam mir auf mehreren Ebenen falsch vor, aber ich nickte nur zitternd und vergrub meine Nase in seiner Halsbeuge, um seinen vertrauten Geruch nach Vanille, Wald und Rispo einzuatmen.

Automatisch verlangsamte sich mein Herzschlag. Ich war nicht allein und Rispo glaubte, dass alles gut werden würde. Er würde mich nicht anlügen.

Josh löste sich von mir und schob mich an den Schultern ein Stück von sich weg. „Hol dir keinen Anwalt, Lou, das wirkt schuldig. Zeig, dass du nervös bist. Nur Psychopathen sind nicht nervös, wenn sie wegen eines Mordes befragt werden. Lass sie jeden Test machen, den sie wollen, und gib ihnen dein Handy, wenn sie es dir nicht schon abgenommen haben."

„Ich weiß nicht, wo mein Handy ist", sagte ich kopfschüttelnd. „Es war nicht in meiner Tasche."

„Okay, wenn es hier ist, werden wir es finden."

„Gut." Ich atmete tief durch die Nase ein und stieß die Luft durch den Mund wieder aus, bevor ich ihm in die dunklen Augen sah. „Ich habe Angst, Josh. Anders Angst als sonst."

„Ich weiß. Aber alles wird gut", wiederholte er und drückte meine Hand. „Fahr nach der Befragung einfach zu mir. Ich habe Bier und Schokoladenkuchen im Kühlschrank."

„Seit wann kaufst du Schokoladenkuchen?", fragte ich verwirrt und wischte mir ein, zwei Tränen von den Wangen. Rispo war einer dieser Männer, die der Religion angehörten, in der das Fitnessstudio der Tempel und Zucker der Teufel war. Ein bekennender Bescheuertist also.

Er hob einen Mundwinkel. „Seit ich mit dir zusammen bin."

Ich lächelte wacklig. „Du bist ein guter Mann, Joshua Rispo."

„Sag das nicht zu laut, ich habe einen Ruf zu wahren."

„Natürlich", bemerkte ich und zog meine Jacke vom Haken.

Alles würde gut werden. Und wirklich: Es hätte schlimmer kommen können. Auch wenn ich zu diesem Zeitpunkt leider nicht hätte sagen können, wie.

Drei Stunden später war ich bis auf die Knochen erschöpft.

Ich hatte so oft wiederholt, was ich erlebt hatte, dass ich keine Lust mehr hatte, zu reden – was ein durchaus besorgniserregender Zustand für mich war.

Ich war Tatverdächtige. Das hatten die beiden Polizisten, die mich vernommen hatten, mir direkt ins Gesicht gesagt. Meiner Meinung nach war das sehr unsensibel gewesen, ihrer Meinung nach schrieb ihnen das Protokoll vor, dass sie mich darüber informieren mussten. Nichtsdestotrotz dürfe ich gehen, solle aber die Stadt nicht verlassen. Ich hatte mich außerdem regelmäßig beim Präsidium zu melden, damit sie sichergehen konnten, dass ich nicht türmte. Sie ließen nicht gerade subtil durchblicken, dass mir damit eine Sonderbehandlung zuteilwurde. Dass es anderen, die nicht Louisa *„Ach die schon wieder!"* Manu waren, schlechter erging. Und dennoch ... Was zum Teufel? Ich war kein Schwerverbrecher. Ich ging ja noch nicht einmal bei Rot über die Ampel und jetzt hatten sie Angst, dass ich mich nach Kuba absetzte?

Ich trat nach draußen an die frische Luft, um dem mitleidigen Blick der Rezeptionistin zu entgehen, und atmete zitternd ein. Die Sonne schien verräterisch auf mein Gesicht und erinnerte mich daran, dass heute ein wundervoller Tag hätte sein können.

Im Grunde genommen war ich ein optimistischer Mensch. Aber selbst mir fiel es schwer, etwas Gutes an meiner derzeitigen Situation zu finden. Einige Herzschläge lang schloss ich die Augen und konzentrierte mich einzig und allein auf den Gedanken, dass ich unschuldig war. Ich hatte mir nichts zuschulden kommen lassen, ich ... scheiße, ich hatte doch nichts getan, oder?

„Da bist du ja."

Ich schrak zusammen, als mich jemand an der Schulter berührte. Es war Emily, die zusammen mit Trudi an der Hauswand neben dem Präsidium lehnte.

„Meine Güte, erschrick mich doch nicht so!"

„Also dafür, dass du selbsternannte Detektivin bist, bist du sehr unaufmerksam", bemerkte Emily schnippisch. „Wir haben uns wahrlich nicht versteckt."

„Entschuldige", sagte ich seufzend. „Ich bin nur etwas ... angespannt."

Emmi winkte ab. „Jaja, kein Problem. Dabei solltest du dir doch am wenigsten Gedanken machen. Du bist nicht vorbestraft und schläfst mit einem Kommissar, der sehr wütend wird, wenn man dich schlecht behandelt. Ich hingegen bin schon im System. Gott, ich habe in meinem Leben noch nicht so geschwitzt. Es ist scheiße, von der Polizei vernommen zu werden. Wieso hast du mir das nie gesagt, Lou?"

„Ich dachte, es wäre allgemein bekannt, dass es unangenehm ist, des Mordes verdächtigt zu werden", gab ich schulterzuckend zu.

„Ja, schon, aber sie waren alle so schrecklich sachlich! Ich mag es nicht, wenn Menschen nur nach Logik und gesundem Menschenverstand handeln. Das ist nicht normal."

Natürlich nicht. Deswegen war sie ja mit Finn zusammen. „Wir sollten nicht weiter im Eingang der Polizei herumlungern", schlug ich vor und zog Trudi und Emmi die zwei Stufen hinunter auf den davorliegenden Parkplatz.

„Ihr müsst euch beide beruhigen", sagte Trudi großmütterlich und tätschelte mir den Kopf. „Ist doch alles halb so wild. Wir werden den Täter schon schnappen."

„*Wir*?", fragte ich besorgt.

„Natürlich wir", sagte Trudi fröhlich. „Wer denn sonst? Etwa die Polizei?"

Ich kratzte mich am Kopf und zog eine Grimasse. „Nun ... ja."

Ungläubig sah Emmi mich an. „Ist das dein Ernst? Du, Miss Ich-mische-mich-überall-ein, willst nicht herausfinden, wer versucht, uns einen Mord anzuhängen?"

Unbehaglich verschränkte ich die Arme vor dem Körper. Natürlich würde ich mich kopfüber in den Fall stürzen. Was für eine dämliche Frage. Ich war sehr schlecht darin, persönliche Anliegen an andere Personen abzugeben. Gleichzeitig wollte ich jedoch nicht wie das letzte Mal an einen Stuhl gefesselt in einem Tierkäfig aufwachen. Todesangst war einfach kein Gefühl, das ich genoss. Ich liebte Trudi und Emily über alles. Aber mit ihnen auf Mörderjagd zu gehen, war, wie einen verpeilten, sehr alten Chihuahua, der zu viel Gras rauchte, gegen Godzilla antreten zu lassen. Einfach ... keine gute Idee.

„Komm schon, Lou. Wir machen das wie in diesem Film", sagte Trudi aufgeregt. „Weißt du, was ich meine? Der Film mit diesen Männern?"

„Was?"

„Na, der Film mit diesen Männern und dem Alkohol in dieser Stadt?"

„Was?", wiederholte ich.

„Na, du weißt schon. Einer von den Männern war dunkelhaarig?"

„Ah, war einer der anderen Männer blond?"

„Ja, genau", meinte Trudi begeistert. „Du weißt also, wovon ich rede?"

„Nein", sagte ich trocken.

„Ist doch klar, dass sie von *Hangover* spricht", schaltete sich Emily augenverdrehend ein. „Und du nennst dich Blumendetektivin."

„Ich nenne mich überhaupt nicht so! Die Zeitung macht das. Und in *Hangover* sterben sie an die hundert Mal beinahe!"

„Ja, *beinahe!*", sagte Trudi mit erhobenem Zeigefinger. „Und wir sind sehr viel klüger als die bescheuerten Männer. Also: Sehen wir uns den Fall gemeinsam an?"

Nein. „Ich weiß noch nicht", sagte ich vage. „Ich warte erst einmal ab, was Rispo mir nachher erzählt. Vielleicht löst sich das Ganze ja in Wohlgefallen auf."

Emily schnaubte und sah mich mitleidig an. „Ist es schön in deiner Welt? Mit all diesen Regenbögen und Einhörnern?"

Nein, die Einhörner wurden gerade nämlich reihenweise abgestochen. Mit *meinen* Messern!

„Ich versuche, positiv zu denken, Emmi", sagte ich gereizt.

„Positive Gedanken werden die Frau auch nicht wieder zum Leben erwecken."

Damit könnte sie recht haben. „Egal", stieß ich aus und lief weiter über den Parkplatz zu meinem Passat. „Sagt mir lieber, was das Letzte ist, woran ihr euch erinnert."

„An den Barkeeper im *Dreieck*, der mir zu meiner baldigen Hochzeit gratuliert hat", sagte Emmi sofort.

„An zwei mit Glitzer besprenkelte, zwielichtig aussehende Anzugträger, die einen roten Jutebeutel gefüllt mit Geld ausgetauscht haben und eine weinende rothaarige Frau, die mir von der Toilette entgegengekommen ist ... und verdächtig aussah wie die Tote, wenn ich darüber nachdenke", erklärte Trudi langsam, den Kopf schiefgelegt.

Mit offenen Mündern wandten Emmi und ich uns zur älteren Frau um.

„Was?", fragte ich verdattert.

Missbilligend schnalzte Trudi mit der Zunge. „Du bist heute wirklich schwer von Begriff, Louisa."

„Aber du meintest, du würdest die Tote nicht kennen!"

„Tue ich ja auch nicht. Oder kennst du jeden, dem du auf der Toilette begegnest?"

„Nein, natürlich nicht", erwiderte ich perplex. „Aber … bist du dir sicher, Trudi?"

Meine ehemalige Angestellte runzelte angestrengt die Stirn. „Nein. Der Jutebeutel könnte auch lila gewesen sein. Wie bereits erwähnt: Meine Augen sind nicht mehr die Besten."

„Glitzernde Männer, die Geld ausgetauscht haben?", wiederholte Emmi langsam. „Bist du sicher, dass du nicht halluziniert hast? Wenn ich zu viel Gras rauche, glitzert bei mir auch alles. Und woher willst du wissen, dass in dem Beutel Geld war?"

Verärgert fixierte Trudi meine kleine Schwester. „Junge Dame, ich kann sehr wohl unterscheiden, ob jemand glitzert oder nicht. Und einen mit Geld gefüllten Beutel erkenne ich allein am Geruch. Diese Fähigkeit braucht man, wenn man reich heiraten möchte."

Unschlüssig rang ich die Hände ineinander. Wenn ich ehrlich war, fiel es mir schwer, Trudis Worte für bare Münze zu nehmen. Das Gedächtnis der Zweiundsiebzigjährigen glich einem Schweizer Käse. Sie vergaß andauernd, ihre Herzmedikamente zu nehmen, und hatte letztens noch behauptet, mit einem Eichhörnchen gesprochen zu haben. Außerdem war sie halb blind.

„Hast du das der Polizei erzählt, Trudi?", hakte ich vorsichtig nach.

„Natürlich", sagte sie und reckte die Nase in die Höhe. „Aber die Herren Beamten schienen mich für senil zu halten."

Ich konnte ihnen da wirklich keinen Vorwurf machen. Glitzernde Anzugträger? Waren wir in einem Travestieclub gewesen?

„Schön. Weißt du, wie die Anzugleute aussahen? Hast du ihre Gesichter gesehen?"

„Nein. Sie waren zu weit weg."

Aber nah genug dran, um zu erkennen, dass sie Geld austauschten?

„Aber Moment." Ihr Gesicht erhellte sich. „Der eine hat mich an ein Pferd erinnert."

Natürlich. Die Wahrscheinlichkeit, dass uns wirklich jemand etwas in die Drinks gemischt hatte, stieg mit jeder Minute.

„Okay", seufzte ich. „Falls dir noch irgendetwas einfällt …"

„… erzähle ich es dir morgen früh, wenn wir uns den Fall näher ansehen", beendete Trudi meinen Satz und lächelte mich auffordernd an.

„Schön", sagte ich. Nicht, weil ich vorhatte, Trudi in den Fall mit einzubeziehen, sondern einfach, weil ich furchtbar müde war und mich ins nächstbeste Bett legen wollte.

„Klasse", sagte auch Emily, sichtlich zufrieden. „Treffen wir uns beim Laden?"

„Nein." Ich war mir noch nicht sicher, ob ich den Laden überhaupt öffnen würde. Ich konnte einen freien Tag gebrauchen. „Ich rufe euch an, okay?"

Beide nickten, und irgendwie fühlte ich mich schlecht dabei, sie anzulügen – aber noch schlechter fühlte ich mich bei dem Gedanken, mit ihnen auf Mörderjagd zu gehen. „Soll ich dich nach Hause bringen, Trudi?"

„Oh, nein. Mein Schnurzel holt mich ab. Aber danke", sagte sie mit geröteten Wangen.

Ihr *Schnurzel* war Manfred. Ein ehemaliger Steuerberater Mitte siebzig, mit dem Trudi seit einigen Wochen ausging. Ich wusste nicht viel über ihn, außer dass er Trudis zwei Bedingungen erfüllen musste: Er war reich ... und nicht allzu hübsch. Letzteres war sehr wichtig, damit ihre Freundinnen nicht eifersüchtig wurden. Allerdings konnte ich sein Aussehen noch nicht beurteilen, da ich noch nicht die Ehre gehabt hatte, ihn kennenzulernen.

„Mich darfst du mitnehmen", sagte Emily. „Finn meint, er ist noch zu betrunken, um zu fahren." Sie lächelte fast schüchtern. „Er ist so verantwortungsbewusst."

Das ließ ich mal unkommentiert.

Wir verabschiedeten uns von Trudi, die meinte, dass wir nicht auf sie warten sollten, und setzten uns ins Auto.

„Du musst echt schlechtes Karma haben", bemerkte Emily kopfschüttelnd. „Langsam wird es auffällig, wie viele Leichen dir über den Weg ... auf deinem Weg liegen."

Langsam? „Ich weiß", murmelte ich erschöpft und startete den Wagen. „Und das Schlimmste ist: Wir müssen Mama noch anrufen, um uns dafür zu entschuldigen, dass wir den Brunch verpasst haben."

Emily verzog das Gesicht. „Willst du ihr von der Leiche erzählen?"

Von Wollen konnte hier nicht die Rede sein. Meine Mutter fand die Tatsache, dass ich als Hobby in Mordfällen herumstocherte, nicht sehr prickelnd. Ich hatte die Vermutung, dass es sich bei einer Leiche auf meinem Sofa ähnlich verhalten würde. „Besser sie erfährt es von uns, als aus der Zeitung, oder?"

„Wahrscheinlich."

Ich fuhr Emily zu ihrer Wohnung, in der ihr Verlobter schon auf sie wartete. Bei dem Gedanken daran, dass meine kleine Schwester am Samstag heiraten wollte, stieg ein Schnauben in meinem Hals auf. Es erschien absurd, dass eine Frau, deren Bibel das Kamasutra war, vorhatte, in einer monogamen Ehe zu leben. Noch vor zwei Monaten hätte ich meinen kleinen Finger darauf verwettet, dass Finn und Emmi die Hochzeit bis zum heutigen Tag längst abgesagt hätten, aber dem war nicht so. Der Termin beim Standesamt stand fest, die Einladungen waren verschickt und ein annehmbar nuttiges Kleid gekauft worden. Und Emily war noch immer nicht in Panik ausgebrochen. Sie musste mehr Gras rauchen als sonst. Anders ließ sich ihre Gelassenheit nicht erklären.

Als ich vor ihrem Wohnungsblock hielt, reichte Emily mir wie selbstverständlich ihr Handy. „Ruf du an. Von dir ist sie es gewöhnt, dass du sie enttäuschst."

„Na, vielen Dank auch."

„Was denn? Es ist die Wahrheit."

Ich verdrehte die Augen, tat jedoch, wie geheißen. Je länger ich das Telefonat vor mir herschob, desto schlimmer würde es werden. Ich wählte die Festnetznummer meiner Eltern und schaltete den Lautsprecher ein.

„Manu?"

„Hey, Mama", sagte ich kleinlaut. Es war immer von Vorteil, möglichst schuldbewusst zu klingen.

„Louisa! Gott sei Dank. Alles in Ordnung? Ich habe tausendmal versucht, dich anzurufen. Wo wart ihr denn? Emily hat auch nicht abgehoben."

„Ja, tut uns leid. Der gestrige Abend hat ein paar drastische Entwicklungen genommen und wir waren den ganzen Morgen beschäftigt. Wir sind aber wohlauf."

Sie atmete erleichtert aus. „Gut."

Mehr sagte sie nicht.

Ich hob die Augenbrauen in Emilys Richtung und wartete darauf, dass Mama fragte, was denn passiert sei. Als jedoch nach einer Minute noch immer nichts als Stille durch den Hörer drang, fuhr ich hastig fort: „Also, wir hatten heute Morgen einen kleinen Notfall. Eine Frau wurde auf meiner Couch erstochen und die Polizei denkt, dass wir es waren. Es ist aber sehr viel wahrscheinlicher, dass uns jemand unter Drogen gesetzt hat und wir überhaupt nichts getan haben. Ist auch egal. Auf jeden Fall konnten wir deswegen nicht kommen."

Einige Momente lang herrschte Stille am anderen Ende der Leitung. Schließlich sagte meine Mutter: „Okay. Schlimme Dinge passieren, da kann man nichts machen. Ich hoffe, das klärt sich auf. Jetzt muss ich aber auch auflegen. Bis dann."

Im nächsten Moment klickte es und unsere Verbindung war unterbrochen.

Ungläubig starrte ich auf das Handy. Was zum Teufel war gerade passiert? Ich hatte mit jeder Reaktion gerechnet – aber nicht damit. Meine Mutter ärgerte sich doch sonst immer schwarz darüber, wenn ich mal wieder gegen die nach der sozialen Norm anerkannte Anzahl von gefundenen Leichen verstieß.

Verwirrt wechselte ich einen Blick mit Emily. „Das war komisch, oder?"

„Nicht komischer als die tote Frau auf deiner Couch", meinte meine Schwester achselzuckend, griff nach ihrem Handy und schnallte sich ab. Sie drückte mich kurz an sich und stieg dann aus.

Immer noch skeptisch sah ich ihr nach. Nein ... die Reaktion meiner Mutter fand ich sehr viel merkwürdiger als die Tote auf meiner blutigen Couch.

Kapitel 3

Rispos Wohnung war der Traum eines jeden OP-Teams.

Weiße und schwarze Möbel, saubere Oberflächen und kein Staubkorn weit und breit. Seit ich mit Josh zusammen war, hatte ich seine Wohnung kein einziges Mal im Chaos versinken sehen. Normalerweise beunruhigte mich diese Tatsache immer ein wenig, aber heute hieß ich die Ordnung und Reinlichkeit willkommen. Im Vergleich zu dem Durcheinander, das in meinem Kopf herrschte, war es eine echte Wohltat.

Ich schnappte mir ein Bier und den Schokoladenkuchen aus dem Kühlschrank und ließ mich auf Joshs Ledercouch fallen. Es erschien mir unsinnig, einen Teller dreckig zu machen, deswegen aß ich den Kuchen direkt aus dem Karton. Die Uhr zeigte kurz vor sechs an und die Sonne hing tief am Himmel, scheinbar unentschlossen, ob sie schon untergehen sollte.

Das letzte Adrenalin sickerte aus meinem Körper und ließ nichts als Erschöpfung und Angst zurück. Mir war irgendwie nach Weinen zumute, aber Rispo hatte keine Taschentücher, und Toilettenpapier tat meiner Nase weh, also ließ ich es. Verschmierte Mascara würde mir ohnehin nicht helfen. Zucker hingegen schon.

Ich hatte gerade ein Viertel des Kuchens in mich hineingestopft, als ich Rispos Schlüssel im Schloss hörte. Hastig stellte ich die Pappschachtel auf den gläsernen Couchtisch, dem ich einige Fettflecken hinzugefügt hatte – aber mal ehrlich: Glas war furchtbar unpraktisch! –, und sprang auf. Ich war an der Tür, bevor Rispo sie vollends geöffnet hatte.

„Hey", sagte ich atemlos und betrachtete ihn von oben bis unten. Sein Hemd war verknittert, in seiner rechten Hand trug er eine Katzentransportbox, dunkle Ringe lagen unter seinen Augen und sein Bart war seit fünf Tagen kein Drei-Tage-Bart mehr. Kurzum: Er sah genauso erschöpft aus, wie ich mich fühlte.

„Hey", antwortete er knapp und stellte den Korb ab, bevor er die Arme um mich legte und mich fest an sich drückte.

Obwohl mir die Luft aus den Lungen getrieben wurde, hatte ich augenblicklich das Gefühl, wieder frei atmen zu können.

„Wie geht's dir?", flüsterte er, seine Wange an meinen Scheitel gepresst.

„Jetzt besser", murmelte ich wahrheitsgemäß, schloss die Augen und schluckte den Kloß hinunter, der sich wagemutig erneut in meinen Hals gestohlen hatte. Rispo flocht die Arme enger um mich und küsste mich auf die Schläfe.

„Haben sie dich gut behandelt?"

Ich nickte. „Ich wurde von Kramer befragt und er hat mir ein Snickers gegeben. Warum ist er noch nicht verheiratet? Er versteht die Frauen."

„Kramer ist ein guter Polizist."

„Ja. Gut, aber schwerhörig. Ich musste viermal sagen, dass ich mich nicht daran erinnere, was passiert ist, bevor er mich verstanden hat."

Ich konnte spüren, wie Josh die Mundwinkel verzog. „Das ist leider die Lieblingsausrede eines jeden Verdächtigen."

„Ich bin nicht jeder Verdächtige!"

„Das ist mir klar. So wie jedem anderen Polizisten Kölns. Mann, Mann, Mann. Als wärst du nicht schon berühmt genug im Präsidium."

„Und trotzdem habe ich keine Weihnachtskarte bekommen."

„Weihnachtskarten kann sich die Polizei nicht leisten. Wir geben all unser Geld für unnötigen Firlefanz wie Waffen und Kabelbinder aus."

Ich nickte. Das ergab Sinn. Ich würde der Polizei großzügig verzeihen – solange sie so schnell wie möglich den echten Mörder der Rothaarigen fand.

„Tut mir übrigens leid, dass ich heute Morgen nicht für dich da war. Ich wollte mir den Tatort so gut wie möglich ansehen, bevor sie mich rausschmeißen."

„Rausschmeißen?", fragte ich verwirrt und zog widerstrebend den Kopf unter seiner Wange hervor, um ihn ansehen zu können. „Warum sollten sie das tun?"

„Na ja, sie haben mir den Fall selbstverständlich entzogen."

Verdutzt blinzelte ich zu ihm hoch. „Was?"

„Ich bin nicht der leitende Ermittler des Mordfalls."

Ich öffnete perplex die Lippen. „Du wirkst nicht überrascht."

Schnaubend sah er mich an. „Natürlich nicht. Ich habe einen eindeutigen Interessenkonflikt. Mir war vollkommen klar, dass ich den Fall nicht übernehmen darf. Ich bin persönlich zu involviert."

„Wie das?"

„Ich schlafe mit der Mordverdächtigen.“

Mein Mund klappte auf. „Oh mein Gott, das bin ich!“, sagte ich schockiert.

Ich war noch nie ein Interessenkonflikt gewesen, und ehrlich gesagt hätte mir ein anderer Spitzname besser zugesagt.

„Aber ... wer kriegt dann den Fall?“, fragte ich beunruhigt. Mir gefiel es nicht, dass Josh nicht der Verantwortliche für die Mördersuche war. Ich vertraute ihm und seinen Fähigkeiten. Denen der anderen Polizisten ... nicht so sehr.

„Keine Ahnung.“ Josh zuckte die Achseln. „Haben sie mir nicht gesagt. Alles, was ich gehört habe, war: Blabla, bla, bla, bla ... du hast Sex mit Louisa Manu, blabla, sie ist die Hauptverdächtige, bla, du darfst den Fall nicht einmal mit dem kleinen Finger berühren.“

„Sie verdächtigen mich also immer noch?“, fragte ich unsicher. „Haben sie mein Blut nicht schon getestet? Ich muss unter Drogeneinfluss gestanden haben! Ich hatte in meinem Leben noch kein Blackout. Außerdem war ich es, die die Polizei gerufen hat! Zählt das denn gar nicht?“

Beruhigend strich Josh mir über den Rücken. „Es dauert bis zu vierundzwanzig Stunden, bis dein Blut getestet wurde und ... nun, du bist eine hervorragende Verdächtige. Es ist deine Wohnung, deine Couch und es sind deine Fingerabdrücke auf dem Messer.“

„Natürlich sind meine Fingerabdrücke auf dem Messer! Es ist *mein* Messer! Ich koche damit.“

Skeptisch sah Josh mich an.

Ich verdrehte die Augen. „Na schön, ich öffne Briefumschläge damit. Ist doch egal. Es läuft auf dasselbe hinaus."

Seufzend löste ich mich von ihm, um mir vom Couchtisch mein Bier zu holen. „Ich fühle mich überhaupt nicht wohl als Mordverdächtige", gab ich zu.

„Das finde ich sehr beruhigend. Trudi scheint diese Rolle nämlich viel zu sehr zu genießen." Josh durchquerte sein Wohnzimmer und holte sich ebenfalls ein Getränk aus dem Kühlschrank. „Mein Kollege meinte, dass er noch nie mit jemandem geredet hätte, der so begeistert von einem Mord in seinem Wohnzimmer war."

Na ja, es war ja auch *mein* Wohnzimmer, nicht ihres. „Hast du ihm gesagt, dass Trudi in der Hinsicht einfach ein bisschen übereifrig ist?"

Josh hob einen Mundwinkel und ließ sich neben mich auf die Couch sinken. „Ich glaub, das war ihm sehr schnell selbst klar."

„Gut." Ich sackte zurück in das Polster und lehnte mich seitlich gegen Joshs Schulter. Ich brauchte die Nähe. „Weißt du, wann ich zurück in meine Wohnung kann?" *Und wie man Blutflecken aus einer Couch bekommt?*

„Ich fürchte, das kann mehrere Tage dauern", sagte er entschuldigend und legte einen Arm um meine Schultern. „Warum denkst du, habe ich deinen verhaltensgestörten Kater mitgebracht?" Er nickte zum Transportkorb an der Tür.

Den hatte ich schon fast wieder vergessen. „Twinky ist nicht gestört, nur besonders", verteidigte ich mein Haustier sofort und erhob mich wieder von der Couch, um ihn aus der Box zu lassen.

„Besonders gestört“, bestätigte Rispo. „Er hält sich für einen Hund und apportiert!“

„Jeder Kater braucht ein Hobby“, sagte ich verärgert und kniete mich auf den Boden, um Twinky zu streicheln. Der interessierte sich jedoch nicht für mich, sondern schoss direkt los, um die Wohnung zu erkunden. Ich konnte gerade noch sehen, dass seine Schnauze blutfrei war. „Hast du ihn gewaschen?“, wollte ich verdutzt wissen, bevor ich mich wieder neben Josh setzte.

„Nachdem die Spurensicherung mit ihm fertig war, ja. Ich dachte, du hättest ihn lieber ohne blutige Schnurrhaare.“

Damit hatte er richtig gelegen.

„Du kannst gerne bei mir einziehen, bis deine Wohnung kein Tatort mehr ist“, bot Josh an und küsste mich auf den Kopf, den ich auf seiner Schulter abgelegt hatte. „Einen Schlüssel hast du ja ohnehin schon.“

Ich nickte. „Danke.“

„Kein Problem“, murmelte er und malte Kreise auf meine Schulter. Einige Herzschläge lang saßen wir einfach nur so da. Starrten aus der Fensterfront gegenüber, die auf ein kleines Waldstück hinauszeigte, und bewegten uns nicht.

Schließlich flüsterte ich: „Josh. Was ist, wenn ... wenn ich es war?“

Sofort spannten sich seine Schultern an. „Was?“

„Wenn ich schuldig bin“, sprach ich die Angst aus, die sich innerhalb der letzten Stunden langsam, aber stetig durch mein Herz gefressen hatte. „Wenn ich die Frau wirklich ... getötet habe, mich aber nicht mehr daran erinnere.“

„Schwachsinn. Niemand von euch hat sie umgebracht.“

Er sagte das so leicht. „Was ist daran Schwachsinn?“, beharrte ich. „Der halbe gestrige Abend ist ein schwarzes Loch! Vielleicht hat sie mich überrascht, als ich nachts in die Küche gegangen bin, um etwas zu trinken, und vor Schreck habe ich sie umgebracht! Dann bin ich wieder schlafen gegangen und habe es vergessen.“

„Lou“, sagte Rispo ernst und nahm mein Gesicht zwischen seine Hände, um mich mit dunklem Blick zu fixieren. „Du bist unfähig dazu, jemanden zu töten.“

„Woher willst du das wissen?“

„Erstens: Weil dir die nötige Kraft und nicht zu vergessen der nötige Gleichgewichtssinn fehlt. Und zweitens: Weil ich sonst längst unter der Erde läge! Ich will mich ja nicht selbst loben, aber so gut wie ich ist niemand darin, dich wütend zu machen! Wenn jemand dran glauben müsste, dann wäre ich der Erste.“

Mhm. Da war etwas sehr Wahres dran. Dennoch ... „Ich hätte aus Selbstverteidigung –“

„Wenn es Selbstverteidigung war, hast du dir nichts zuschulden kommen lassen“, sagte Josh eindringlich und strich sacht mit seinen Daumen über meine Wangen. „Aber ich bin davon überzeugt, dass weder Opfer noch Täter eingebrochen sind. Deine Tür war zu. Das Schloss unbeschädigt. Die Fenster geschlossen.“

Ich atmete tief durch, um meinen auf ein Neues in die Höhe geschossenen Puls zu beruhigen. „Was ... was glaubst du dann?“

„Dass du zur falschen Zeit am falschen Ort warst. Und seien wir ehrlich: Das ist dein geheimer Fluch.“

Ich betrachtete diesen Umstand normalerweise eher als meine Superkraft, aber in diesem Kontext konnte ich ihm nicht widersprechen. „Aber wie kam die Leiche dann in mein Wohnzimmer, wenn die Tür verschlossen war?"

„Das weiß ich nicht … aber meine erste Frage an dich wäre: Wo sind deine Haustürschlüssel?"

„In meiner Handtasche."

Josh ließ die Hände zu meinen Schultern gleiten und hob eine Augenbraue. „Bist du sicher?"

„Natürlich", sagte ich sofort und lehnte mich über die Armlehne der Couch, um meine Tasche zu bergen. „Sie sind immer in meiner Seitentasche, sie …", … waren nicht da. Fahrig öffnete ich auch den anderen Reißverschluss und durchsuchte den gesamten Inhalt, bevor ich die Tasche umstülpte und auf Joshs Glastisch verteilte. Tampons, Lipgloss, alte Kassenbelege … keine Schlüssel.

„Sie sind weg", stellte ich verblüfft fest.

„Gut." Josh atmete erleichtert aus. „Dann denke ich, dass irgendjemand euch unter Drogen gesetzt, dir den Schlüssel entwendet, die Rothaarige getötet und dann auf deine Couch gepflanzt hat, um die Polizei von seiner eigentlichen Spur abzulenken."

Ich schluckte. Nichts an diesem Satz gefiel mir. „Das hört sich … nach langer Hand geplant an."

„Nicht unbedingt. Du warst vielleicht einfach ein leichtes Opfer und jemand hat seine Chance gesehen."

„Du glaubst also nicht, dass es etwas Persönliches war?"

Ich hatte mir in den letzten zwei Jahren nicht unbedingt viele neue Freunde gemacht. Den ein oder anderen Menschen hatte ich durchaus zur Weißglut getrieben, nicht zu vergessen in den Knast verfrachtet. Auch wenn ich dafür nicht alle Lorbeeren einheimsen konnte.

Josh hob die Schultern. „Ich kann es nicht sagen. Aber willst du was Verrücktes hören?"

„Verrückter als Trudi mit pinken Haaren, ein Goldfisch in meiner Badewanne und eine tote Frau auf meinem Sofa?"

„Ähnlich verrückt."

„Okay."

„Ich kenne das Opfer."

Abrupt fuhr ich von seiner Schulter hoch und starrte ihn mit offenem Mund an. „Was? Und das sagst du mir erst jetzt?"

Er kratzte sich mit dem Zeigefinger an der Schläfe. „Na ja, ich habe noch nicht ausgeschlossen, dass es ein dämlicher Zufall ist."

Ich prustete ungläubig. „Wer ist sie?"

„Jorina Stelz. Eine Tänzerin, die Zeugin in einem Drogenkartell-Fall vor ein paar Monaten war."

„Der extrem mühsame Fall, bei dem ihr nie irgendetwas erreicht habt?", erinnerte ich mich stirnrunzelnd.

„Jap." Josh fuhr sich mit der Hand durch die Haare und stieß einen Schwall Luft aus. „Beschissener Fall. Die Täter waren uns immer einen Schritt voraus. Jeder Standort, den wir hochnehmen wollten, wurde frühzeitig geräumt. Jeder Hinweis ist ins Leere gelaufen. Jorina haben wir nie aktiv verdächtigt, aber ..." Er hielt inne und rieb sich nachdenklich mit der Faust übers Kinn. „Sagen wir einfach, ich hatte ein schlechtes Gefühl bei ihr. Egal, ich glaube, wenn überhaupt, war sie ohnehin nur ein kleiner Fisch im großen Haifischbecken. Sie hat höchstens vertickt, aber nicht importiert. Wie auch immer: Jetzt ist sie tot."

Ich verengte die Augen und ein schaler Geschmack bildete sich in meinem Mund. Dieser Fall stank bereits jetzt wie ein ungewaschenes Stinktier, und auf einmal kribbelten meine Füße und Hände. Warum saß ich eigentlich noch untätig auf der Couch herum?

Ich streckte die Schultern durch. „Haben sie eigentlich mein Handy gefunden?", fragte ich beiläufig.

Josh schüttelte den Kopf. „Soweit ich weiß nicht."

„Also habe ich es gestern Nacht irgendwo verloren. Zusammen mit meinen Schlüsseln", überlegte ich laut und mein Blick flackerte zur Wohnungstür. „Vielleicht sollte ich zu dieser Bar fahren, dem *Dreieck*, und nachfragen, ob sie mein Zeug gefunden haben."

Josh presste die Lippen zusammen und sah mich finster an, die Hände in seinem Schoß verschränkt. „Du willst zu der Bar fahren, in der du gestern womöglich unter Drogen gesetzt wurdest?"

Ich gab mir wirklich Mühe dabei, das Blut daran zu hindern, in mein Gesicht zu fließen. Aber diese Macht besaß ich einfach nicht. „Ähm ... ja", sagte ich etwas dümmlich, friemelte mit den Fingern an meinem T-Shirtsaum herum und räusperte mich. „Um mein Handy zu suchen."

„Natürlich." Rispo sagte das Wort so trocken, dass ich meinte, Staub aus seinem Mund kommen zu sehen. Schließlich atmete er tief durch und nickte. „Alles klar, ich zieh mich nur kurz um."

„Was?", fragte ich verblüfft. „Du musst nicht mitkommen. Ich kann allein den Boden nach meinem Telefon absuchen."

„Bitte." Rispo schnaubte laut. „Sobald ich dich allein lasse, rennst du doch sowieso los, um dich kopfüber in Angelegenheiten zu stürzen, die viel zu gefährlich für dich sind. Oder noch schlimmer: Du rennst zusammen mit Emily und Trudi los! Den inkompetentesten Recherchepartnern der Weltgeschichte. Und dann wirst du dem Barkeeper einen Haufen wenig subtiler und noch dazu wahrscheinlich unangenehmer Fragen stellen, während der Mörder aus Versehen zuhört, Panik bekommt, dir ein paar Morddrohungen hinterlässt, die du mir natürlich verschweigst, bis er dich mit einer Harpune jagt und deinen Körper im Rhein verschwinden lässt. Und da mir eine tote Freundin nicht viel Freude, sondern nur einen Haufen Papierkram und Schuldgefühle bringen wird: Ja. Ich komme mit." Er stand auf und streckte sich.

„Weißt du, was ich an dir liebe?", fragte ich seufzend und legte die Hand dramatisch auf meine Brust. „Du siehst immer den Silberstreif am Horizont."

„Jaja, ich weiß. Ich bin das optimistische rosa Einhorn deiner Träume", meinte er grimmig und winkte ab. „Wenn du einen positiveren Freund haben willst, musst du mit einem Glücksbärchi anbandeln."

„Du kennst die Glücksbärchis?", fragte ich zweifelnd. „Ich hätte fest damit gerechnet, dass sie in der dunklen, feuchten Höhle, in der du aufgewachsen sein musst, keinen Empfang hatten."

Einer von Rispos Mundwinkeln zuckte. „Nein, die hatten eine Satellitenschüssel", stellte er klar, beugte sich zu mir hinunter und küsste mich fest auf den Mund. „Gib mir fünf Minuten, dann kann ich dir auf der Autofahrt erklären, warum du dich nicht noch weiter reinreiten solltest, indem du selbst auf Mördersuche gehst.“

Ach, die Rede kannte ich schon. Sie war langweilig. „Oder: Du schweigst auf der Fahrt einfach und lässt mich stattdessen erzählen, woran genau ich mich von gestern Abend erinnere“, schlug ich vor.

„Schön“, knurrte Rispo. „Du würdest mir ja ohnehin nicht zuhören.“

Er kannte mich gut.

„Ich finde es übrigens sehr lobenswert von dir, dass du mich endlich bei meinem Hobby unterstützt“, informierte ich Josh eine Dreiviertelstunde später, als er in Nippes in einer Seitenstraße parkte, die von einem Rewe und einem McDonalds-Restaurant eingekesselt wurde.

„Das ist keine Unterstützung. Das ist Überwachung. Das verwechselst du“, meinte er und stellte den Motor ab. „Kennst du nicht den Spruch? *Big Brother is ...*“

„*... trusting you?*“, beendete ich den Satz für ihn mit gehobenen Augenbrauen, bevor ich mich abschnallte. „Doch, der ist mir bekannt. Aber du solltest dich niemals als meinen großen Bruder bezeichnen, während du Nacktbilder von mir auf deinem Handy hast.“

Verwirrt runzelte Rispo die Stirn und sah in meine Richtung. „Ich habe keine Nacktbilder von dir.“

„Ach richtig. Ich bin es, die Bilder von dir hat“, bemerkte ich scheinheilig und öffnete die Tür. „Hoffen wir, dass die Polizei mein Handy, falls wir es finden, nicht allzu gründlich durchsucht."

„Oh Gott", stöhnte Josh und zog den Schlüssel ab.

Ich grinste. Er hatte schließlich keinen Grund, sich zu schämen.

Nippes war ein beschaulicher, multikultureller Kölner Stadtteil, der eine Reihe verschiedener Szenebars, normaler Bars, Hipster-Bars, altkölscher Bars, abgeranzter Bars, aber vor allem alte Wohnhäuser beherbergte. Das *Dreieck* gehörte in die Kategorie *hipsterige Abranzbar*. Kein Wunder, dass Emily unbedingt hierhergehen hatte wollen.

Eigentlich hatte meine Schwester einen größeren Junggesellinnenabschied geplant. Das Problem war, dass sie vergessen hatte, mir zu erzählen, dass ich ihre Brautjungfer war. Dementsprechend hatte ich nur genickt, als sie mir das Datum ihres Junggesellinnenabschieds genannt hatte, unwissend darüber, dass ich es war, die ihn organisieren sollte. Als sie mich Samstagfrüh fragte, wer denn alles am Abend mitkommen würde, hatte ich äußerst dumm aus der Wäsche geguckt und sie gefragt, woher ich das denn wissen solle.

Gott sei Dank war Emily ein sehr entspannter Mensch – vermutlich wegen all dem Gras, das sie rauchte – und hatte angesichts des Missverständnisses nur gelacht. Keine ihrer anderen Freundinnen hatte so spontan noch Zeit gehabt – bis auf Trudi, die sich mit dem Versprechen, Brownies mitzubringen, eine Karte für den Junggesellinnenabschied erkauft hatte.

„Wie war eigentlich Finns Ehrenabend?", wollte ich von Josh wissen, als wir die dunkle Straße entlangwanderten, immer auf das rote Dreieck zu, das innovative Logo der Bar.

„Nicht ganz so ereignisreich wie Emilys, würde ich sagen. Wir haben gepokert und Bier getrunken."

„Wie viel Bier?", fragte ich betont beiläufig.

Rispo lächelte breit. „Ich war nicht betrunken, Lou, und nein, es gibt keine Videoaufzeichnung davon."

Mist. In den letzten Monaten hatte ich ein neues Lebensziel für mich entdeckt: Josh einmal betrunken erleben.

Ich hatte die schlechte Angewohnheit, ihm peinliche Mailboxnachrichten zu hinterlassen, wenn ich trank, und war der Meinung, dass er mir den Gefallen erwidern sollte.

Doch er mochte es nicht, die Kontrolle zu verlieren, deswegen übertrieb er es nie. Seine Selbstbeherrschung war im Bett wirklich vorteilhaft, aber in all den anderen Lebensbereichen leicht nervig. Nur einmal wollte ich sehen, wie er Schwachsinn laberte und gegen einen Mülleimer lief, weil er nicht mehr geradeaus schauen konnte. War das zu viel verlangt?

„Nicht mehr in diesem Leben, Lou", murmelte Josh entschuldigend, drückte mich an der Schulter kurz an sich und hielt mir dann die Tür zur Bar auf.

Der Geruch nach schalem Bier, Schweiß und Marihuana wehte mir entgegen. Meine Augen tränten und ich musste mehrfach blinzeln, bis meine Sehkraft wieder zur Gänze funktionstüchtig war. Ja, hieran erinnerte ich mich.

Der im Schlauch angelegte Innenraum hatte türkise Wände, eine mit Film- und Musikpostern plakatierte Bar und einen alten Holzboden, aus dem Splitter in der

Größe von Kölschgläsern ragten. Große, bronzene Industrielampenschirme hingen von der Decke und farblich passende runde Barhocker säumten die Theke. Ich hatte nie ganz verstanden, warum, aber der Ranzchic war in. Ob Student, Hipster oder Männer Mitte vierzig, die ihrer verlorenen Jugend nachjagten, sie alle fühlten sich mit zerkratzten Vintage-Stühlen, aufdringlicher Musik und befleckten Blumenpolstern am wohlsten. Um es kurz zu sagen: Diese Bar sah genau wie ein Ort aus, an dem einen Drogen untergejubelt wurden.

Es war noch nicht ganz sieben, deswegen vergleichsweise leer. Einige Studenten saßen in einer der Polsternischen, die sich an den Wänden reihten, und ein Barkeeper mit fransigen blonden Haaren, die unter seinem roten Basecap hervorlugten, zapfte Kölsch hinter der Theke.

„Der Typ hat uns auch gestern bedient", wisperte ich Rispo zu. „Ich erinnere mich an die Kappe. Ich habe ihn nämlich gefragt, für welches Sportteam das PD darauf steht und er konnte es mir nicht sagen."

„Für die Philadelphia Delphies. Eine Baseballmannschaft", murmelte Josh abwesend, dessen Blick aufmerksam durch den Raum flog. Sicherlich auf der Suche nach Hinweisen und Notausgängen.

„Aha", meinte ich tonlos. „Ich werde nicht einmal so tun, als würde ich die kennen."

„Hatte ich nicht erwartet. Du solltest mit dem Barmann reden. Du bist sympathischer als ich."

Das war eine sehr wahre Aussage. Rispo strahlte eine etwas düstere Energie aus. Wie ein Glühwürmchen ... nur in, nun, düster. Das brachte Frauen zwar dazu, sich an seinen Hals zu schmeißen – mein triebgesteuertes

Ich miteingeschlossen –, aber den Rest der Weltbevölkerung verleitete es dazu, vor ihm zurückweichen. Und heute war Josh angespannter als sonst, was seinem ohnehin schon knapp bemessenen Geduldsfaden nicht zugutekommen würde. Es war schön, dass er reflektiert genug war, mir den Vortritt zu lassen.

„Alles klar", meinte ich und zwängte mich zwischen zwei Barhockern zum Pseudo-Baseballfan durch. „Hey", sagte ich und setzte mein freundlichstes Lächeln auf.

„Ah, hallo", erwiderte der Barmann und seine Miene erhellte sich. „Dich kenne ich doch. Hast du nicht gestern bei uns Karaoke gesungen ... obwohl wir keine Karaokemaschine haben?"

Richtig. „Das hört sich nach mir an", bestätigte ich. „Ich habe etwas zu viel getrunken – muss aber eine fantastische Sängerin sein, wenn du dich noch an mich erinnerst. Ich bin Louisa Manu." Lächelnd reichte ich ihm die Hand über die Theke. „Und du?"

„Steffen Dürer", meinte er und ergriff sie.

„Nett, dich kennenzulernen, Steffen. Da wir gerade bei betrunken sein waren ... Alkohol ist tatsächlich der Grund, warum ich hier bin. Ich scheine mein Handy und meine Schlüssel verloren zu haben. Wurden sie zufällig hier gefunden?"

„Keine Ahnung", meinte er achselzuckend. „Eine Kollegin von mir hat gestern aufgeräumt. Ich hatte Feierabend, kurz nachdem deine lustige Truppe weitergetorkelt ist. Aber vielleicht ist ja was in unserer Fundgrube gelandet. Lass mich mal nachsehen." Er nickte mir zu und verschwand durch eine Schwingtür in den hinteren Teil der Bar.

Ungeduldig ließ ich meine Finger auf das Holz prasseln, während ich mich an Rispo wandte, der noch immer den Blick schweifen ließ.

„Irgendetwas entdeckt?", wollte ich wissen.

„Ja …", sagte Josh langsam und verengte die Augen. „Der Typ da hinten hat zwei unterschiedliche Socken an. Warum tut jemand so etwas?"

Ich schnaubte. Rispo hatte nur schwarze Socken, alle von derselben Marke, damit ihm das nicht passieren konnte. Und da behauptete er immer, *ich* hätte Probleme. „Alle erzählen mir andauernd, was für ein hervorragender Polizist du bist … und du denkst nur an Socken."

„Du denkst nur an Schokolade, was ist da der Unterschied?", wollte er interessiert wissen.

Schockiert legte ich die Hand auf die Brust. „Also, wenn du behauptest, dass Socken und Schokolade von gleichem Wert sind, muss ich anfangen, unsere ganze Beziehung zu hinterfragen!"

Josh grinste und tätschelte mir beruhigend die Schulter. „Prioritäten, Lou. Prioritäten. Aber um auf deine Frage zurückzukommen: Nein. Ich konnte nichts Auffälliges entdecken. Aber diese Bar ist recht klein und wenn eine Menge Leute hier drin sind, sicherlich sehr unübersichtlich. Es fällt mir nicht schwer, mir vorzustellen, dass jemand euch unbemerkt etwas untergemischt hat."

Ja, mir auch nicht.

Die Klapptür ging auf und der blonde Nicht-Baseballfan kam zurück an die Theke. „Sorry", sagte er und zog eine Grimasse. „Bei uns wurde nichts abgegeben. Weder Schlüssel noch Handy."

Scheiße. Wo sollte ich denn bitte als Nächstes suchen, wenn ich mich nicht daran erinnern konnte, wo ich gewesen war?

„Schade", sagte ich enttäuscht. „Ich weiß nämlich ehrlich gesagt nicht mehr, wann ich die Sachen zuletzt gesehen habe ... erinnerst du dich zufällig daran, ob ich das Handy noch in der Hand hatte?"

„Nee", sagte der Typ sofort.

„Okay ... und du hast auch nichts Auffälliges beobachtet?"

„Auffällig?", wiederholte er zweifelnd und rückte sich die Kappe auf dem Kopf zurecht. „Was soll das heißen?"

„Na, ob jemand sich merkwürdig verhalten hat, mich intensiv angesehen hat, sehr nah an meiner Handtasche stand ..."

Mein Gegenüber prustete. „Entschuldige. An einem Samstagabend sind hier alle so voll, dass *jeder* auffällig ist."

Ich seufzte unzufrieden und wippte auf meine Fersen zurück. Der Typ war wirklich nicht hilfreich. „Ich weiß", sagte ich leicht gereizt. „Aber es könnte ja sein, dass du dich dennoch daran erinnerst, ob ..."

„Ich schwöre, ich habe keine Ahnung", unterbrach der Jüngling mich nun sichtlich genervt. „Ich bin Barkeeper, ich schenke Drinks aus. Ich sehe Alkohol und Gläser. Alles andere um mich herum verwischt zu einer dicken, bunten Masse. Und wie gesagt: Es war gerappelt voll. Alle benehmen sich peinlich, alle drängen sich irgendwem auf, alle greifen in irgendwelche Taschen, die ihnen vielleicht gar nicht gehören und ..."

Rispo schlug so fest mit der flachen Hand auf den Tresen, dass ich zusammenzuckte und rückwärts gegen seine Brust stolperte.

„Es reicht", sagte er scharf, knackte mit dem Kiefer und visierte sein Gegenüber mit dunklem Blick. „Wenn der sympathische Weg nicht funktioniert, benutzt man einen effektiveren. Meiner Freundin wurde gestern etwas in den Drink gemischt – in *deiner* Bar – und das macht mich sehr, sehr ungehalten. Deswegen wirst du jetzt genau darüber nachdenken, was du gestern alles gesehen hast, und es mir so detailreich erzählen, dass ich das Gefühl habe, vor meinem HD-Fernseher zu sitzen, ist das klar? Und wenn ich nicht zufrieden damit bin, wie angestrengt du nachdenkst, wirst du vielleicht nicht mehr zufrieden damit sein, wie deine Nase aussieht."

„Josh", zischte ich ungläubig und zog seine Hand, die sich mittlerweile zur Faust geballt hatte, vom Tresen. „Du kannst ihm nicht drohen. Du bist Polizist!"

„Ja, und gerade nicht im Dienst", sagte er abgehackt, den Blick weiterhin auf den Blonden gerichtet. „Also? Was ist los, Bubi?"

Der Barmann war so bleich geworden wie ein erschrockenes Gespenst und machte hastig einen Schritt zurück. „Es ... es ist nicht meine Bar, Mann", stotterte er.

„Ist mir scheißegal", stellte Rispo freundlich lächelnd fest. „Warum denkst du noch nicht nach? Oder guckst du immer so dumm, wenn du dein Gehirn anstrengst?"

„Ich kann nicht!", sagte der Barmann verzweifelt und sah Hilfe suchend zu mir. „Tut mir leid", stotterte er. „Ich war gestern high. Ich habe wirklich nicht viel mitbekommen. Ich hab dich doch nur erkannt, weil du so scheiße gesungen hast!"

Rispo presste die Lippen zusammen und seufzte schwer. „Okay. Das klingt glaubhaft."

„Hey!", beschwerte ich mich verärgert. „Ich singe wunderbar. Ich bin die Nachtigall unter den Blumenladenbesitzerinnen!"

Rispo beachtete mich nicht. Stattdessen wandte er sich wieder an den Barmann. „Kennst du Jorina Stelz?"

Der Blonde blinzelte verwirrt, sah zu mir, zu Rispo und wieder zurück. Der Themenwechsel war ihm wohl zu abrupt gekommen. „Bitte was?"

„Jorina Stelz", wiederholte Rispo und zeigte seinem Gegenüber ein Foto auf seinem Handy. „Kennst du sie?"

Stirnrunzelnd beugte sich der Blonde vor und begutachtete das Display. „Ja, doch. Die kommt mir bekannt vor. Ich glaub, sie ist öfter hier."

„Du *glaubst*?", meinte Rispo hart, und mit jedem Wort wurde seine Stimme lauter. „Weißt du, viele Menschen glauben auch an Gott – das heißt aber noch lange nicht, dass er existiert."

„Ich … ich weiß es", korrigierte der Barmann sich sofort fahrig. „Sie ist fast jedes Wochenende hier. Wieso …" Er räusperte sich. „Wieso fragen Sie?"

„Nun, sie …"

„Sieh mal einer an", ertönte plötzlich eine spöttische Stimme hinter uns. „Wenn das nicht der vom Fall abgezogene Kommissar des Monats ist, der hier absolut nichts verloren hat."

Kapitel 4

Überrascht wandte ich mich um.

Zwei Männer standen im Eingang. Der eine war so groß wie Rispo, hatte dunkelbraune, kurzgeschorene Haare, tiefgraue Augen und den Körper eines leinsamensüchtigen Fitnessgurus. Der andere war so groß wie ich, hatte rötlich schimmernde Haare, blasse Haut, wässrige blaue Augen und zwei kostenlose Rettungsringe um den Bauch.

Ihn kannte ich nicht. Den Möchtegern-Adonis schon. Ich hatte ihm schon einmal eine runtergehauen.

„Und deine süße, kleine Freundin, die möglicherweise eine Menge Blut an den Fingern hat, hast du auch dabei", redete Thilo weiter und lächelte mir eklig freundlich zu. „Wunderbar. Wirkt überhaupt nicht verdächtig, wirklich."

Ich spürte, wie sich Josh neben mir versteifte. Das überraschte mich nicht weiter, denn er war wirklich nicht gut auf Thilo zu sprechen. Was einerseits daran liegen mochte, dass er mit seiner Ex-Verlobten geschlafen hatte, andererseits auch daran, dass Rispo seinetwegen zwei Monate vom Dienst suspendiert worden war – nachdem er das Bedürfnis gehabt hatte, Thilo krankenhausreif zu prügeln. Gut, das war vielleicht auch von Joshs Seite aus nicht die feine englische Art gewesen, aber er hatte es nun einmal persönlich genommen, dass sein bester Freund und Partner die Frau, die er liebte, gevögelt hatte. Wer konnte es ihm verdenken?

„Hey, Sösser", sagte Rispo steinern, jede Emotion von seinem Gesicht gewischt. Er nickte dem kleinen Mann zu, der die Hand zum Gruß hob, bevor er sich an seinen Kollegen wandte. „Und Thilo ... was willst du hier?"

Joshs Stimme war nicht nett, schöpfte ihr Potenzial an Unfreundlichkeit jedoch auch längst noch nicht aus.

„Auch schön, dich zu sehen, Josh. Irgendwer musste diesen Fall doch übernehmen, nachdem du abgezogen wurdest, oder?" Das Grinsen auf Thilos Gesicht wurde breiter. „Ich hoffe, das wird eine schnelle Nummer. Ich will nächstes Wochenende in den Urlaub. Die bessere Frage ist außerdem doch: Was willst *du* hier, Josh?" Interessiert neigte Thilo den Kopf zur Seite. „Du hast nicht die Befugnis, dich in den Fall einzumischen. Wurde es dir nicht sogar strengstens untersagt?" Gespielt nachdenklich legte er einen Zeigefinger an sein Kinn. „Andererseits finde ich es überhaupt nicht überraschend, dass du die Kontrolle nicht abgeben kannst, Rispolein. Ich freue mich sogar darüber. Ich werde ab jetzt jeden Tag dafür beten, dass du irgendetwas Dummes tust, damit ich dir wegen Strafvereitelung eine Geldstrafe aufbrummen kann."

„Du redest zu viel, Thilo", sagte Rispo schroff und trat einen Schritt vor, sodass nur noch ein sehr dünner Mensch zwischen sie gepasst hätte. „Mir hat es besser gefallen, als dein Kiefer noch neben deinem Ohr hing. Vielleicht sollte ich da noch mal nachhelfen."

Thilo verengte langsam die Augen. „Ich würde aufpassen, wem du hier drohst, Josh. Falls es dir noch nicht aufgefallen ist: Das Schicksal deiner Freundin liegt in meinen Händen. Und obwohl ich sie mag", er lächelte mir kühl zu, *„sehr* sogar – dein Frauengeschmack war schließlich immer tadellos –, wird es mir überhaupt nicht wehtun, sie in den Knast wandern zu lassen."

Ich schluckte und griff nach Joshs Hand, bevor er sie zur Gänze heben konnte. „Lass es", flüsterte ich. „Das ist es wirklich nicht wert."

Der rothaarige Polizist neben Thilo trat derweil unwohl von einem Bein auf das andere und sah zwischen Rispo und seinem Partner hin und her. Unsicher, was er tun sollte.

Er erinnerte mich stark an Marvin, den Recherchisten der Polizei und Rispos Superfan, mit dem ich des Öfteren zu tun gehabt hatte. Sösser war einer dieser Typen, die man schnell wieder vergaß. Und ähnlich wie Marvin schien seine Mutter ihn einzukleiden. Zumindest trug er eine blaue Anzugjacke mit dicken goldenen Knöpfen, die ihn wie einen Zirkusdirektor aussehen ließen.

„Hör auf deine Freundin", riet Thilo Rispo. „Sonst tust du dir noch weh. Glaub mir, ich warte nur darauf, dass ..."

„Ähm, Stetter", unterbrach der Rothaarige seinen Kollegen endlich. „Sie sollten in der Öffentlichkeit vielleicht keine Drohungen ..."

„Sösser, warum stehen Sie immer noch neben mir? Suchen Sie doch schon einmal die verdammte Bar ab, ja?", blaffte Thilo genervt. „Das ist doch Ihr Job, oder nicht?"

Der Polizist schluckte hörbar, nickte jedoch. „Natürlich." Im nächsten Moment wandte er sich um und schritt die Sitzplätze am Rand der Bar ab.

„Wir werden jetzt gehen", schlug ich vor. „Es ist ja offensichtlich, dass die Polizei hier alles unter Kontrolle hat. Wir haben ohnehin nur kurz vorbeigeschaut, um nach ein paar meiner verlorenen Sachen zu suchen." Ich legte Rispo meine Hand in den Rücken, um ihn zum Gehen zu animieren, doch er rührte sich nicht. Oh, nein. Das konnte ich jetzt wirklich nicht gebrauchen. Ein wütender Rispo war ein schlechter Rispo.

„Josh", zischte ich. „Sei kein Arschloch."

Ungläubig wandte er sich zu mir um. *„Ich* bin das Arschloch?"

„Na ja, nein. Aber von Thilo kannst du diese Art der Reflexion nicht erwarten!"

Das brachte Josh zum Lächeln ... und Thilo zum Schnauben. „Gott, das ist ja herzallerliebst", sagte er verächtlich. „Rumpelstilzchen und die böse Königin haben zueinander gefunden. Bitte schickt mir die Fotos von euren hässlichen Babys, wenn es soweit ist. Aber bis dahin: Könntet ihr beide aufhören, mich zu nerven und mich meine Zeugen befragen lassen?"

Ich wollte gerade den Mund öffnen, um mich für das Kompliment zu bedanken, da tauchte Sösser wieder neben Thilo auf.

„Ich habe ein Handy und einen Schlüssel gefunden", sagte er stolz und hielt die Gegenstände hoch.

Meine Augen wurden groß, als ich den Keks-Anhänger und die Hülle, die eine Schokoladentafel imitierte, erkannte. „Hey, das ist meins!", sagte ich begeistert. „Wo haben Sie es gefunden?"

Sösser sah verwundert zu mir und nickte zu den Sitzecken am anderen Ende der Bar. „Es ist zwischen die Polster gerutscht."

„Und Sie haben die Dinge ohne Handschuhe da raus-
geholt?", fragte Thilo mit verengten Augen und starrte
auf die auffällig nackten Finger seines Kollegen.

Leichte Röte kroch seinen Hals hinauf und mit jeder
verstreichenden Sekunde sah er schuldbewusster aus.
„Oh, tut mir leid. Ich wusste nicht, dass sie Beweismittel
sind."

„Warum zum Teufel hat die Polizei Sie noch nicht gefeuert, Sösser?", fragte Thilo kopfschüttelnd.

„Ähm ..." Sein Kollege wusste offensichtlich nicht, wie
er darauf antworten sollte.

„Holen Sie die Beweisbeutel raus! Meine Güte, das ist
doch der einzige Grund, warum ich Sie mitgenommen
habe! Sie –"

„Also bekomme ich mein Handy nicht zurück?", unterbrach ich Thilo laut, bevor er Zeit hatte, sich in seine
Wut reinzusteigern.

Sein Kopf fuhr zu mir herum. „Josh liebt dich nur wegen deines Aussehens, oder?", meinte er schnaubend.
„Nicht, weil du etwas im Kopf hättest."

Das glaubte ich nicht. Josh hatte mich schließlich
schon beim Sport gesehen und war immer noch mit
mir zusammen.

„Das ist ein ... vielleicht?", mutmaßte ich vorsichtig.

„Das ist ein Nein!", korrigierte mich Thilo genervt.
„Natürlich kriegst du es nicht wieder! Es ist ein mögli-
ches Beweisstück."

Kein Grund, direkt unhöflich zu werden. Zuckrig lächelte ich ihn an. Er sollte ein wenig netter zu mir sein,
sonst müsste ich ihm wieder beweisen, dass Rispo mich
auch liebte, weil ich so gut zuschlagen konnte. „Keine
Sorge, wir gehen ja schon. Nichts läge mir ferner, als

euch dabei zu behindern, den wahren Mörder zu finden."

Ich hob die Hand, und diesmal reagierte Josh auf meinen Faustschlag in seinen Rücken.

Bevor wir jedoch durch die Tür verschwinden konnten, rief Thilo Josh noch einmal zurück. „Rispo", bellte er und sein Blick hatte jeglichen Spott verloren. „Misch dich nicht in den Fall ein, ist das klar? Es ist mein Job, meine Verantwortung. Du hältst dich raus! Wenn nicht, könnte dich das eine Menge kosten. Und wenn ich dich nur einmal an einem Ort sehe, an dem du nicht sein darfst ... dann werde ich persönlich dafür sorgen, dass du suspendiert wirst."

Josh antwortete nicht. Er hielt nur ein paar Sekunden Thilos Blick stand, dann wandte er sich wortlos um und stieß die Tür auf.

Ich seufzte schwer und lief ihm eilig hinterher. Die Sache mit seiner Verlobten war eine Ewigkeit her – knapp sieben Jahre –, doch Josh war noch immer unglaublich wütend wegen der Sache. Und ehrlich gesagt kratzte dieser Umstand ein wenig an meinem Ego. Wie sehr musste er Inessa geliebt haben, wenn es ihn immer noch so mitnahm?

„Ist scheiße, wenn dir jemand sagt, dass du dich nicht in den Fall einmischen sollst, oder?", fragte ich in dem Versuch, die Stimmung aufzulockern.

Rispo antwortete nicht. Er war offenbar nicht bereit, aufgeheitert zu werden. Stattdessen lief er einfach vor, die Schritte lang und ruckartig, direkt auf seinen Wagen zu.

Ich seufzte erneut und beschleunigte meinen Schritt. „Josh", rief ich. „Warte auf mich."

Er wartete nicht auf mich. Ich erreichte ihn erst, als er die Fahrertür seines Audis öffnete.

„Josh, du solltest in dem Zustand wirklich nicht fahren“, stellte ich etwas außer Atem fest. „Das wäre verantwortungslos.“

Er wandte sich düster zu mir um. „Alles okay, ich habe mich beruhigt“, quetschte er zwischen den Zähnen hervor.

„Wirklich?“, fragte ich trocken.

„Ja! Mir geht es fantastisch.“

Ich schnaubte. „Natürlich. Du hast einen Penis.“

„Das ist korrekt, auch wenn ich den Zusammenhang nicht sehe.“

„Männern geht es immer *gut.* Selbst wenn ihnen ein Holzpfahl in der Brust steckt!“

„Ich liege nicht im Sterben, Lou.“

„Nein, aber dein Gesicht sieht aus, als wollte es als Dampflok anheuern.“

„Lou“, sagte Josh angespannt und sah mir endlich in die Augen. „Hast du überhaupt eine Ahnung, was das für dich bedeutet, dass Thilo leitender Ermittler in diesem Fall ist?“

Ich schluckte und hob eine Schulter. „Ich … nun, er war dein Partner, er wird doch ein guter Polizist sein, oder?“

„Er ist beschissen gut – wenn er will. Er war der beste Partner, den ich je hatte. Aber bei diesem Fall? Bei diesem Fall wird er sich keine verdammte Mühe geben, Lou“, presste er zwischen den Zähnen hervor. „Er wird dich komplett auflaufen lassen. Nur, um mich anzupissen. Und jetzt haben wir auch noch deinen Schlüssel gefunden." Er fuhr sich mit der Hand über die Augen und legte den Kopf in den Nacken.

Erst jetzt dämmerte mir, dass Josh gehofft hatte, weder mein Handy, noch meine Schlüssel zurückzubekommen. Die Möglichkeit, dass der Mörder ihn mir gestohlen hatte, um die Leiche in meine Wohnung zu verfrachten, fiel damit weg. Mist, da hatte ich überhaupt nicht drüber nachgedacht.

Mein Herz wurde etwa einen Zentner schwerer, doch ich ignorierte das Gefühl, so gut ich konnte. Ich musste optimistisch bleiben. In Panik auszubrechen, würde mir nicht helfen.

„Ich glaube, du machst dir zu viele Gedanken", sagte ich langsam. „Ich weiß, im Moment sieht es schlecht aus, aber Thilo ist kein abgrundtief böser Mensch. Er mag ein Arschloch sein, aber er dient immer noch dem Gesetz. Er würde mich nicht unrechtmäßig in den Knast werfen, nur weil er dich nicht mag, Josh. Wenn es andere Spuren gibt, wird er sie verfolgen." Und es *musste* andere Spuren geben. „Er hat schließlich einen Eid geschworen."

Kopfschüttelnd sah Josh mich an, eine Hand aufs Autodach gelegt, die andere in die Hosentasche gestopft. „Wie zum Teufel kannst du immer noch an das Gute im Menschen glauben, nachdem dich bereits drei Psychopathen attackiert haben?"

Ich hob unschlüssig die Schultern. „Keine Ahnung ... ich habe als Kind eine Menge Märchen und Zeichentrickserien gesehen. Da wird einem eingebläut, dass Wunder passieren. Und überhaupt: Psychopathen wachsen nicht auf Bäumen. Nicht jeder Mensch ist geistesgestört und böse. Wenn man Gutes erwartet, wird einem auch Gutes widerfahren." Stand das nicht sogar in der Bibel?

„Lou, ich liebe dich, aber das ist ausgemachter Blödsinn", sagte Josh feierlich. „Schlimme Dinge passieren. Ohne Grund. Kinder sterben, süße Tierbabys werden zu Pelz verarbeitet, Menschen werden unrechtmäßig ins Gefängnis geworfen – und Karma interessiert das einen Scheißdreck."

„Das solltest du unbedingt aufschreiben, das ist der Kram, aus dem berührende Kinderbücher für die ganze Familie gemacht werden."

Josh lachte nicht. „Ich meine es ernst, Lou. Ich werde dein verdammtes Schicksal nicht dem Zufall überlassen, nur weil du an Schutzengel und die Gebrüder Grimm glaubst."

Ich verschränkte die Arme und neigte nachdenklich den Kopf zur Seite, während ich versuchte, zwischen den Zeilen zu lesen. „Heißt das ... wir schnappen den Mörder selbst?", folgerte ich.

„Ja", sagte Josh grimmig.

Mein Magen zog sich freudig-ängstlich zusammen. Na, dann hatte das Zusammentreffen mit Thilo ja doch noch etwas Gutes gebracht. Josh war ein tausendmal besserer Ermittlungspartner als Trudi und Emily.

Trotz allem – obwohl ich Angst hatte, obwohl das Bild der toten Frau noch immer in meinem Geist herumspukte – brach ein breites Grinsen auf meinem Gesicht aus. „Joshua Rispo läuft auf die dunkle Seite der Macht über", flüsterte ich und legte ihm eine Hand in den Nacken. „Diese düstere Seite an dir gefällt mir."

„Ich weiß. Du redest im Schlaf", stellte Josh trocken fest. „Aber ich muss dich enttäuschen: Ich werde kein

Batmankostüm anziehen. Was ich jedoch tun werde, ist, einen Backgroundcheck durchzuführen ..."

„Von wem?"

„Dem Barmann natürlich. Hast du den Puls an seinem Hals nicht gesehen? Er hat so unglaublich schlecht gelogen, dass er die goldene Lügenhimbeere bekommen sollte. Außerdem sind ihm Tränen in die Augen gestiegen, als er gehört hat, wie Thilo über mögliche Zeugen und den Mord geredet hat. Er kennt Jorina nicht nur als Stammgast."

Oh. Rispo hatte noch auf den blonden Kappentyp geachtet? Ich hatte ihn komplett ausgeblendet, nachdem Thilo und sein Gehilfe aufgetaucht waren.

„Okay. Wir konnten ihn nur leider nicht mehr fragen, ob er weiß, wo Emmi, Trudi und ich als Nächstes hingegangen sind."

„Kein Problem. Darum kümmern wir uns morgen", versprach Rispo. „Jetzt will ich erst mal ins Bett."

Das hörte sich nach einer fantastischen Idee an.

Kapitel 5

Ich hatte erwartet, dass ich nach den Geschehnissen des Tages unglaublich schlecht schlafen würde.

Ich wurde nicht enttäuscht.

Nach sieben Stunden wildem Herumgewälze, das nachts irgendwann dazu führte, dass Josh mich an seinen Körper zog und mit den Armen so fest umschloss, dass ich bewegungsunfähig war, öffnete ich gerädert und mit schwerem Herzen die Augen.

Den Blumenladen würde ich heute geschlossen lassen. Das hatte ich um halb vier beschlossen, als Rispo mir: „Du bist nicht allein, Lou, wir kümmern uns schon darum", ins Ohr geflüstert hatte und ich spontan in Tränen ausgebrochen war. Ich fühlte mich heute nicht dazu in der Lage, Blumen zu verkaufen. Andererseits fühlte ich mich auch nicht dazu in der Lage, aufzustehen – aber hatte ich eine Wahl? Je eher ich aus dem Bett kam, desto eher konnten wir uns den Fall ansehen und desto eher konnte ich zu meinem normalen Leben zurückkehren, in dem ich zwar über Leichen stolperte, diese jedoch nicht in meinem Wohnzimmer lagen!

Rispo war natürlich schon längst wach und in der Küche, also war ich allein, während ich mich in seinem Schlafzimmer anzog und traurig bemerkte, dass der Kaktus, den ich ihm geschenkt hatte, mausetot auf seiner Fensterbank stand.

Es war ein Kaktus! Er brauchte doch nichts außer Licht und einen Tropfen Wasser alle paar Monate. Wie hatte Josh ihn umbringen können? Da ich jedoch einsah, dass diese Frage weit unten auf meiner heutigen Prioritätenliste stand, beschloss ich, Josh nicht mit seinem Versagen als Pflanzenpapa zu konfrontieren.

Als ich ins Wohnzimmer kam, stand Rispo an der Kücheninsel, das Telefon am Ohr, die Augenbrauen tief ins Gesicht gezogen. „Verstehe", murmelte er. „Ja. In Ordnung." Er nickte, während der Gesprächspartner auf ihn einzureden schien. Schließlich sagte er: „Danke für den Anruf, ich mache mich gleich auf den Weg", und legte auf.

„Und?", fragte ich neugierig. „Gibt es Neuigkeiten?"

„Ja", sagte er langsam, ließ das Telefon sinken und sah mich nachdenklich an. „Sie haben einen neuen Hauptverdächtigen."

„Wirklich? Wen?"

„Mich."

Ungläubig weitete ich die Augen. „Was?"

„Ja." Er verzog griesgrämig das Gesicht. „Ich habe einen Schlüssel, also die Möglichkeit, in deine Wohnung zu gelangen. Mein Alibi basiert auf der Aussage von vier betrunkenen Brüdern, die in meiner Wohnung kollabiert sind, also hatte ich die Gelegenheit. Ich war frustriert, dass wir Jorina nicht dranbekommen haben – und schon habe ich ein Motiv. Ich bin mit sofortiger Wirkung zwangsbeurlaubt."

Mir wurde schwindelig. „Aber ... aber das ist doch verrückt! Emily und Ariane haben auch einen Schlüssel, das muss doch gar nichts heißen."

Rispo rieb sich kopfschüttelnd mit der flachen Hand über die Stirn und atmete schwer durch. „Ich weiß nicht. Wenn ich ehrlich bin, hätte ich mich auch verdächtigt. An Thilos Stelle sowieso. Es gab keine fremden Fingerabdrücke an deinen Schlüsseln und deinem Handy. Nur deine und die von Sösser. Deine Tür war verschlossen und es gibt keine Einbruchsspuren. Der Mörder muss einen Schlüssel gehabt haben – oder durch Wände gehen können. Sie haben dein Blut untersucht, du wurdest tatsächlich unter Drogen gesetzt. Irgendeine Roofies-Mischung. Sie wollten keine genauen Angaben machen. Der Gerichtsmediziner hat jedoch den Zeitpunkt des Todes auf zehn Minuten genau bestimmt – du warst mit ziemlicher Sicherheit während des Mordzeitpunktes in einem solchem Delirium, dass du unfähig dazu warst, jemanden zu töten. Aber weißt du, wer *nicht* ausgeknockt war? Ich! Und jetzt rate mal, wessen Fingerabdrücke außer deinen auf dem Messer sind?"

„Deine", hauchte ich und klammerte mich an der Kücheninsel fest. „Aber ... du benutzt es wirklich zum Kochen! Das kann ich bezeugen!"

„Es spielt keine Rolle", sagte Rispo trocken und gab ein freudloses Lachen von sich. „Ich bin ein so viel besserer Verdächtiger als du. Ich kenne das Opfer. Du nicht. Ich habe mehrfach laut bekundet, wie sehr mich der Drogenfall frustriert. Es wäre nicht schwer für mich gewesen, Jorina Stelz ebenfalls unter Drogen zu setzen und dann auf deiner Couch zu ermorden."

Ich starrte Josh mit offenem Mund an. Seine Worte hallten in meinem Kopf wider ... und unfreiwillig musste ich laut lachen. Mir war vollkommen klar, dass das unpassend war, aber ich konnte nicht anders. Diese Situation war einfach nur absurd. „Was ist so witzig?", fragte Rispo düster.

„Na ja, du wärst ein richtiger Scheiß-Freund, wenn du mir anstatt Blumen eine Leiche mit in meine Wohnung bringen würdest!", stellte ich fest und legte eine Hand auf meinen Mund, um das Lachen zu ersticken.

„Du bist dabei, hysterisch zu werden, oder?", fragte Josh und durchleuchtete mich skeptisch.

Möglich. Ich konnte es nicht mit Sicherheit sagen. Alles, was ich wusste, war, dass ich mir schon zum dritten Mal in den Arm kniff und noch immer nicht aus diesem dummen Traum erwachte.

„Fuck", stieß Rispo aus, legte den Kopf in den Nacken, atmete dreimal tief durch ... und als er mich wieder ansah, war jegliche Wut, Verzweiflung und Frustration aus seinem Gesicht verschwunden. Denn mehr brauchte Josh nicht, um sich zusammenzureißen: drei Atemzüge und ein Schimpfwort. Man durfte sich nicht täuschen lassen, er kochte vor Wut, das erkannte man daran, dass seine Augen dunkler und sein Blick härter als sonst waren. Aber andere Anzeichen gab es nicht. Er war die reinste Zirkusattraktion.

„Okay, ich muss zum Präsidium, eine Aussage aufnehmen, versuchen mein Alibi zu untermauern. Meinen Brüdern einreden, dass sie nicht für mich lügen sollen, weil sie sonst wegen Falschaussage verknackt werden ... das wird ein lustiger Tag." Er legte die Hände um mein Gesicht und küsste mich sanft. „Kommst du klar?"

Ich war mir nicht ganz sicher, nickte jedoch trotzdem. „Thilo denkt doch nicht wirklich, dass du der Mörder bist, oder?", fragte ich leise. „Ich meine ... er kennt dich. Du liebst das Gesetz. Du würdest es nicht brechen."

Josh hob eine Augenbraue. „Ich habe vor, zusammen mit dir unautorisierte Recherchen anzustellen ...“

„Ja, aber das liegt doch nur an meinem schlechten Einfluss auf dich! Dafür können sie dir doch nicht die Schuld geben.“

Rispo schmunzelte. „Ich werde sichergehen, das in meiner Aussage zu berücksichtigen.“

Fünf Minuten später war er aus der Tür.

Ich blieb in der Küche zurück, unsicher darüber, was ich als Nächstes tun sollte, als Rispos Telefon klingelte. Er war einer der wenigen Menschen, die ich kannte, die noch einen Festnetzanschluss hatten. Ich war schon vor Jahren nur aufs Handy übergegangen. Andererseits benutzte er ja auch immer noch einen Notizblock, er war in manchen Bereichen einfach etwas altmodisch. Ich beugte mich über den Küchentresen und sah auf die Anruferkennung. Unbekannte Nummer stand auf der digitalen Anzeige.

Ach, schlimmer als eine Leiche im Wohnzimmer konnte der Anrufer nicht sein. Ich hob ab. „Bei Rispo?“, meldete ich mich.

„Lou! Was zum Teufel ist bei dir los?“, rief meine beste Freundin Ariane aufgebracht durchs Telefon. „Die Polizei war eben bei mir und hat mich verhört! Sie wollte wissen, was wir Samstagnacht so Wichtiges am Telefon besprochen haben. Steckst du in Schwierigkeiten?“

„Wir haben Samstagnacht miteinander telefoniert?“, fragte ich verwirrt.

„Natürlich. Weißt du das nicht mehr?“

„Ich weiß eine Menge nicht mehr, Ari“, sagte ich entschuldigend. „Ich wurde unter Drogen gesetzt, damit jemand in Ruhe eine Frau auf meiner Couch töten konnte."

Abrupte Stille senkte sich über die andere Seite der Leitung.

„Nein!", stieß Ariane schließlich schockiert aus.

„Doch."

„Aber wer tut denn so etwas?" Ihre Stimme überschlug sich.

„Wenn wir das wüssten, sähe meine Situation sehr viel besser aus", bemerkte ich wahrheitsgemäß. „Aber wir haben da einen kleinen Informationsengpass."

„Scheiße." Ari sog zischend Luft ein. „Wofür zum Teufel bestraft dich das Universum?"

Eine gute Frage, auf die ich wahrscheinlich niemals eine Antwort bekommen würde. Irgendwann innerhalb der letzten Jahre musste ich den Gott der Leichen sehr wütend gemacht haben. „Ich habe einen kompletten Filmriss, Ari", sagte ich seufzend und lehnte mich mit dem Rücken gegen die Kücheninsel. „Wir haben Samstagnacht wirklich miteinander gesprochen? Worüber haben wir ..." Ich brach ab und schüttelte den Kopf. „Nein, weißt du was, ich komm vorbei." Ich wollte mit meinen Gedanken jetzt nicht allein sein.

„Okay, ich fahre jetzt allerdings zum Laden los." Ariane führte die *Maisonette du Chocolat*, einen schokoladigen Feinkostladen in der Kölner Innenstadt.

„Umso besser, ich könnte eine Pralinendröhnung gebrauchen. Bis gleich."

Als ich eine halbe Stunde und drei Geduldsfäden später einen Parkplatz gefunden hatte, der nicht zwei Kinderriegelpackungen in der Stunde kostete, rauchte mein Kopf. Ich war unfähig dazu, die Fragen zu ignorieren, die sich penetrant immer wieder in mein Bewusstsein schoben.

Wo kam der Glitzer her? Was hatte es mit dem Goldfisch in meiner Badewanne auf sich? Warum sollte es jemand auf mich abgesehen haben?

Eine Frage jedoch war besonders lästig: Wie zum Teufel war jemand ohne Schlüssel und Vorschlaghammer in meine Wohnung eingedrungen?

Ich wohnte im ersten Stock, und selbst wenn jemand eine Leiter benutzt hatte: Meine Fenster waren allesamt verschlossen gewesen. Solange es niemanden gab, der sich in eine Ameise verwandeln und durch den Riss in meiner Badezimmerwand quetschen konnte, gab es keine zufriedenstellende Antwort darauf.

Emily musste ihren Schlüssel noch haben – wie sonst waren wir Samstagnacht wieder bei mir reingekommen? –, aber vielleicht war Ariane ihr Schlüssel ja abhandengekommen. Mit diesem hoffnungsvollen Gedanken überquerte ich zügigen Schrittes den Heumarkt und bog in die Seitengasse ein, in der Ariane ihren Laden hatte. Ich blinzelte verdutzt, als ich von Weitem sah, dass Ari eine Art grell-orangene, birnenförmige Vase vor ihrer Confiserie aufgestellt hatte. Erst als ich nur noch zehn Meter vom Eingang entfernt war, erkannte ich, dass es sich gar nicht um einen Gegenstand handelte. Es war Trudi, die offenbar eine Karriere als Kürbis anstrebte. Das leuchtende Ballonkleid, das sie trug, war modisch noch hinter einem Kleid aus Fleisch und einem Bärenfellumhang anzusiedeln.

Neben ihr stand Emily, die finster in meine Richtung sah. Sie wirkte wütend. Andererseits kniff sie die

Augen vielleicht auch nur so missmutig zusammen, weil sie von Trudis Outfit geblendet wurde. Wer konnte das schon so genau sagen?

„Du sagtest, du rufst uns an!", begrüßte sie mich vorwurfsvoll.

Ja, aber ich hatte meiner Mutter mit achtzehn auch erzählt, dass ich nach Alkohol roch, weil ich das Badezimmer mit Wodka geputzt hätte. Mir war einfach nicht zu trauen.

„Ich hatte mein Handy nicht", sagte ich entschuldigend. „Das ist jetzt offizielles Beweismittel. Und woher wusstet ihr überhaupt, wo ihr mich finden könnt?"

Emmi schnaubte verächtlich. „Oh, bitte. Du bist gestresst und geizig und brauchst Schokolade. Ariane ist deine billigste Möglichkeit, an einen Nougat-Schuss zu kommen." Dafür, dass Emily letztes Jahr meinen Geburtstag vergessen hatte, kannte meine Schwester mich überraschend gut. „Also, warum willst du nicht, dass wir mit dir auf Mörderjagd gehen?"

Weil ich an meinem Leben hing und Emily das letzte Mal sogar darin versagt hatte, Schmiere zu stehen – obwohl das, abgesehen davon, Nachos in die Mikrowelle zu tun, die einfachste Aufgabe der Welt war!

„Schick siehst du aus, Trudi", versuchte ich vom Thema abzulenken und nickte der alten Dame anerkennend zu.

„Oh, danke. Ich dachte, ich probiere die Farbe Orange mal aus, damit es für mich nicht eine solche Umgewöhnung wird, falls wir hinter schwäbischen Gardinen landen."

„Schwedische Gardinen", korrigierte ich sie. „Und du brauchst dir wirklich keine Sorgen zu machen.

Niemand verdächtigt dich." Und die Farbe ihrer Kleidung wäre im Knast das letzte ihrer Probleme.

„Schwedisch?" Trudi kräuselte verwirrt die Nase. „Aber das ergibt keinen Sinn. Die Schweden machen wunderbare Gardinen! Warum sollte man nicht mehr Zeit dahinter verbringen wollen? Warst du noch nicht bei Ikea? Jeder weiß hingegen, dass die Schwaben nicht mit Stoff umgehen können. Warum sonst sollten sie Teppich sagen, wenn sie Bettdecke meinen?"

Auf die Frage hatte ich leider keine passende Antwort und da ich die Schwaben nicht zu Unrecht inkriminieren wollte, nickte ich nur vage.

„Gott, heute reden alle Menschen Schwachsinn!", zischte Emily gereizt.

„Alle? Wer denn noch?", wollte ich verwirrt wissen.

Sie presste die Lippen zusammen und schüttelte den Kopf. „Ich will nicht drüber reden", murrte sie und zwängte sich an mir vorbei in den Laden.

Trudi schnalzte mit der Zunge, murmelte: „Junge Leute", und zusammen folgten wir ihr.

Es gab nicht viele Dinge auf der Welt, die ich mehr zu schätzen wusste, als die Erfindung von Schokolade.

Die Symbolik des Mittelfingers befand sich wohl sehr weit oben auf meiner Liste. Von Rispo initiierte Orgasmen noch ein paar Plätze davor. Das Video, auf dem ein Pandababy nieste, war auch in den Top Ten zu finden. Aber direkt danach kam das Kind aus der schönsten und sinnvollsten Ehe der Welt: der zwischen Kakaobohnen und Zucker.

Und Arianes Geschäft war ein Schrein für den Grund, warum meine Oberschenkel Wackelpudding imitierten, wenn ich rannte. Sie hatte Schokolade zur Kunst und diese Kunst zu ihrem Beruf gemacht – und allein das machte sie schon zu einer Freundin fürs Leben. In den Regalen neben mir reihten sich Monumente aus Schokolade. Die Freiheitsstatue. Der Eiffelturm. Der Kölner Dom. Alles, was im echten Leben eben auch aus Schokolade bestehen sollte.

„Was machen wir denn jetzt?", wollte Emily missmutig wissen, während der runzlige Kürbis mit den pinken Haaren bestätigend nickte. So als hätte er sich dieselbe Frage gestellt. „Ich habe mich extra krankschreiben lassen, um mitzurecherchieren."

Emily machte seit letztem Herbst eine Ausbildung zur Floristin. Zugegebenermaßen nahm sie die Berufsschule und ihren Job ernster als so manches andere in ihrem Leben – was jedoch nicht viel hieß, da es dort nicht viel Platz nach unten gab. Emilys Prioritätenliste sah in etwa so aus:

1. *Spaß haben.*
2. *Vom Spaß erholen.*
3. *Mehr Spaß haben.*

Das war eine fantastische Liste für eine Fünfjährige, aber für eine Frau Mitte zwanzig, die sich von Marihuana und Schokobons ernährte, eher problematisch. Ich hatte immer geglaubt, dass sie irgendwann einen sehr ernsten, sehr reichen Mann kennenlernen würde, der sie etwas erdete. Doch jetzt wollte sie Finn heiraten, den ich zwar unglaublich gern hatte – er war schließlich ein Rispo, und die waren alle recht liebenswert –, dessen langfristiges Ziel es jedoch war, jeden Burger aus jedem Fast-Food-Restaurant probiert zu haben.

Ambitioniert, kein Zweifel, aber auch irgendwie ... dämlich. Andererseits: Emmi hielt diesen Plan für die beste Idee seit Kondomen, also was wusste ich schon darüber, was ihr Traummann für Eigenschaften mitbringen musste?

„Nun, ich weiß nicht, was ihr tun werdet, aber ich werde einen Haufen Pralinen essen und Ariane danach fragen, was ich ihr gestern am Telefon erzählt habe", meinte ich leichthin.

„Gute Idee", sagte Emmi und ihre Miene erhellte sich ein wenig. „Ich hab noch nicht gefrühstückt. Ich musste heute Morgen etwas überstürzt aufbrechen."

„Warum?", wollte Trudi wissen. „Das Frühstück ist die wichtigste Mahlzeit des Tages. Den Mitternachtssnack jetzt mal außen vor gelassen."

Emmi verzog griesgrämig ihr Gesicht. „Hatte ich nicht erwähnt, dass ich nicht darüber reden will? Lasst uns lieber Schokolade essen."

Trudi und ich nickten aufgrund dieses fundierten Vorschlags und wagten uns weiter in den Laden hinein.

Meine beste Freundin – blond, schlank und trotzdem der netteste Mensch, den ich kannte – stand hinter dem Verkaufstresen und verstaute gerade die Pralinen in der gläsernen Auslage vor ihr. Als sie mich erblickte, flog ihr Blick besorgt über meine Erscheinung, so als suche sie nach einer offenen Stichwunde oder zumindest einem Pfeil in meiner Brust. „Dir geht es gut", stellte sie schließlich erleichtert fest.

Ja, zumindest von außen. „Ich bin es ja nicht, die auf meiner Couch erstochen wurde", meinte ich achselzuckend.

Kopfschüttelnd sah Ariane mich an, bevor sie drei Champagner-Trüffel-Pralinen auf den Tresen stellte. „Die gehen aufs Haus. Kriegt heute jeder, der eine Leiche in seiner Wohnung gefunden hat."

Emily und Trudi, die sich offensichtlich angesprochen fühlten, langten sofort zu. Ich konnte es ihnen nicht verübeln und beeilte mich, die letzte Praline zu nehmen. „Hab ich dich wirklich angerufen?", hakte ich unsicher mit vollem Mund nach. „Wir drei haben leider einen kleinen Filmriss."

„Verrückt", bemerkte Ari schlicht. „Du hast dich sogar zweimal bei mir gemeldet. Einmal, um mir kichernd mitzuteilen, dass ihr gleich in einen Stripclub weiterziehen würdet, um eure neugewonnenen Fähigkeiten unter Beweis zu stellen, und ob ich nicht mitkommen wollte und das zweite Mal keine Minute später, um mich zu fragen, ob es in Deutschland Ein-Euro-Scheine gäbe, Münzen auf Go-go-Tänzerinnen zu werfen, wäre so respektlos."

Die Praline blieb mir im Halse stecken und ich fing an zu husten. „Wir sind in einen Stripclub gegangen?" Und ich erinnerte mich nicht mehr daran? Verdammt! Da machte ich mal was Aufregendes und verpasste es komplett.

„Ja. Ihr wolltet in irgendeinen Laden Namens *Pussycat*, den euch jemand in irgendeiner Bar empfohlen hat. Emmi und Trudi waren begeistert, weil sie nackte Frauen schön finden, und du fandest die Idee super, weil du gehört hast, dass sie dort ein großartiges Buffet haben."

Mhm. Ja, das hörte sich nach mir an.

„Hast du das der Polizei genau so erzählt?", hakte ich nach.

Sie nickte und legte diesmal Knusper-Krokant-Pralinen auf den Tresen, die schneller verschwanden als Pumuckl, wenn sich Besuch ankündigte. „Hätte ich das nicht tun sollen?", fragte sie unsicher und strich sich eine blonde Strähne hinters Ohr. „Sie haben mir ehrlich gesagt etwas Angst gemacht und ich wusste ja nicht, dass du in Schwierigkeiten steckst, also ..."

Ich tätschelte ihre Hand und lächelte sie beruhigend über den Tresen hinweg an. „Alles gut. Wir sind absolut unschuldig und haben deswegen keine Geheimnisse vor der Polizei. Haben wir dir sonst noch irgendetwas verraten? Oder eine rothaarige Frau namens Jorina erwähnt, die wir mit nach Hause nehmen wollten? Oder eine Person, die uns etwas in den Drink gemixt hat?"

„Nein. Aber es hat laute Musik im Hintergrund gespielt. Ihr wart, glaube ich, noch immer in der Bar."

Das ergab Sinn, da ich mein Handy ja auch dort hatte liegen lassen. „Okay. Und mein Ersatzschlüssel wurde dir nicht zufällig geklaut?"

Sie schüttelte entschuldigend den Kopf.

Mist. Frustriert atmete ich durch und sog dabei so viel Schokoladengeruch ein wie nur möglich. Zur Beruhigung.

Wie zum Teufel war das möglich? Hatten wir die Tür einfach offen stehen lassen und jemand war hindurchgeschlüpft?

„Die Tote heißt Jorina?", wollte Emmi neugierig wissen und beugte sich über meine Schulter. „Woher weißt du das?"

„Rispo kannte sie. Sie war Verdächtige in einem seiner Fälle. Eine Tänzeri–" Ich brach ab. Moment. Josh hatte erwähnt, dass Jorina Stelz Tänzerin gewesen war. Er war jedoch nicht dazu gekommen, ihre Berufsbeschreibung genauer zu erläutern. Was, wenn sie Go-go-Tänzerin war? Wenn wir sie im Stripclub getroffen hatten? Wenn wir mit ihr gequatscht, sie sympathisch gefunden und zu mir nach Hause eingeladen hatten? Und ihren Mörder gleich mit? Zugegeben, dieser Tathergang war etwas weit hergeholt, aber mir waren schon verrücktere Dinge passiert. Es konnte nicht schaden, sich ein paar glitzernde, halbnackte Tänzerinnen anzusehen. Außerdem war bald Mittag und wenn das Buffet so gut war, wie es mir offenbar versprochen worden war ...

„Gehen wir in den Stripschuppen?", fragte Trudi und ich konnte nicht umhin, zu bemerken, dass sie hoffnungsvoll klang. „Vielleicht erinnern sie sich noch an uns."

„Fände ich gut", stimmte Emmi sofort mit ein. „Ich finde es schade, dass ich mich nicht an meinen ganzen Junggesellinnenabschied erinnere und die Stripperinnen würden mich bestimmt auf schöne Gedanken bringen. Und du magst doch Katzen, Lou. *Pussycat* scheint ein Ort nach deinem Geschmack zu sein."

Unschlüssig sah ich zwischen meiner Schwester und meiner ehemaligen Angestellten hin und her, bevor ich mich hilfesuchend an Ariane umwandte. Die hob abwehrend beide Hände in die Höhe. „Ich hab dir schon gratis Schokolade gegeben. Ein Ratschlag würde extra kosten", informierte sie mich.

Ich seufzte laut. Was blieb mir schon für eine Wahl? „Schön, wir fahren hin", knickte ich ein. „Aber ihr verhaltet euch unauffällig!" Drohend richtete ich meinen Zeigefinger auf sie.

„Klar", sagte Trudi und fuhr sich durch ihre pinken Haare, bevor sie ihr grellorangenes Kleid glattzog. „Ich bin eine sehr unauffällige Person, Lou. Fast unsichtbar. Das weißt du doch."

„Ich ziehe mich manchmal an wie eine Stripperin", bot Emily an. „Ich werde da bestimmt ganz gut reinpassen. Du hingegen ..." Vielsagend sah sie an meinen Jeans hinab. „... solltest dir Gedanken machen. Du ziehst dich an wie ein Bauarbeiter und passt genauso gut in den Stripclub wie eine Selleriestange in deine Hand."

Ach, ich kam klar. Ich konnte gut lügen.

„Oh, ich hoffe übrigens, euch macht es nichts aus, dass ich Manfred eingeladen habe, beim Fall mitzumachen?", sagte Trudi mit leuchtenden Augen. „Er sollte gleich hier sein. Er hat noch nie einen Mord untersucht und wäre gerne dabei. Außerdem meint er, dass wir am Samstag kurz bei seinem Konzert waren. Er kann uns vielleicht dabei helfen, unser Gedächtnis anzukurbeln."

„Wann soll das gewesen sein?", fragte Emily.

„Ach, irgendwann um kurz nach zwölf", meinte Trudi und hob die Achseln.

„Konzert? Wirklich?", fragte ich skeptisch. Da sollten wir auch noch gewesen sein?

Trudi streckte stolz ihre Brust raus. „Hatte ich nicht erzählt, dass mein Manni in einer Band spielt? Er ist ein richtiger Bad Boy. Er hat sogar ein Piercing. Na ja, eigentlich nur ein Loch im Ohr, das er sich während der

Schulzeit aus Versehen mit einem Zirkel zugefügt hat, aber das zählt!"

Emmi grinste breit. „Ah, ein Rockstar. Was spielt er denn?"

„Triangel."

Emily hob eine Augenbraue, während ich nur die Lippen zusammenpresste.

Trudi kicherte laut und machte eine wegwerfende Handbewegung. „Ihr solltet eure Gesichter sehen! Das war ein Scherz. Natürlich spielt Manni nicht die Triangel. Ich würde mich doch nicht mit einem solchen Langweiliger zufriedengeben", sagte sie wichtigtuerisch. „Mein Manfred ist durch und durch Rock 'n' Roll. Er spielt das Akkordeon."

Kapitel 6

Trudis Manfred war tatsächlich ein Rockstar wie er im Buche stand. Solange in diesem Buch erwähnt wurde, dass man seine Khakihosen bis unter die Achseln ziehen, das schüttere Haar über die Glatze kämmen und eine Brille so groß wie Indien auf der Nase tragen musste.

Er war etwas kleiner als ich, machte das aber mit großen Worten wie: *Ableismus* und *noxisch* wieder wett. Als ich ihn fragte, was das bedeuten sollte, antwortete er schlicht: „Woher soll ich das wissen? Ich lerne die Wörter nur, um Frauen zu beeindrucken."

Trudi kicherte mädchenhaft und nickte, um mir zu bedeuten, dass es funktionierte. Emmi googelte die Begriffe für mich, und das Letzte bedeutete so was wie schädigend und das Erste ... ach, wen interessierte es! Ich war Blumenladeninhaberin, kein verdammtes Lexikon.

Wenn es nach mir gegangen wäre, hätte ich den Akkordeonspieler nicht mitgenommen, aber Emily hatte mich augenverdrehend angesehen und gemeint, dass ich kein Spielverderber sein solle. Zugegebenermaßen reagierte ich etwas empfindlich auf diesen Spitznamen, den sonst nur meine Mutter trug, was dazu führte, dass ich versprach, allen den ersten Lapdance auszugeben.

Wie sich jedoch herausstellte, war Manfred gar nicht so unnütz. Zumindest was die Stripbarszene Kölns anging, schien er sehr versiert.

„Ich bin hier geboren und kenne so ziemlich jeden Nacktschuppen, den es so gibt", erzählte er stolz, und ich konnte im Rückspiegel sehen, dass er wichtigtuerisch die Brille höher seine Nase hinaufschob. „Das *Pussycat* ist relativ neu, noch nicht so beliebt wie das Tanzetablissement im *Pascha*, aber durchaus einen Besuch wert. Niemand macht so gute Muffins wie das *Pussycat*. Mit Ausnahme von der lieblichen Trudel hier natürlich."

Trudel, wiederholte Emily, die auf dem Beifahrersitz neben mir saß, stumm und grinste noch ein wenig breiter.

Die *liebliche Trudel* war schwer damit beschäftigt, sich mit ihrem Kürbiskleid Luft zuzufächern. „Erzähl ihnen von Samstagnacht, als wir dich besucht haben", sagte sie aufgeregt.

„Ach so." Manni nickte, bevor er erklärte: „Ihr habt mich Samstagnacht kurz auf meinem Konzert besucht und mir erzählt, dass ihr ins *Pussycat* wollt."

Ich hob die Augenbraue, während ich die Sonnenblende herunterklappte, um die hinter einer Wolke hervorgekrochene Sonne zu blocken, und wartete auf die Pointe von Mannis Geschichte. Doch sie kam nicht.

„War das alles?", hakte ich deswegen nach.

„Oh ja. Ihr wart wirklich nur ein paar Minuten da." Er hob die Schultern und zog seine Hose somit praktischerweise direkt noch ein wenig höher. Die Enttäuschung über diese mangelhafte Information setzte bereits in meinem Magen ein, als Manni weitersprach:

„Ich habe euch nur gesagt, dass ihr aufpassen sollt, weil der Laden nicht nur den Ruf für die prallsten Hintern, sondern auch für die besten Drogen hat. Ich wollte nicht, dass euch jemand was untermischt."

Na, dafür war es dann ja auch schon zu spät gewesen. Aber seine Worte erinnerten mich daran, was Rispo gesagt hatte. Jorina war im Zuge einer Drogenkartelluntersuchung zur Verdächtigen geworden ... ich war mir ziemlich sicher, dass wir zum richtigen Ort fuhren, um Antworten zu bekommen.

„Ist er nicht gebildet?", hörte ich Trudi Emily stolz von hinten zuflüstern. „Er erkennt jeden Club Kölns am Toilettenpapier – und das mit Mitte siebzig! Beeindruckend oder?"

Emily nickte zustimmend und zog ihr Handy aus der Tasche, das angefangen hatte zu klingeln.

„Ja?", meldete sie sich schroff. „Oh. Hey, Jannis. Du bist es. Ich dachte ... egal. Was ist los?" Sie nickte und reichte mir im nächsten Moment das Telefon. „Er möchte mit dir reden."

Irritiert nahm ich den Hörer entgegen. Mein Bruder rief mich normalerweise nur aus zwei Gründen an: Er brauchte einen Babysitter oder er musste etwas über meinen Amazon-Account bestellen, das seine Ehefrau, Steffi, nicht sehen durfte. „Hey", sagte ich deswegen vorsichtig. „Was gibt's?"

„Irgendetwas stimmt mit Mama nicht, Lou", begrüßte er mich.

„Ja, ich weiß, aber ich glaub nicht, dass wir ihre Persönlichkeit noch ändern können, Jannis."

Er schnaubte. „Das meine ich nicht. Sie verhält sich merkwürdig. Sie hat gestern beim Brunch kaum gesprochen, und als ich ihr gerade erzählt habe, dass du unter Mordverdacht stehst, hat sie nur mit den Augen gerollt und mir gesagt, ich solle sie erst wieder belästigen, wenn ich etwas Schockierendes zu berichten hätte."

„Ich hab ihr das mit dem Mordverdacht schon erzählt", rief ich genervt. „Trotzdem danke dafür, dass du gepetzt hast. Du bist ein beschissener Bruder!"

„Sie hat mich gefragt, ob ich endlich beim Zahnarzt war ... ich habe Panik bekommen! Und könntest du dich bitte auf die wichtigen Dinge konzentrieren?"

Stirnrunzelnd hielt ich vor einer Ampel. Das war tatsächlich sehr auffällig. Mama ließ sonst keine Möglichkeit aus, mein Leben zu kritisieren. Zugegeben, seit ich mir *den Polizisten geangelt* hatte, war sie mir gegenüber etwas zuvorkommender geworden. Dennoch hatte sie letztens, als sie meine unorganisierte Sockenschublade gesehen hatte, ernsthafte Zweifel an meiner Kontrolle über mein Leben geäußert. „Was ist denn mit Papa? Soll er sie doch fragen, was los ist."

Mein Vater hatte nicht viele übermenschliche Fähigkeiten, aber ein Huhn an seinem Kamm erkennen und Gitti Manu besänftigen, das konnte er.

„Papa ist nicht da. Er ist auf irgendeiner Fortbildung für die Hospizausbildung, die er gerade macht."

Ach ja, richtig. Papa hatte entschieden, sich mehr ehrenamtlich zu engagieren. Obwohl, nein: Mama hatte für Papa entschieden, dass er sich ehrenamtlich engagieren sollte.

Ich seufzte schwer und drückte wieder aufs Gas. „Ich würde wirklich gerne helfen, Jannis, aber ich habe gerade meine eigenen Probleme am Hals!"

„Ja, habe ich gehört. Hast du den Leichenlieferdienst einfach in den Gelben Seiten nachgeschlagen oder wie bist du an die tote Frau gekommen?"

„Gelbe Seiten? Also bitte. In welchem Jahrhundert lebst du? Ich habe sie aus dem Internet. Und ich fürchte, du wirst dich um Mama kümmern müssen. Ich hab zu tun. Rede einfach mit ihr."

„Ich kann nicht mit ihr reden!" Mein Bruder hörte sich auf einmal panisch an. So wie damals, als er erfahren hatte, dass er Vater von einem *Mädchen* wurde. Oder als er mit achtzehn betrunken in Mamas Blumenbeet gefallen war und ihre Sonnenblumen niedergewalzt hatte.

„Natürlich kannst du", sagte ich mit sanfter Stimme. „Sie ist deine Mutter, kein Urzeitmonster. Sie beherrscht die deutsche Sprache sehr gut." Und sehr laut.

„*Meine* Mutter?"

„Na ja, zumindest sehr viel länger deine als meine!" Er war schließlich sieben Jahre älter als ich.

„Das ist unfair. Ich bin alt *und* muss mit Mama sprechen? Das ist diskriminierend."

„Das Leben ist kein Kindergeburtstag, Jannis. Das ist der Moment, auf den Emily und ich dich all die Jahre vorbereitet haben. Da musst du jetzt durch", sagte ich ernst und legte auf.

„Ist alles in Ordnung?", wollte Trudi von hinten wissen.

„Alles bestens", erwiderte ich, auch wenn ich mir insgeheim Sorgen machte. Mama war manchmal etwas anstrengend, aber das mochte ich irgendwie an ihr. Zumindest wusste ich immer, was mich erwartete, wenn ich nach Hause kam. Dass sie sich auf einmal nicht mehr für meine Fehltritte interessierte, war ... besorgniserregend.

„Wieso hat die Polizei dir eigentlich nicht das Handy weggenommen?", fragte ich verwundert und schmiss meiner Schwester das Telefon in den Schoß, bevor ich mich nach rechts und links umwandte, auf der Suche nach einem Ort, an dem ich mein Auto abstellen konnte. Parkplatzsuche in Köln war ein bisschen wie Männersuche. Man suchte und suchte und wenn man dachte, dass man fündig geworden war, passte es nicht.

„Wovon redest du? Welches Handy? Ich besitze kein Handy. All die Strahlung rötet mein Chakra und erzürnt mein Krafttier. Dann könnte ich mir ja gleich einen Klumpen Uran in die Hosentasche stecken", sagte Emily, ohne mit der Wimper zu zucken, und schob das Telefon zurück in ihre Handtasche.

Ich nickte anerkennend. Sie war gut.

Das *Pussycat* war ein unscheinbarer Laden zwischen einer Dönerbude und einem Schuhladen am Rande von Köln-Ehrenfeld. Einzig die großen roten Leuchtbuchstaben, die uns den Namen des Lokals aufdrängten, und der dezente Schriftzug, der versprach, dass es vierundzwanzig Stunden am Tag geöffnet hatte, gaben Hinweis darauf, was sich im Inneren befand. Ach so, und das Poster mit den zwei halbnackten Frauen, das davor aufgestellt worden war. Das war auch ein Zeichen.

„Warum stehen die aus der Nackedei-Industrie eigentlich alle so auf rotes Licht?", wollte Trudi wissen und beäugte kritisch den Schriftzug über unseren Köpfen. „Das wirkt doch etwas aufdringlich."

Ich warf einen Blick auf ihr orangenes Kleid. Sie musste wissen, wovon sie sprach. „Wahrscheinlich aus genau dem Grund. Weil Rot ein Hingucker ist", schlug ich vor und konzentrierte mich wieder auf den Eingang vor mir.

Unwohl trat ich von einem Bein aufs andere, sah mich verstohlen um und lugte dann durch die offene Tür. Doch ich erkannte nur einen schmalen, schwarzen Gang und nichts dahinter.

Ich war nicht prüde. Wirklich nicht. Ich mochte Sex und hatte kein Problem damit, das Wort *Penis* laut auszusprechen – vorausgesetzt meine Mutter war nicht anwesend. Den ein oder anderen Porno hatte ich auch schon gesehen. Na gut, es war ein halber gewesen. Schön, *Game of Thrones*! Ich hatte *Game of Thrones* geguckt. Doch dort gab es nackte Männer und Frauen. Es zählte also! Trotz allem rechnete ich fast damit, dass im nächsten Moment der Pfarrer, der mich konfirmiert hatte, um die Ecke kam und mich tadelnd ansah, bevor er mich mit dem Leib Christi verprügelte und dazu zwang, das Vaterunser aufzusagen. Wie hieß es noch gleich in der Bibel? *Du sollst nicht lügen, du sollst nicht töten, du sollst nicht in schäbige Strip-Lokale gehen, egal wie gut das Buffet ist.*

„Wusstet ihr eigentlich, dass man sagt, rote Lippen würden als attraktiv gelten, weil es die Männer an das weibliche Geschlecht erinnert? An die Schamlippen, um genau zu sein", bemerkte Manni und sah fragend in unsere Gesichter.

Es wurde Zeit, reinzugehen.

Der schwarze Gang war nur spärlich beleuchtet und endete an einer Plexiglaswand, hinter der eine schwarzhaarige Kassiererin saß, die gelangweilt ihre Nägel betrachtete. Frauen hatten freien Eintritt, weswegen sie uns gleich durchwinkte, während Manni sein Portemonnaie rauskramte. Ich hingegen wandte mich nach links und trat durch eine schwere schwarze Tür.

Der direkt dahinterliegende rote Perlenvorhang war als Schallschutz überhaupt nicht geeignet, denn die laute Disco-Musik schoss mir trotzdem den Gehörgang frei und erinnerte mich daran, warum ich seit Jahren nicht mehr feiern gewesen war. Mir schlug der Geruch von Parfüm, Alkohol und einer Menge falschen Entscheidungen entgegen. Die Luft des abgedunkelten Raumes war so stickig, dass ich das Gefühl hatte, eine fettige Gesichtsmaske aufgetragen zu bekommen.

Rotes und grünes Licht tanzte über die mit dunklem Holz verkleideten Wände und benetzte drei Bühnen, die wie ein Catwalk in den Raum ragten. Nur dass mehrere Stripteasestangen an ihnen angebracht waren, an denen drei halbnackte Frauen tanzten, deren Anblick meine Mutter in die Ohnmacht getrieben hätte. Sie sahen aus, als kämen sie geradewegs aus einem dieser sexistischen Rapvideos, in denen lauter Polizisten beleidigt und Frauen auf ihre Ärsche reduziert wurden. Da waren vor Schweiß glänzende Körper, Leopardenmuster, eine Menge Brüste und unnatürliche Körperverrenkungen. Wie bei der Senioren-Wasseraerobic. Nur halt ein wenig anders.

„Weißt du, ich bin ja offen für alles", murmelte Emmi nachdenklich neben mir und beobachtete mit geneigtem Kopf eine Tänzerin dabei, wie sie sich mit Öl einschmierte. „Aber Leopardenmuster und dazu pinke

Nippel-Helikopter? Das ist modisch einfach nur verwerflich."

Genau. Das war es, was mich störte.

Seufzend wandte ich mich von den Stripstangen ab, an denen hunderte Jahre der Emanzipation hinabgerutscht sein mussten, und blickte mich weiter um. Eine Horde runder Tische, an denen ein paar müde wirkende Anzugträger saßen, nahm den Rest des Raumes ein, während eine längliche Bar hinter mir ein Arsenal an Alkohol anbot. Hinter der Holztheke hantierte ein Mann mit langem Gesicht, leichtem Überbiss und dunklem Pferdeschwanz mit leeren Cocktailgläsern.

Ungläubig öffnete ich den Mund, während ich ihn weiter anstarrte. Er sah ein bisschen aus wie ... nun, ein Pferd. Mit einem unguten Gefühl schielte ich zu dem pinken Glitzer, der überall auf dem Boden verteilt herumlag und doch erschreckend große Ähnlichkeit mit dem aus meiner Wohnung hatte.

Das konnte doch nicht wahr sein! Trudi hatte erzählt, dass sie sich an zwei glitzernde Anzugträger erinnerte, die einen roten Jutebeutel mit Geld austauschten ... und der eine habe ausgesehen wie ein Pferd.

Vielleicht war sie doch nicht senil. Vielleicht war sie drogenresistent und hochintelligent.

„Das ist ja stark", sagte Trudi in diesem Moment begeistert. „Die Brüste der einen Tänzerin wackeln im Rhythmus der Musik, ohne dass sie sich großartig bewegt. Das muss man erst einmal hinbekommen!"

Blieben wir bei drogenresistent.

„Oh und guck mal, sie haben vergoldete Stangen. Lou, kannst du ein Foto von mir und Manni vor den Stangen machen? Oder vielleicht sollte ich auf die Bühne gehen ..."

„Nein, Trudi, bleib hier unten", sagte ich sofort. „Du willst den armen Mädchen doch nicht ihre Einnahmen streitig machen!"

Nachdenklich sah Trudi zu Emily. „Siehst du das genauso?"

Meine Schwester grinste. „Trudi, du wärst eine Bereicherung für jeden Club", stellte sie mit großen Augen fest. „Du solltest tun, was du willst, egal wohin dich deine Beine tragen."

Stöhnend verzog ich das Gesicht. Warum fühlte ich mich auf einmal wie die Leiterin eines Seniorenausflugs? Aber egal. Trudi lag nicht in meiner Verantwortung. Ich war allein aus Recherchegründen hier.

Ich drehte mich noch einmal verstohlen zu dem Barmann um, der grinsend die Hand hob und mir zuwinkte.

Huch. Erkannte er mich etwa? Hatte ich ...

„Hey, Rasso, wie sieht's aus? Noch alle Reiskörner im Kocher?" Manfred war hinter mir aufgetaucht und erwiderte das Winken des Barmanns, seine Stimme nur sehr schwer unter dem dröhnenden Bass zu verstehen. Offensichtlich war er mit der Begrüßung gemeint gewesen.

Rasso? Kein Wunder, dass der Kerl in einem Stripschuppen arbeitete. Mit dem Namen war ihm keine Wahl geblieben.

Mit Erstaunen sah ich dabei zu, wie Trudis Lover, dem aus irgendeinem Grund ein Stück Toilettenpapier aus der Hosentasche ragte und dessen Falten an das

Himalaya-Gebirge erinnerten, dem Barmann einen Fistbump gab.

Was war denn jetzt los? Hatten Akkordeonspieler in den letzten zehn Jahren einen mir unbekannten Coolnessfaktor erreicht oder war Manni Stammgast hier?

Der Barmann verzog griesgrämig sein Gesicht und antwortete etwas, doch ich konnte ihn nicht verstehen. Alles, was ich hörte, war *„Move bitch, get out the way, ho"*. Die charmante Erinnerung von Lil Jon, dass ich hier wirklich nichts verloren hatte. Nun, ich war geübt darin, nicht auf das zu hören, was unhöfliche Männer sagten – ich war schließlich mit Rispo zusammen –, weshalb ich mich unauffällig der Bar näherte und die Ohren spitzte.

„… besser laufen. Uns rennen die Mädchen weg", hörte ich eine tiefe Stimme sagen, die nur zu dem Pferdemenschen gehören konnte. „Heutzutage denkt jede, dass sie ein YouTube-Star werden kann, wenn sie sich nur genug anstrengt."

„Ja, meine Enkelin ist gerade auf demselben Dampfer", sagte Manni, tiefes Mitgefühl in seiner Stimme. „Ich wünsche mir die alten Zeiten der Perspektivlosigkeit zurück, wo jeder noch hart gearbeitet hat, bis ihm die Füße bluteten."

„Danke! Meine Worte. Dann würden die Mädchen vielleicht auch mal aufhören, sich über die Blasen an ihren Fingern zu beschweren."

Ich machte noch einen Schritt seitwärts. Immer in Richtung einer Tür neben der Bar, auf der *Nur für Personal* stand. Gleichzeitig wandte ich jedoch den Blick ab, um nicht so zu wirken, als würde ich lauschen, und tat so, als wäre ich übermäßig an dem Perlenvorhang vorm Eingang interessiert, durch den in diesem Moment zwei Männer getreten waren. Der eine groß und durchtrainiert, der andere kleiner mit Wohlfühlfigur. Das rote Licht eines Scheinwerfers flackerte über ihre Gesichter und ...

„Oh, scheiße", fluchte ich und warf mich nach vorn.

Ich schlug hart auf dem Linoleumboden auf und ein scharfer Schmerz fuhr in meine Rippen, doch das war es wert. Die neuen Gäste waren Thilo und sein Kollege – und wenn sie mich hier entdeckten, flog ich schneller raus als ein Kolibri auf Speed.

Ein Paar pinker Turnschuhe trat in mein Sichtfeld, und als ich nach oben blickte, erkannte ich Trudi, die verwirrt zu mir hinabsah. Mr. Pferd und Manni schienen Gott sei Dank so tief in ihr Gespräch vertieft, dass sie gar nicht auf die Verrückte achteten, die mit ihrem Gesicht den Boden wischte.

„Ich glaub, die Damen wollen Geld, Lou. Nicht dass du sie anbetest", gab die alte Dame zu bedenken.

„Ach wirklich?", keuchte ich leise. „Das war mir nicht klar. Mir sind die Sitten und Gebräuche hier gänzlich unbekannt." Ich schielte nach rechts und konnte unter den Tischen hindurch sehen, wie die zwei Paar Füße der Neueingetroffenen sich nach vorne zu einer der Bühnen vorarbeiteten. Ich gab ihnen noch zwei Minuten, bis sie mich entdeckten. Ich sollte also schnell handeln.

„Trudi", flüsterte ich, so gut man über ohrenbetäubende Musik hinweg eben flüstern konnte. „Meinst du, es ist möglich, dass du die zwei glitzernden Männer, die Geld ausgetauscht haben, *hier* gesehen hast? Und nicht im *Dreieck*?"

Die alte Dame runzelte angestrengt die Stirn, bevor sie langsam nickte. „Das kann sein. Aber ich habe ehrlich gesagt keine Ahnung."

Okay, das war nicht viel, reichte mir jedoch als Grund dafür, die *Nur-für-Personal*-Tür zu fixieren, einen Finger auf meine Lippen zu legen und dorthin zu robben. Ich atmete einen Schwall Glitzer ein, doch glamouröser Popel erschien mir ein kleiner Preis dafür, meine und Rispos Unschuld zu beweisen. „Ich bin gleich wieder da", zischte ich. „Lenk die beiden Polizisten, die gerade reingekommen sind, ab, okay? Damit sie nicht in den Backstagebereich kommen."

Trudi nickte mit großen Augen. „Okay, verstanden. Ich habe schon einen Plan."

Ein mulmiges Gefühl machte sich in meinem Magen breit, aber mir blieb keine Zeit, ihr auszureden, was immer sie sich gerade in den Kopf gesetzt hatte. Sie war schon wieder zu Emily gelaufen, zweifelsohne um sie in ihren *Plan* einzuweihen. Ich konnte nur hoffen, dass der Laden noch stand, wenn ich aus dem Personalbereich zurückkehrte.

Ich legte auch die letzten Meter zurück, rappelte mich dann geduckt vom Boden auf und presste mich durch einen Spalt der Tür, der gerade breit genug für meine gebärfreudigen Hüften war.

Die Tür klickte hinter mir ins Schloss und verschluckte die Musik. Nur noch gedämpfte Töne und das leichte Vibrieren des Basses drangen zu mir durch.

Erleichtert über die Stille blickte ich nach rechts und links. Ein menschenleerer Betongang, nur mit ein paar behangenen Kleiderstangen ausgestattet, erstreckte sich vor mir. Im Vergleich zu dem Epilepsieraum, den ich gerade verlassen hatte, wirkte er kalt und trostlos. Es war noch nicht einmal Mittag, deswegen wunderte es mich überhaupt nicht, dass hier nichts los war. Zu meinem Glück. Ich hatte nämlich ausgesprochen viele Talente, aber unauffällig zu sein, gehörte nicht dazu.

Diverse Türen gingen zu beiden Seiten vom Gang ab, und aus einem Bauchgefühl heraus, wandte ich mich nach rechts. Es war schwer, etwas zu finden, wenn man nicht wusste, wonach man suchte, aber ich verließ mich in dem Bereich immer auf mein „unverschämtes Glück", wenn ich Rispo zitieren durfte.

Kleine Schilder waren neben den Türrahmen angebracht und erklärten mir grob, was ich im Inneren vorfinden würde. Ich hastete an *Technik, Ersatzkostüme* und *WC* vorbei, bevor die Namen anfingen.

Cora und Liliana, Monique und Alina, Jorina und Kristina ... abrupt blieb ich stehen. Jorina. Unschlüssig besah ich mir den Namen. Das hier könnte jede Jorina sein. Oder eben auch nicht. Der Name war nicht allzu weit verbreitet. Bevor ich es mir anders überlegen konnte, klopfte ich an die Tür.

Gespannt lauschte ich darauf, ob jemand antwortete. Als sich nichts regte, drückte ich probehalber die Klinke. Die Tür war unverschlossen. Ich sah mich ein letztes Mal verstohlen um und schlüpfte im nächsten Moment hindurch.

Es war so kalt in dem Raum dahinter, dass ich automatisch erschauderte. Das quadratische Zimmer besaß eine violette Couch, zwei Schminktische und einen riesigen Kleiderständer, der nur so von Tiermustern, Glitzerzeug und Lack strotzte. Zusätzlich hingen an der Tür, durch die ich gerade gekommen war, goldene

Haken mit weiteren Kleidungsstücken. Schwarze Lederbustiers, pinke Federboas, Fellwesten, durchsichtige Fetzen Stoff, so klein, dass sie nicht einmal meine Hand bedecken würden. So stellte ich mir das Zimmer einer sehr versauten Barbiepuppe vor.

Ich klopfte mir den Glitzer von der Kleidung und ging zum Tisch, der mit leeren Weinflaschen, Zigarettenstummeln, Kerzen und benutzten Taschentüchern zugemüllt war. Wonach suchte ich? Wonach *verdammt* suchte ich?

Einem Brief, in dem Jorina die Leute aufzählte, die sie töten wollten, vielleicht. Doch dieser Gedanke war womöglich doch etwas zu optimistisch. Ich wollte nicht in dem Zeug herumwühlen, da ich keine Handschuhe dabeihatte und nicht wusste, ob die Polizei ihre Garderobe noch auf den Kopf stellen und Fingerabdrücke nehmen würde, deswegen musste ich mich damit zufriedengeben, den Müll auf dem Tisch genau zu studieren und ... Moment. Ich beugte mich vor und besah mir eine Streichholzschachtel, die unter einem geöffneten Lippenstift und einem dreckigen Taschentuch lag. Ein großes, rotes Dreieck war darauf abgebildet. Das Symbol kannte ich. Es war das Logo des *Dreiecks*. Der Bar, in der wir gestern mein Handy und meine Schüssel gefunden hatten. Aber das musste nichts heißen. Die Schachtel könnte auch Kristina gehören. Oder seit Monaten hier liegen. Es musste nicht bedeuten, dass Jorina zusammen mit uns in der Bar gewesen war oder überhaupt irgendeine Verbindung zwischen ihr und dem Laden bestand.

Dennoch speicherte ich diese Information in meinem Kopf ab, falls sie noch einmal von Nutzen war, bevor ich zu den Schminktischen überging. An beiden hingen Fotos und Postkarten. Ich entschied mich für den rechten, an dem ein Foto von einer Rothaarigen, die ich persönlich nur im toten Zustand kannte, zusammen mit dem Pferdegesicht von der Bar hing. Beide lächelten breit und zwinkerten in die Kamera, die Arme umeinander gelegt. Zumindest konnte ich jetzt sicher sein, mich im richtigen Zimmer zu befinden.

Ich zog den Ärmel meines Cardigans über meine Hand, um keine Abdrücke zu hinterlassen, bevor ich die Schublade aufzog, in der Erwartung eine Menge Puder, Nagellack und Wimperntusche vorzufinden. Doch ich lag katastrophal falsch.

Was zum ...?

Mit großen Augen nahm ich den Anblick der Plastikbeutel auf, die ordentlich neben- und übereinandergestapelt dalagen.

Scheiße. Ich musste keine Floristin sein, um zu wissen, dass das kein Oregano war. Und die blauen Pillen, die unter dem Gras zum Vorschein kamen, waren wohl auch keine Smarties.

Es schien so, als hätte Rispo von Anfang an recht gehabt. Jorina hatte definitiv etwas mit Drogen zu tun gehabt. Wenn ich mir die Menge so ansah, dann benutzte sie das Zeug sicher nicht nur für ihren Eigenbedarf!

Und ich Depp hatte kein Handy dabei, um ein Foto zu machen! Mitnehmen konnte ich die Drogen natürlich auch nicht und ... hastige Schritte hallten laut auf dem Gang wider.

Mein Kopf fuhr in die Höhe und meine Herzfrequenz gleich mit ihm. Ich hielt den Atem an und spitzte die Ohren.

„… fasse es nicht, dass die Bullen da sind!“, vernahm ich eine verärgerte, gedämpfte Männerstimme. „Wieso können wir sie nicht rausschmeißen?“

„Rasso musste sie reinlassen“, antwortete eine nicht minder angepisste Frauenstimme. „Sonst kommen sie nachher noch mit einem Durchsuchungsbeschluss und stellen den ganzen Laden auf den Kopf, nicht nur Jorinas Garderobe. Können nur hoffen, dass er sie lang genug aufhält, damit wir das Zeug verschwinden lassen können.“

Scheiße. Sie waren auf dem Weg hierher. Hier *rein*! Hastig schob ich die Schublade zu, bevor ich kiekste und mich hektisch im Raum umsah.

Fuck.

Fuckedifuck, fuck!

Die einzigen Versteckmöglichkeiten, die ich auf den ersten Blick erkannte, waren a) mich als Schaufensterpuppe in die Ecke zu stellen oder b) die Hände vor die Augen zu halten – denn wenn ich niemanden sah, sah auch mich niemand, richtig?

Die Schritte beschleunigten sich und wurden lauter. Das Blut dröhnte in meinen Ohren, die kalte Angst in meinen Adern ließ meine Hände erzittern, als die Schritte innehielten und sich die Klinke nach unten senkte.

Kapitel 7

Panisch tat ich das Intelligenteste, das mir in diesem Moment in den Sinn kam. Ich sprang hinter die Tür und presste mich flach an die Wand.

Keine Sekunde zu spät. Das Holz wurde aufgestoßen und die Glitzerkostüme, die Stofffetzen, das Leder drückten gegen mich und federten den Aufprall der Tür ab. Die Luft wurde mir aus dem Brustkorb gepresst und reflexartig öffnete ich den Mund ... um einen Schwall Federboa in meine Lungen zu ziehen. Ich musste mich krampfhaft vom Husten abhalten, griff aber instinktiv nach dem Stoff, um die Tür nah an meinem Körper zu halten.

Bitte, lass sie sie nicht schließen!, betete ich stumm, presste die Lippen zusammen und versuchte so bewegungslos wie nur irgend möglich zu bleiben. Plötzlich war ich meiner Mutter unglaublich dankbar dafür, dass sie mir am Frühstückstisch so oft gesagt hatte, ich solle doch bitte aufhören zu zappeln. Ich hatte also Übung – und trotzdem klopfte mein Herz so laut, dass ich fürchtete, es müsste über die schreckliche Musik aus dem Clubraum hinweg zu hören sein.

„Beeil dich", raunte die männliche Stimme. Sie war so nah, dass ich das Gefühl hatte, den Atemhauch an meiner Ohrmuschel spüren zu können. „Sie werden sich nicht lange zuquatschen lassen."

„Dann bleib halt an der Tür stehen und halte Ausschau", antwortete die gereizte Frauenstimme.

Gott, ja! Ich hatte mir in meinem Leben noch nicht so sehr gewünscht, dass ein Typ einfach mal darauf hörte, was eine Frau ihm riet. Und das schloss meinen unglaublich guten Hinweis an Rispo, dass er seine Gedanken öfter mit mir teilen sollte, mit ein.

Das Gewicht der Tür sank weiter auf mich hinab und ich war mir ziemlich sicher, dass der Kerl auf der anderen Seite sich gerade dagegenlehnte.

Ja, ich wollte nicht erwischt werden – aber ersticken wollte ich auch nicht. Vorsichtig wandte ich mein Gesicht, das immer noch in einer viel zu engen Umarmung mit dem toten Flamingo war, nach links, sodass mein Mund freilag und ich durch den Spalt gucken konnte, der zwischen Türblatt und Wand frei war.

„Ah, hier ist es ja. Sie hat sich wirklich keine Mühe gegeben, es zu verstecken", sagte die Frau. Sie stand seitlich zu mir, und durch den Spalt konnte ich nur ihre Hände, die mit violett lackierten Fingernägeln verschönert waren, dabei beobachten, wie sie das Gras und die Pillen aus der Schublade zogen. „Sie hat kein Flunitrazepam mehr. Hat sie das alles schon vertickt? Scheiße, sie war gut. Wird schwer sein, einen Ersatz zu finden."

„Ja. Verdammt beschissenes Timing von Jorina, genau jetzt das Zeitliche zu segnen", stimmte ihr Kollege mit ein. „Der Chef hat ohnehin schon schlechte Laune, weil der scheiß Kommissar, der immer aussieht, als hätte er alles Böse der Welt vorwärts und rückwärts gesehen, immer noch nicht lockerlässt. Dabei hat die Kripo den Fall doch auf Eis gelegt!"

Oh mein Gott, sie redeten über Rispo! Mensch, was für eine passende Beschreibung. *Das Böse der Welt vorwärts und rückwärts gesehen* ... das musste ich mir als Vergleich merken.

„Und jetzt haben wir mit Jorina auch noch unsere beste Informationsquelle verloren!", fuhr der Kerl fort. „Ich habe den Chef noch nie so aufgebracht erlebt."

„Ja, weil er sie geil fand und mit ihr ins Bett wollte", meinte die Frau spöttisch und schloss die Schublade.

„Nein, du dumme Kuh. Weil wir ohne sie im Dunkeln tappen und tausendmal vorsichtiger sein müssen!"

„Ach so, das. Ja. Dafür wird er sich schon etwas einfallen lassen. Und jetzt raus hier."

Im nächsten Moment ließ das Gewicht auf meiner Brust nach und ich war wieder allein im Zimmer.

Bewegen tat ich mich trotzdem nicht. Aus Angst, dass sie noch etwas vergessen haben könnten.

Mein Puls schlug so heftig an meinem Hals, dass es wehtat, und wieder einmal dachte ich, dass ich unglaublich ungeeignet für den Job als Blumendetektivin war. Ich erschreckte mich doch schon, wenn Staub zu gespenstisch aufwirbelte. Andererseits ... *Informationsquelle?* Jorina war eine Informationsquelle gewesen? Für was?

Ein Prickeln setzte in meinem Nacken ein. Ein Prickeln der Aufregung. Das Prickeln eines Rätsels, das es zu lösen galt ...

Ach ja, deswegen war es mir egal, dass ich mich bei jedem Fall zu Tode erschreckte. Ich war neugieriger als ein Kleinkind-Eichhörnchen-Hybrid.

Ich atmete tief durch und stellte erleichtert fest, dass sich meine Herzfrequenz langsam wieder auf einer annehmbaren Höhe befand. Okay, das musste lang genug gewesen sein. Sie waren sicherlich weg.

Ich öffnete die Tür und spazierte aus der Garderobe.
„Was machen Sie denn hier hinten?"

Ich zuckte so heftig zusammen, dass meine Wirbelsäule knackte. Eine verblüfft aussehende Blondine in roter Korsage, die ihr Bestes gab, ihre großen Brüste so schlecht wie möglich festzuhalten, stand vor mir.

Mein Blick flog automatisch nach unten auf ihre Hände. Keine violetten Fingernägel. Sie war also nicht gerade in Jorinas Garderobe gewesen.

Und dennoch ... warum zum Teufel hatte ich nicht an der Tür gelauscht, bevor ich einfach auf den Gang getreten war?!

„Hey", sagte ich und lächelte freundlich. „Ich bin Garderoben-Feuerschutzbeauftragte."

Verständnislos sah mein Gegenüber mich an. „Was?"

Ach, Mist. Seit ich mit Rispo zusammen war, der merkwürdig vernarrt in die Wahrheit und Ehrlichkeit war, verlor ich so langsam die Fähigkeit, brillante Lügen aus meinem Ärmel zu schütteln. Die letzte Leiche lag auch schon ein paar Monate zurück. Ich war etwas eingerostet im Kamikaze-Ermitteln. Das konnte ich doch besser!

„Ich mache nur Witze", meinte ich lachend und hoffte sehr, dass ich meine höchstens als mangelhaft zu bezeichnenden Schauspielkünste durch den Überraschungseffekt wieder wettmachte. „Du bist Kristina, oder? Rasso meinte, ich könnte zu dir in die Umkleide. Sie wäre jetzt frei."

„Oh. Wow, hätte nicht gedacht, dass er so schnell einen Ersatz findet", bemerkte sie überrascht. „Andererseits ... Jojo hat ja schon vor ein paar Wochen gesagt, dass sie kündigen wird. Sie mit ihren großen Plänen –

die sie nicht mehr in die Tat umsetzen wird." Ein Lächeln breitete sich auf ihren Zügen aus. „Denn die Bitch strippt jetzt wohl nur noch in der Hölle."

Ah. Ich hatte es hier offensichtlich mit einem Fan der Ermordeten zu tun. „Oh." Ich blinzelte gespielt verwirrt. „Was soll das denn heißen?"

Kristina verdrehte die Augen. „Sie ist tot. Hat das bekommen, was sie verdient hat. Ein Messer in die Brust. Obwohl ein Messer in ihrem Rücken so viel passender gewesen wäre."

„Ähm ... sind das nicht ein wenig harte Worte?", gab ich zu bedenken.

Mitleidig sah mich die Blondine an. „Süße, du bist noch nicht lange in dem Business, oder?" Sie ließ ihren Blick missbilligend über meinen Körper schweifen, der eher ein Tribut an meine Liebe zu Keksen und meinen Hass auf Sport war, nicht darauf, dass ich mich mit dem Bein an einer Metallstange festklammern konnte. „Nein, bist du nicht", zog Kristina bei meinem Anblick sofort ihre eigenen Schlüsse. „Also, ich will ja nicht schlecht über Tote reden, aber Jojo hat es herausgefordert. Die kleine Schlampe hat mit jedem geschlafen, der einen großen Geldbeutel hatte, und dabei ungefähr jedes Mädchen im Club die Klauen ins Gesicht geschlagen. Sie hat mir den besten Slot geklaut, indem sie mit Rasso geschlafen hat, und sie hat mir zwei Stammkunden weggenommen, indem sie so getan hat, als wäre sie unsterblich in sie verliebt. Gott, manche arme Schlucker kamen fast jeden Abend. Haben ihr förmlich aus der Hand gefressen. Hätten ihr sicherlich eine Niere gespendet, wenn sie nett darum gebeten hätte. Alles alte Säcke oder unsichere Jungfrauen, die nicht genug

Beachtung in ihrem eigenen Leben bekommen. Wirklich, wie dumm muss man sein?“ Sie griff sich mit der Hand an den Kopf. „Sie hat sie von vorne bis hinten verarscht! Und wir anderen Mädels, die ehrliche Arbeit machen, die nur tanzen wollen, bleiben auf der Strecke? Nein! Sicher nicht. Wenn du also vorhast, in Jojos Fußstapfen zu treten“, sie fixierte mich mit verengten Augen, „denk immer daran, dass sie mit einem Messer in der Brust geendet ist.“

Sprachlos starrte ich sie an. Und das war nicht einmal gespielt. Das war eine verdammt harte Ansage gewesen, und wenn ich tatsächlich vorgehabt hätte, im *Pussycat* zu arbeiten, hätte ich sofort gekündigt. Die Mädchen hier schenkten sich offenbar nichts. „Nein, nein“, sagte ich hastig mit trockener Kehle und erhobenen Händen. „Ich bin ... nur eine Tänzerin, die etwas Geld braucht. Ich würde nie auf die Idee kommen ...“ Ich räusperte mich. „Ähm, ich werde dir zumindest keine Kunden stehlen. Und jetzt, da Jorina weg ist, kannst du dir die Stammkunden ja zurückholen, oder?“, schlug ich vor. Alles, um die Furie vor mir zu besänftigen. „Hast du zufällig die Namen von ihnen?“ Ein Mann, der von vorne bis hinten von Jorina verarscht worden war, kam mir wie ein hervorragender Mordverdächtiger vor.

„Wozu willst du die wissen?“, fragte Kristina sofort misstrauisch und verschränkte die Arme unter ihren Brüsten, die jeder Schwerkraft trotzten.

Meine Wangen liefen heiß an, doch ich hoffte, dass man das unter all dem Glitzer, der sich auf meiner Haut verfangen hatte, nicht erkennen konnte. „Na ja, damit ich weiß, wem ich aus dem Weg gehen muss, um dir nicht in die Quere zu kommen."

Sie nickte zufrieden. „Netter Gedanke, aber nein. Ich habe keinen Schimmer, wie sie heißen. Wir nehmen es hier mit den Personalien nicht allzu genau. Aber du wirst sie erkennen, wenn du sie siehst. Das typische Schema halt: alte, reiche Männer, die einen neuen Kick suchen. Junge, naive Normalo-Männer, die sich in einen Baum verlieben würden, wenn er nur mit seinen Brüsten wackelt. Nehmen jedes Körnchen Aufmerksamkeit, das sie kriegen können." Sie seufzte schwer. „Aber wer weiß, ob die noch mal wiederkommen. Sie waren alle schrecklich fixiert auf die *wunderschöne Jorina*." Die letzten Worte untermalte sie mit ein paar künstlerisch wertvollen Würgegeräuschen, die ich vor zehn Jahren sicher gewinnbringend im Jamba-Sparabo hätte verkaufen können. „Was soll's, jetzt ist sie tot. Ich muss mich jetzt auch auf meinen nächsten Auftritt vorbereiten. Wir sehen uns, schätze ich?" Sie taxierte mich – aber vor allem meine untrainierten Oberschenkel – ein letztes Mal, bevor sie in der Garderobe verschwand.

Mit offenem Mund starrte ich ihr hinterher. Faszinierende Frau. Warf Jorina vor, eine Schlampe zu sein, verhielt sich selbst aber auch nicht gerade wie Erzengel Gabriel. Schien ein hartes Geschäft zu sein, das Strippen. Kein Wunder, dass Jorina sich noch etwas hatte dazu verdienen wollen.

Auf dem Weg zurück in den Clubraum rieb ich mir mit der Faust über die Stirn. Jetzt musste ich nur noch Emily und die Senioren einsammeln, dann konnten wir gehen. Ich wollte mein Glück nicht überstrapazieren.

Griesgrämig verzog ich den Mund, als ich die harte Bassmusik wieder in meinen Knochen spürte, zog die Tür auf ... und blieb wie angewurzelt im Türrahmen stehen.

Wie lange war ich weg gewesen?!

Die Szene, die sich vor mir entfaltete, war wie ein Verkehrsunfall. Schrecklich – aber wegsehen war irgendwie auch keine Option.

Der Bass dröhnte in meinen Ohren, als ich Trudi dabei beobachtete, wie sie – die Hände an einer der Stangen, ihren Hintern nach hinten gestreckt – auf einer der Plattformen stand und ihre Hüften hin- und herwiegte. Das war offensichtlich ihre Art zu tanzen, ohne sich einen Knochen zu brechen. Zwei vollkommen in Schwarz gekleidete bullige Securityguards standen daneben und schrien sie an, hatten offenbar jedoch Angst, handgreiflich zu werden. Wer wusste schon, welches Körperteil sie aus Versehen zu fassen bekamen? Eine verdutzt aussehende Stripperin stand mit offenem Mund und hängenden Nippelpropellern daneben. Manni lehnte mit dem Oberkörper über der Bühne, klatschte begeistert in die Hände und steckte Trudi Fünf-Euro-Scheine in die Schuhe – seine Arme reichten wohl nicht bis zu ihrer Unterwäsche. Emmi liefen Lachtränen die Wangen hinab, während sie die Szene mit gezücktem Handy filmte, offenbar unter schwerer Anstrengung, das Telefon gerade zu halten.

Sösser, Thilos Partner, hatte die Handschellen gezückt und trat nervös von einem Bein aufs andere, während er über die Musik rief, dass Trudi gegen irgendein Gesetz verstoße – darüber, welches Gesetz in einer genau solchen Situation griff, schien er sich jedoch nicht im Klaren zu sein.

Thilo stand, die Hand an seinem Kopf, neben ihm, den Mund ungläubig geöffnet. Ich war mir ziemlich sicher, dass nichts in der Polizeischule ihn hierauf vorbereitet hatte.

Genauso wenig wie mich. Ich wusste nicht, was ich tun sollte. Lachen erschien mir das Naheliegendste, aber gleichzeitig war es moralisch fragwürdig, nicht einzugreifen. Die Lippen aufeinandergepresst, um nicht loszuprusten, durchquerte ich zügigen Schrittes den Raum.

Thilos Kopf fuhr zu mir herum, sobald ich in sein Sichtfeld gelangte. „Wo genau kommst du denn jetzt her?", fragte er feindselig.

„Ich war auf der Toilette."

„Ich glaub dir kein Wort. Was tust du hier?"

„Darf eine Frau kein Hobby haben?", rief ich gespielt entrüstet zurück. „Stripclubs sind meine große Leidenschaft."

Der Kommissar verengte vor Wut brodelnd die Augen, doch das machte mir gar nichts. Rispo beherrschte diesen Blick tausendmal besser und den überlebte ich ja auch seit zwei Jahren. „Du mischst dich in den Fall ein! So wie du es immer tust. Alle im Präsidium kennen deinen beschissenen Namen, alle wetten auf deine nächsten hirnlosen Einfälle, alle sagen, dass Josh der Einzige ist, der dich im Griff hat – aber das wird sich jetzt ändern! Das ist *mein* Fall. Ich bin nicht so weichherzig wie Rispo und ich werde dich nicht mit Samthandschuhen anfassen!"

Ich hob eine Augenbraue. Da war so einiges falsch an seinen Worten gewesen. „Also erstens: Ich habe Josh im Griff, nicht umgekehrt“, stellte ich kühl klar. „Zweitens: Ich bin nur wegen der nackten Frauen und dem guten Buffet hier. Ich liebe Brüste und Buletten. Ist das ein Verbrechen?“

Thilo stand da und starrte mich wütend an. Die Hände zu Fäusten geballt, die Nasenflügel vor Wut bebend ... und sich sichtlich der Tatsache bewusst, dass er nichts dagegen tun konnte, dass ich hier war.

„Josh hat mit dir das große Los gezogen, was?“, fragte er mit den Zähnen knirschend.

Ich grinste breit und nickte. „Ich bin ein richtiger Hauptgewinn“, stimmte ich ihm zu, bevor ich mich zur Bühne wandte und rief: „Trudi! Wir gehen!“

Die alte Dame hielt abrupt in ihrer Bewegung inne. „Endlich“, stieß sie schwer atmend aus und ließ die Stange los. „Ich bin ernsthaft ins Schwitzen gekommen und will mir meine Haare nicht noch mal waschen müssen.“ Sie winkte der Stripperin zu, tätschelte den beiden Securityguards die Köpfe und ließ sich dann von mir und Emily von der Bühne heben. „Ich hab was von Buletten gehört?“, fragte sie mich neugierig. „Ich verhungere gleich!“

Kapitel 8

„Trudi, dir ist klar, dass ich dich nicht zu einer Tanzeinlage aufgefordert habe, oder? Ich habe dich nur darum gebeten, aufzupassen, dass die Polizei mir nicht folgt", sagte ich vorsichtig, sobald uns frische Luft entgegenschlug. Meine ehemalige Angestellte mochte ein wenig exzentrisch sein, aber das gerade übertraf alles, was ich sie bisher hatte tun sehen.

„Aber es war doch hilfreich, oder nicht?", fragte sie verdutzt.

„Ähm ... ja", gab ich zu.

„Na, dann ist doch gut", sagte sie fröhlich und hakte sich bei Manni ein. „Außerdem mag Manfred es, wenn ich sexy tanze. Und überhaupt, die Security in dem Laden ist unter aller Sau. Ich habe sicherlich fünf Minuten gebraucht, bis ich es mit meiner schwachen Hüfte auf die Bühne geschafft hatte, und gesehen haben sie mich erst, als ich die Stripperin weggeschubst habe."

Ich wusste nicht, was ich darauf antworten sollte, und Gott sei Dank musste ich es auch nicht. Emily, die neben mir herlief, lachte nämlich so laut, dass jede Kommunikation unmöglich war. „Du bist als YouTube-Projekt gefeuert, Lou", teilte sie mir kichernd mit. „Trudi, was hältst du von einem eigenen Kanal? Gott, wir könnten reich werden."

„Ich bin schon reich", erinnerte Trudi sie. „Aber da du ja keinen wohlhabenden Ehrenmann, sondern einen armen Vagabunden heiratest, sollten wir dich vielleicht besser absichern."

Emily lachte noch lauter. „Sag mal, Manni, woher kennst du eigentlich den Barkeeper vom Laden so gut?", wollte sie im nächsten Moment von dem Rockstar unserer Gruppe wissen.

Gute Frage. Noch dazu eine, die mir ebenfalls ein Loch durch die Zunge brannte.

„Ach, ich war Steuerberater von dem Club", meinte er leichthin. „Rasso ist für die finanziellen Angelegenheiten zuständig, mit ihm habe ich immer kommuniziert, wenn es um den Papierkram ging. Mein Job hat mir einige Vergünstigungen eingebracht, das kann ich euch sagen." Stolz streckte er die Brust raus. „Aber mittlerweile bin ich in Rente und wieder auf der monogamen Schiene unterwegs." Er zwinkerte Trudi zu.

„Steuerberater eines Stripclubs?", hakte ich neugierig nach. „Dann kanntest du Jorina?"

„Nein, der Name sagt mir nichts."

Schade. „Aber du hast Insiderinformationen über den Laden? Irgendetwas Interessantes dabei?"

Großväterlich sah Manni mich an. „Das kann ich dir leider nicht sagen, das ist vertraulich."

Emily seufzte enttäuscht, doch als sie den Kopf im nächsten Moment nach vorn wandte, erstarb das Geräusch auf ihren Lippen. Ich folgte verwundert ihrem Blick und erkannte zwei hochgewachsene Gestalten, die mit verschränkten Armen an meinem alten Passat lehnten. Beide dunkelhaarig, beide mit verschlossenen Mienen, beide mit dem Nachnamen Rispo.

Es gab drei Dinge, die man über die Familie Rispo wissen musste. Erstens: Sie bestand aus sechs Männern mit jeweils fünfhundert Litern Testosteron. Zweitens: Jedes Mitglied kommunizierte in etwa so gut wie eine lispelnde Schildkröte. Und drittens: Es war schwer, ihre Mimik zu deuten. Meistens hatten sie nämlich keine.

Josh, der älteste und mein Rispo, ließ seinen Blick gemächlich an meinem mit Glitzer überzogenen Körper hinabwandern, blieb eine Sekunde an dem Saum meines T-Shirts hängen, der merkwürdigerweise ein Riss hatte – wann war das denn passiert? –, bis er wieder zu meinem Gesicht hochfuhr. Er hob eine Augenbraue. Ein stummes: *Lust, das zu erklären?*

Finn, Emilys Rispo, den sie kommenden Samstag heiraten wollte, war nicht ganz so subtil.

„Du gehst in einen Stripclub?", rief er ungläubig. *„Ohne mich?"*

Emmi verdrehte die Augen und presste die Lippen aufeinander. Irgendetwas sagte mir, dass sie gerade nicht gut auf ihren Verlobten zu sprechen war. Der Satz: „Ich kann machen, was ich möchte, du Blödmann", war ein weiterer Hinweis darauf.

„Wie abzuhauen, obwohl wir mitten in einem Gespräch waren?", fragte er feindselig.

Emily winkte schnaubend ab. „Blödsinn, wir waren mitten in einem *Streit*, nicht in einem Gespräch, und ich hatte keinen Bock mehr auf dich."

„Weil du am Verlieren warst."

„Nur weil ich heiser geworden bin, heißt das nicht, dass ich verloren hätte!", fauchte Emily. „Derjenige, der am lautesten schreit, gewinnt nicht immer, Finn!"

Unsicher sah Finn zu seinem Bruder. „Nicht?"

Josh hob eine Schulter. „Möglicherweise bin ich euch da nicht mit dem besten Beispiel vorangegangen."

„Oh."

„Gott, Finn, du bist so ein Vollidiot", rief Emily laut, die Hände am Kopf. „Ich fasse es nicht, dass ich mit dir schlafe! Du benimmst dich wie ein Kind!" Große Worte von der Frau, die Freitagabend im Bällebad ihrer Nichten verbracht hatte. „Man kann einfach nicht mit dir diskutieren!"

„Wie soll ich denn bitte diskutieren, wenn du gar nicht *da* bist", erwiderte Finn ungläubig. „Und es ist unmöglich, mit dir zu reden, wenn dein Gesicht aussieht, als würde ich dir ein totes Meerschweinchen unter die Nase halten."

„Ich verziehe mein Gesicht, weil alles, was du sagst, Müll ist – und Müll stinkt nun einmal!", warf Emily ihm an den Kopf.

Ich sah irritiert von meiner Schwester zu Finn und wieder zurück. Das war äußerst merkwürdig. Normalerweise stritten sie nicht mit ... nun, Worten. Das war mir fast schon etwas zu erwachsen. Wenn jemand von den beiden auf den anderen wütend war, schubste er ihn normalerweise einfach um oder schnitt ihm Löcher ins Lieblingsshirt. Sie waren da sehr fortschrittlich in ihrem Streitmuster.

„Siehst du und schon wirst du beleidigend", meinte Finn schnaubend. „Wer ist hier das Kind?"

„Immer noch derjenige mit der Batman-Unterwäsche! Du ... du ... Arschhörnchen!", rief sie wütend, bevor sie sich auf dem Absatz umwandte und die Straße entlanglief. Wenn ich hätte raten müssen, wo sie hinwollte, hätte ich gesagt ... weg von Finn.

„Emmi!", brüllte er ihr hinterher. „Wir sind hier nicht fertig." Im nächsten Moment setzte er ihr nach.

„Was ist ein Arschhörnchen?“, wollte Trudi neugierig wissen und sah mich erwartungsvoll an.

„Ich hab keine Ahnung“, gab ich zu. „Aber es hört sich nach einem sehr hässlichen Tier an.“

„Apropos Tier“, schaltete sich Manfred ein. „Wollten wir nicht was essen gehen?“

Ich schielte zu Rispo, der mich immer noch stumm musterte, die Hände in seinen Hosentaschen, seine Miene so unleserlich wie seine Handschrift. Das mit der eindeutigen Kommunikation hatte ich ihm noch nicht beibringen können.

„Da hinten ist eine Dönerbude. Geht schon mal ohne mich“, schlug ich vor. „Ich komme nach.“

„Weil du mit dem heißen Kommissar streiten willst?“, vermutete Trudi und sah interessiert zu Josh. „Wo hast du eigentlich deine Waffe?“ Sie nickte zu seinem Gürtel. „Die hast du doch sonst immer dabei.“

„Ich bin nicht im Dienst“, antwortete er gelassen.

„Und wir werden nicht streiten“, fügte ich hinzu und konnte mich nur mühsam davon abhalten, „Oder?“ in Joshs Richtung zu fragen.

„Aha“, sagte Trudi in einem Tonfall, der mich wissen ließ, dass ich das ihrer Oma erzählen konnte. „Na gut.“ Im nächsten Moment packte sie Manfred am Arm und zog ihn zur Dönerbude, sodass Rispo und ich allein zurückblieben.

„Hey“, sagte ich langsam, unsicher darüber, ob ich etwas Verbotenes getan hatte oder nicht. Ich fühlte mich ein wenig so, als hätte meine Mutter mich mit der Hand in der Keksdose erwischt. Ja, sie hatte mir erlaubt, einen zu nehmen – aber hatte sie gesehen, dass es schon mein dritter war?

„Hey", erwiderte Rispo, seine Stimme nervenaufreibend neutral. Nicht wütend, aber auch nicht glücklich. „Erzähl doch mal: Was genau tust du hier?"

„Ähm ... mich sexuell weiterbilden?", schlug ich vor.

„Und das bieten sie nicht auf der Volkshochschule an?"

„Nein, die sind sehr prüde dort."

„Ah ja. War zu erwarten." Er streckte die Hand aus, um mir etwas Glitzer von der Wange zu streichen, bevor er mir in die Augen sah und murmelte: „Weißt du, nicht dass ich deinen Enthusiasmus in dem Bereich nicht zu schätzen wüsste ... Aber hatten wir nicht besprochen, dass wir gemeinsam ermitteln, weil es lebensmüde wäre, dich mit Emmi und Trudi auf Mördersuche zu begeben?"

Ich nickte und hob entschuldigend die Schultern. „Hatten wir. Aber du weißt doch, wie das ist: Wir drei wollten unbedingt eine Menge halbnackter Frauen tanzen sehen und ... na ja, eins kam zum anderen."

Josh schnaubte und verdrehte die Augen. „Nein, ich hab keine Ahnung. Ich war in meinem Leben noch nicht aus Vergnügen in einem Stripclub. Und warum genau siehst du aus wie eine pinke Discokugel?"

„Du warst noch nie nur zum Spaß im Stipclub?", fragte ich überrascht. „Aber was machst du dann, wenn du eine nackte Frau tanzen sehen willst?"

Er hob einen Mundwinkel und beugte sich zu mir vor, bis seine Lippen über meine Ohrmuschel strichen. „Ich habe andere Mittel und Wege, eine Frau zu einem Striptease zu animieren. Und du hast mir immer noch nicht verraten, warum du aussiehst, als hättest du selbst an der Stange getanzt."

„Ich musste mich auf den Boden werfen", erklärte ich.

Josh lehnte sich wieder nach hinten und verzog unglücklich das Gesicht. „Möchte ich wissen, warum?"

Nachdenklich sah ich ihn an. Das war eine schwierige Frage. Grundsätzlich war Josh kein Fan von meinen, wie er sie nannte, Kamikaze-Aktionen. Aber bedeutete das, dass er lieber nichts von ihnen hören wollte?

„Vergiss es", seufzte er und fuhr sich mit der Hand durch die Haare. „Du denkst schon wieder viel zu lange über diese Frage nach. Solange du dich nicht unnötig in Gefahr begeben hast, brauche ich es nicht zu hören."

Oh. Ich wünschte, er hätte das anders ausgedrückt. „Bevor ich antworte", sagte ich langsam, „kannst du mir noch zwei kurze Fragen beantworten? Wie genau definierst du *unnötig*? Und was ist für dich *Gefahr*?"

Jeglicher Humor verschwand aus Joshs Augen und er presste die Lippen zusammen, sodass ich den zuckenden Muskel an seinem Kiefer deutlich erkennen konnte.

„Ich meine", fuhr ich hastig fort und strich mir die Haare hinter die Ohren, „gelten zwei Drogendealer, die ihren Stoff aus der Garderobe des Mordopfers holen, um sie vor den Polizisten in Sicherheit zu bringen, als gefährlich – selbst wenn ich ein fantastisches Versteck hinter der Tür hatte, in dem sie mich höchstens hätten entdecken können, wenn sie richtig hingesehen hätten?"

Josh starrte mich unbewegt an. Seine sonst hellbraunen Augen schwarz, sein Blick düster, seine Hände in den Hosentaschen sichtlich zu Fäusten geballt.

Okay, zumindest war ich mir jetzt sicher, dass er wütend war. Das war auch schon etwas wert. „Falls es dir hilft: Es war nicht meine Absicht, auf ein Kilo Gras, MDMA und zwei Drogendealer zu stoßen", verteidigte ich mich mit erhobenen Händen.

„Es ist *nie* deine Absicht", presste Josh zwischen den Zähnen hervor. „Und trotzdem stehe ich jetzt hier und frage mich, warum ich gedacht habe, solche Geschichten würden mich weniger aufregen, wenn ich *nicht* der leitende Ermittler bin! Denn das ist Schwachsinn. Sie machen mich sogar noch wütender – weil ich dir angeboten habe, dass wir *gemeinsam* ermitteln und du nichtsdestotrotz in deine alten scheiß Muster zurückgefallen bist."

Ich zog eine Grimasse. „Ja, du hast recht. Es tut mir leid. Ich hätte dich auch angerufen, aber leider besitze ich zurzeit kein Handy und außerdem wollte ich dich nicht bei deinem Termin bei der Polizei stören."

„Schwachsinn, du warst einfach nur ungeduldig."

Ja, das auch. „Es wird nicht wieder vorkommen, versprochen", sagte ich und sah ihn entschuldigend an. „Und rein logisch betrachtet, war es klug, ohne dich zu gehen. Du wärst im Club aufgefallen. Du siehst nun mal aus wie ein Bulle."

„Ich *bin* ein Bulle."

„Eben und das verschreckt viele Leute, die zum Beispiel ihre Hundesteuer nicht zahlen oder gerade im Parkverbot stehen. Du hättest nur gestört."

„Deine Entschuldigung ist scheiße, Lou", sagte er trocken.

Das war mir leider bewusst. „Na ja, du hast mir ja auch keine Zeit gegeben, mir eine bessere zurechtzulegen! Und mir ist ja auch nichts passiert."

Rispo schnaubte kopfschüttelnd, sah zu meiner Erleichterung jedoch nicht mehr ganz so wütend aus wie noch vor ein paar Sekunden. „Ich würde zwei Kilo Drogen jetzt nicht als *nichts* bezeichnen."

Ich winkte ab. „Mit der Gewichtsangabe bin ich mir nicht ganz sicher. Alles, was ich sagen kann, ist, dass es *viel* war ... und sieh es doch mal so: Es gibt wenige Männer, die behaupten können, eine so unterhaltsame Freundin zu haben."

„Häkeln ist auch unterhaltsam", knurrte er. „Nur so als Tipp."

Ich musste lächeln. „Ich werde es mir merken. Woher wusstest du überhaupt, dass wir hier sind?"

„Ich war noch auf dem Präsidium, als ein Anruf von einem Stripclub reinkam, der sich beschwert hat, dass eine alte Dame versucht, sich auf der Bühne auszuziehen. Ich habe eins und eins zusammengezählt. Und jetzt erzähl, was du gehört und gesehen hast."

Ich tat ihm den Gefallen, in der Hoffnung, dass er dadurch vergaß, dass er eigentlich noch wütend war.

Josh zog einen Block aus seiner Hosentasche und machte sich Notizen, während er aufmerksam zuhörte. Er war wieder im Polizistenmodus.

Fünf Minuten später seufzte er schwer und klappte den Block zu. „Du hast mehr Glück als ein Schornsteinfeger, der in einen vierblättrigen Marienkäfer verwandelt wurde, das ist dir schon klar, oder?"

Ich nickte. Das wusste ich bereits, seit ich mit sechs Jahren meine erste, zwei Jahre andauernde Siegessträhne im *Mensch ärger dich nicht* angetreten hatte. „Ich verstehe nur nicht, was sie damit gemeint haben, dass sie mit Jorina ihre beste Informationsquelle verloren hätten.“

„Sie haben nicht zufällig etwas zu den Informationen gesagt, die Jorina ihnen gegeben hat?“

„Nein, sie waren nicht sehr konkret. Alles, was sie noch meinten, war, dass sie ohne sie im Dunkeln tappen würden und vorsichtiger sein müssten.“

„Das könnte so ziemlich alles bedeuten“, stellte Josh unzufrieden fest und kratzte sich im Nacken. „Sie könnte Informationen über andere Kartelle in der Stadt gesammelt haben, Informationen über Kunden, über die polizeilichen Ermittlungen, über den Hersteller ... die Liste ist lang.“

„Aber was hat denn der Stripclub mit all dem zu tun?“, fragte ich verwirrt.

Rispo schnaubte. „Was denkst du, Lou? Sie waschen ihr Geld dort. Wir alle wissen das. Der Club steht schon seit seiner Eröffnung unter Verdacht, nur eine Fassade für den Drogenring zu sein. Aber wir können es ihnen nicht nachweisen. Und die Bürokratie der Polizei gibt uns leider vor, wann wir jemanden verhaften dürfen und wann nicht. Außerdem wissen wir nicht, wer den Drogenhandel organisiert. Dieser Chef, von dem du redest, hält sich lächerlich bedeckt. Und immer, wenn wir denken, dass wir einen Durchbruch haben, landen wir in einer neuen Sackgasse.“ Er fuhr sich mit der Hand in die Haare und sah düster zu der roten Leuchtreklame des Clubs. „Scheiße, vielleicht hat Jorina wirklich einen Weg gefunden, an unsere Akten ranzukommen. Sie wäre nicht die erste Frau.“ Er warf mir einen vielsagenden Blick zu.

Einmal. Einmal hatte ich eine Akte gestohlen. Und er hing sich immer noch daran auf.

„Also … für mich hört sich das so an, als würde der Drogenfall mit dem Mord zusammenhängen", stellte ich fest und trat von einem Bein auf das andere. Das gefiel mir überhaupt nicht. „Ich verstehe nur nicht, wie ich da in die Gleichung passe."

Rispo seufzte und fuhr sich mit der flachen Hand übers Gesicht. „Es kann gut sein, dass du überhaupt nichts damit zu tun hast. Ich möchte nicht egoistisch klingen, aber vielleicht … vielleicht geht es um mich. Vielleicht musste jemand Jorina aus dem Weg schaffen und dachte sich, dass er die Chance nutzen könnte, mir den Mord anzuhängen."

„Klasse", seufzte ich. „Wenn wir nach jemandem suchen, der es auf dich abgesehen hat, dann finden wir den Täter nie."

Irritiert sah Josh auf. „Warum?"

„Weil *jeder* etwas gegen dich hat", unterrichtete ich ihn ungläubig.

Einer von Joshs Mundwinkeln hob sich. „Nicht jeder. Du zum Beispiel liebst mich."

Ich verdrehte die Augen. „Weil mein Urteilsvermögen furchtbar ist."

Josh schwieg.

Mit verengten Augen sah ich ihn an. „Willst du mir nicht widersprechen?"

„Ich kann nicht. Du hast gerade auf eigene Faust in einem bekannten Drogenstützpunkt herumgeschnüffelt."

„Ich war nicht allein. Trudi und Emmi waren da."

Josh schüttelte nur den Kopf. „Das hilft deinem Standpunkt nicht, Lou."

Nein, aber zugegebenermaßen lagen meine Stärken auch darin, mich weiter reinzureiten. „Lassen wir das. Sag mir lieber, was du jetzt tun willst."

„Ich will sichergehen, dass die Fälle miteinander in Verbindung stehen. Da du eine Variable in dem Fall bist, kann es immer noch gut sein, dass das alles ein unglaublich dummer Zufall ist."

„Und wie willst du das feststellen?"

„Über die Drogen, die dir untergejubelt wurden. Das Flunitrazepam von dem du geredet hast? Das ist ein Mittel, das zur Sedierung von Patienten benutzt wird. Oder ein schicker Name für Flunies oder Roofies, wie immer du es auch nennen möchtest. Aber der Drogenring, den wir verfolgt haben, hat seine eigene Rezeptur. Und das ist so etwas wie ein ganz persönlicher Fingerabdruck. Sie mischen Ecstasy bei, damit die Roofies erst aufputschen, bevor du müde wirst. Die Teile werden aber noch nicht auf dem Schwarzmarkt verkauft. Sie befinden sich noch ... in einer Testphase."

Ich nickte. „Falls mir also genau diese Art von Droge untergemischt wurde, ist es sehr wahrscheinlich, dass die Fälle zusammenhängen", ergänzte ich.

„Genau das", bestätigte Josh.

„Und ich gehe davon aus, dass du schon einen Plan hast, wie du das untersuchen willst?"

„Jap", sagte er knapp. „Wir werden die Toxikologin fragen, die die Drogen untersucht und hoffentlich auch Zugang zu den Ergebnissen deiner Blutprobe hat."

„Aber ich dachte, du bist vom Fall abgezogen. Wird sie dir die Informationen einfach geben?“, fragte ich stirnrunzelnd.

„Oh ja. Wird sie. Sie schuldet mir einen Gefallen.“

„Warum?“

„Weil sie meinen besten Freund gevögelt hat – obwohl sie mit mir verlobt war.“

Kapitel 9

„So … wir fahren zu deiner Ex-Verlobten“, sagte ich langsam und lehnte mich tiefer in den Sitz zurück.

Wir hatten Trudi erzählt, dass wir einen dringenden Termin hatten, und dann Rispos Auto genommen. Weil er ein Kontrollfreak und der schlechteste Beifahrer des Universums ist und ich zugegebenermaßen etwas abgelenkt von der Information gewesen war, dass ich die *Bitch Inessa* kennenlernen würde. Finns Worte, nicht meine.

„Jap“, sagte Josh tonlos und hielt an einer Ampel, die Handgelenke locker über das Lenkrad gelegt.

„Lust, mir ein paar Hintergrundinfos zu geben?“, fragte ich im Plauderton.

„Nein.“

Keine Überraschung. In dem knappen Jahr, das wir jetzt zusammen waren, hatte er dieses Thema immer gekonnt umschifft.

Ich betrachtete sein Profil. Seinen kantigen, überhaupt nicht entspannten Kiefer, seine dunklen Augen, die stur geradeaus gerichtet waren … Wie konnte es sein, dass ich wusste, welcher seiner Fingernägel am schnellsten wuchs und welche Gummibärchenfarbe er am liebsten mochte, aber nicht, wie lange er mit seiner ehemaligen Verlobten zusammen gewesen war?

Das erschien mir etwas albern, deswegen fragte ich: „Wie lange wart ihr eigentlich zusammen?“

„Ein paar Jahre.“

Und schon war ich eifersüchtig.

Ich fand die Vorstellung, dass eine andere Frau Rispo für einen so langen Zeitraum für sich beansprucht hatte ... scheiße. So richtig scheiße. Mir war klar, dass das albern und kindisch war, aber hey, ich hatte vor zwei Minuten Glitzer geniest.

„Press die Lippen nicht so fest aufeinander, sonst erstickst du noch", sagte Rispo gelassen und fuhr an, als die Ampel umsprang.

Automatisch stieß ich den Atemzug aus, von dem ich nicht gewusst hatte, dass ich ihn angehalten hatte. „Ich mag sie nicht", stellte ich trocken fest.

„Du kennst sie nicht."

„Was hat das denn damit zu tun?", fragte ich irritiert.

Rispo zog die Mundwinkel nach oben und warf mir einen Seitenblick zu. „Du bist süß, wenn du eifersüchtig bist."

„Ich müsste nicht so eifersüchtig sein, wenn du mir etwas mehr über sie erzählen würdest", sagte ich gereizt.

„Ich rede nicht gerne darüber, Lou."

Ja, ich hörte auch nicht gerne darüber, aber ich hatte das Gefühl, dass ich es wissen musste. „Gib mir nur irgendetwas, damit ich mich gleich nicht super dämlich fühle."

Josh seufzte schwer, so als hätte er gerade erfahren, dass er eine seiner Nieren abgeben musste, schließlich sagte er: „Wir haben uns auf der Arbeit kennengelernt."

Das waren keine Neuigkeiten für mich. Wo sonst sollte Josh jemanden kennenlernen? Er war allergisch gegen Freizeit und sein einziges Hobby war Sex. „Und?", hakte ich nach.

„Was und?"

„Und weiter!"

Er hob eine Schulter. „Sie war heiß und Single. Wir beide mochten Sex. Aus Sex wurde mehr. Zufrieden?"

Ungläubig sah ich ihn an. „In etwa so zufrieden wie der tote Kaktus in deinem Schlafzimmer! Wieso zum Teufel sollte mich diese Aussage besser fühlen lassen?"

„Na, was hätte ich denn sonst sagen sollen?", fragte er ungeduldig. „Dass ich zweieinhalb Jahre mit ihr zusammen war und sie gefragt habe, ob sie mich heiraten will, weil ich ihren Charakter schrecklich fand und sie unglaublich hässlich ist?"

„Nun ... ja! Und wenn du noch hinzugefügt hättest, dass du nur so lange mit ihr zusammen warst, weil du zu faul warst, um Schluss zu machen, wäre das noch besser gewesen."

Josh seufzte und bremste ab, als ein Müllwagen vor uns die Spur wechselte. „Siehst du, deswegen rede ich nicht gerne darüber", sagte er angespannt. „Weil nichts Gutes dabei herumkommen kann. Ich war nun einmal keine Jungfrau, als ich dich kennengelernt habe – du übrigens auch nicht, wenn ich mich recht erinnere."

Ja, aber ich hatte niemanden von meinen Ex-Freunden *heiraten* wollen! Unwohl rang ich die Hände ineinander, hin- und hergerissen zwischen dem Wunsch, ein besserer Mensch zu sein, und dem Verlangen, meinen Kopf auf die Armatur zu schlagen.

Ich war komplett bescheuert, denn natürlich hatte Rispo eine Vorgeschichte, aber gleichzeitig ...

„Louisa", murmelte Josh sanft und legte seine Hand in meinen Nacken, den Blick noch immer auf die Fahrbahn gerichtet. „Auch wenn ich es ehrlich gesagt genieße, ausnahmsweise mal nicht der eifersüchtige Vollidiot in unserer Beziehung zu sein, du hast absolut keinen Grund dazu. Ist doch egal, dass ich sie mal geliebt habe. Alles, was Inessa und mich jemals verbunden hat, ist längst Geschichte. Jetzt liebe ich *dich*. Sehr."

Ich seufzte, lehnte mich in seine Berührung zurück und schloss die Augen. „Wenn du immer so süß wärst, dann würden viel weniger Leute versuchen, dir einen Mord anzuhängen", informierte ich ihn leise.

Er lachte und ließ mich wieder los. „Aber dann wäre es ja nichts Besonderes mehr."

Ach, Josh war sehr viel süßer, als er dachte. Letzte Woche beim Sonntagsbrunch hatte er zum Beispiel das Nutella vor meinen Nichten versteckt, weil der Rest nur noch für ein Brot gereicht hatte. Das waren die Qualitäten, die einen guten Mann zu einem großartigen machten. „Gut, ich bin bereit, das Thema zu wechseln", sagte ich und stieß einen Schwall Luft aus. „Hast du zufällig irgendwelche Feinde, die dir was anhängen wollen könnten?"

„Alle Leute, die ich jemals verknackt habe. Meine Brüder. Die ein oder andere Frau, die ich nicht zurückgerufen habe, nachdem wir ... Kaffee trinken waren."

„Aber ist da jemand dabei, der dich wirklich *hasst*?", fragte ich zweifelnd.

Er schüttelte den Kopf. „Nein. Deswegen verdächtige ich auch niemanden von ihnen. Ich glaube viel eher, dass jemand von diesen Typen dahintersteckt." Er nickte mit dem Kopf nach hinten zur Rückbank.

Verwundert sah ich mich um und erkannte zwei Pappordner auf den hinteren Sitzen. „Was ist das?", fragte ich und zog sie auf meinen Schoß.

„Das eine ist die Akte von Steffen Dürer, das andere die Akte des Drogenfalls.“

Meine Augen wurden groß. „Du hast Akten gestohlen?“, fragte ich fassungslos. Rispo liebte Regeln! Ich war mir ziemlich sicher, dass er einen Großteil seiner Zwanziger mit einem Gesetzbuch unter seinem Kopfkissen geschlafen hatte. „Meine Güte, die dunkle Seite der Macht ergreift dich schnell, oder?“

„Sagt die Frau, die eine Polizeiakte mit in ihre Badewanne genommen hat?“

„Auch Polizeiakten haben ein wenig Entspannung verdient.“ Und diese spezielle Akte war am Ende so entspannt gewesen, dass sie einfach auseinandergefallen war.

Er schnaubte. „Es wird ohnehin niemand mitbekommen. Heutzutage ist alles in unserer Datenbank abgespeichert, die aktualisiert wird, sobald sich etwas Neues ergibt. Ich bin so ziemlich der Einzige, der gerne mit Papier arbeitet. Thilo mag keine toten Bäume auf seinem Schreibtisch, er wird die Akten also nicht einmal vermissen.“

„Soso. Also ist es in Ordnung, etwas zu stehlen, wenn man weiß, dass man nicht erwischt wird“, sagte ich beiläufig.

„Oh Gott, das wirst du irgendwann gegen mich verwenden“, meinte Rispo stöhnend.

Ich nickte. „Dann, wenn du schon denkst, ich hätte es vergessen.“

Jedes Mal, wenn ich die Regeln brach, sah Josh mich an, als würde ich die AfD wählen. Konnte er es mir übelnehmen, dass ich das hier auskostete?

Ich schlug die erste Akte auf und ein Bild des Barmanns aus dem Dreieck lächelte mir entgegen.

Steffen Dürer. Siebenundzwanzig. Wohnhaft in der Kernerstraße 11. Studierte Deutsch und Philosophie auf Lehramt. War nicht vorbestraft. Langweilig.

„Der Barkeeper ist also nicht unser Mann?", folgerte ich.

Rispo schüttelte den Kopf. „Dürer ist unauffällig. Hat eine weiße Weste und sein Konto ist dem eines Studenten angemessen."

„Okay, was ist mit den Drogenleuten?" Ich wechselte die Akte, kam jedoch nicht mehr dazu, sie zu öffnen, denn Josh fuhr auf einen Parkplatz und hielt den Wagen an. Ich hob den Blick und bemerkte, dass wir vor dem Melatenfriedhof, dem zentralen Friedhof Kölns, standen. „Hier arbeitet Inessa?", fragte ich und legte den Kopf schräg, um den braunen Steinbauklotz näher zu betrachten, hinter dem der Friedhof nur zu erahnen war.

„Ja, hier befindet sich das Institut für Rechtsmedizin", sagte er abwesend und schaltete den Motor aus. Doch er machte keine Anstalten, auszusteigen. Stattdessen zog er die Augenbrauen zusammen und sah stur geradeaus.

„Was ist?", fragte ich leise.

Josh atmete hörbar ein und aus, bevor er unschlüssig zu mir herübersah. „Du willst nicht zufällig im Auto warten, oder?"

Mit verengten Augen erwiderte ich seinen Blick. „Entschuldige ... was?"

Rispo seufzte und fuhr sich mit der Hand in die Haare. „Ich dachte nur … vielleicht sollte ich besser allein mit Inessa reden."

„Vielleicht solltest du besser die Klappe halten", informierte ich ihn knapp, schnallte mich ab und stieg aus.

Das Institut für Rechtsmedizin war wie ein altes T-Shirt, das man nur noch zum Schlafen anzog. Funktional, aber nicht hübsch anzusehen.

Grauer PVC-Boden zog sich durch die Flure, Neonröhren schmückten die Decken und jeder Schritt hallte von den weißen Wänden wider, als befände man sich bereits in der Leichenhalle.

Rispo sagte nichts, während er mich durch die kargen Gänge führte. Sein Blick war auf die Türen gerichtet, die zu unserer Rechten an uns vorbeiflogen. Er wirkte angespannt. Nicht ängstlich oder vorsichtig, einfach nur so, als hätte er wirklich keine Lust auf die nächste halbe Stunde. Meines Wissens nach hatte er Inessa an Ostern im vorigen Jahr das letzte Mal gesehen. Sie waren höflich miteinander gewesen, hatte er gesagt. Was immer das auch bedeuten mochte.

„Bist du nervös, Josh?", fragte ich und versuchte mit ihm Schritt zu halten.

„Weil ich des Mordes verdächtigt werde oder weil ich Inessa gleich wiedersehe?"

„Ähm … beides?"

„Nein", sagte er knapp und blieb vor einer massiven, gelben Tür stehen. Bevor ich die Zeit hatte, das danebenhängende Schild zu lesen, klopfte er bereits an. Er wartete nicht auf eine Antwort, sondern trat einfach ein. Ich folgte ihm in das dahinterliegende Zimmer.

Eine Abflussrinne, geschützt durch ein Gitter, zog sich durch den Raum, in dessen Mitte zwei Metalltische mit allerlei Gerätschaften darauf standen. Mehrere Anrichten mit Waschbecken und verschiedenen Plastikbehältern befanden sich an den weiß-gefliesten Wänden. Es roch nach Putzmitteln, anderer Chemie und totem Tier – vielleicht war es aber auch toter Mensch. Darüber wollte ich mir keine allzu großen Gedanken machen.

Eine einzelne Frau stand am Waschbecken und säuberte gerade eine Petri- oder vielleicht auch eine sehr flache Müslischale, als wir eintraten. Überrascht wandte sie sich um, und als ihr Blick an Rispo hängenblieb, glomm Erkenntnis in ihren Augen auf.

„Hi", sagte sie, lächelte Josh zu und legte die Schale weg. „Ich dachte mir schon, dass du vorbeikommst. Ich habe nur nicht damit gerechnet, dass du es noch heute schaffst. Aber du warst schon immer sehr effizient in … allem." Ihr Lächeln wurde breiter – und ich stellte wehleidig fest, dass sie wunderschön war.

Wie hätte es auch anders sein sollen. Obwohl sie OP-Kleidung trug, brauchte ich nur zehn Sekunden, um zu sehen, dass Inessa zehn Kilo weniger wog, zehn Zentimeter größer und fünfzig Nuancen blonder war als ich. Was nicht schwer war, da ich nun einmal braune Haare hatte, aber dennoch. Ihre Augen waren groß und blau, ihre Zähne gerade und süße Sommersprossen zierten ihre Nase.

Ach, verdammt, ich war bereits kurz davor, mich in sie zu verlieben – dabei war ich wirklich ziemlich hetero. Wie sollte ich da irgendeinem Mann den Vorwurf machen, auf sie zu stehen?

„Hey, Inessa", sagte Rispo gelassen und nickte ihr zu. Schließlich trat er beiseite und deutete mit der Hand zwischen uns hin und her. „Inessa, Lou. Lou, Inessa."

„Ah, die berühmte Louisa Manu", sagte sie freundlich und nickte. „Nett, dich kennenzulernen." Sie trat auf uns zu, zog sich ihre Einweghandschuhe aus und reichte mir die Hand. Mir blieb nichts anderes übrig, als sie zu schütteln.

„Gleichfalls", sagte ich und lächelte ebenfalls. Shit. Was sollte ich auch anderes tun? Sie war höflich, ihr Lächeln sympathisch und ich nun einmal ein guter Mensch! Das war nicht fair. „Auch wenn ich anzweifeln würde, dass ich berühmt bin."

„Oh, ich würde nicht so bescheiden sein. Ich habe deinen Namen in den letzten zwei Jahren bestimmt an die dutzend Male gehört." Ihr aufmerksamer Blick glitt wieder zu Josh. „Aus dem ein oder anderen Grund."

„Ja, Louisa hat ein Talent dazu, in lustigen Anekdoten zu landen", meinte Josh trocken. „Aber deswegen sind wir nicht hier."

„Richtig, du möchtest sicherlich, dass ich dir vertrauliche Informationen über Louisas Blutprobe weitergebe", meinte Inessa langsam und nickte. „Obwohl es regelwidrig ist."

„Exakt."

Amüsiert verschränkte sie die Arme vor der Brust, bevor sie Rispo fixierte. Ihre Augen strahlten Wärme und ... Vertrautheit aus. Eine Vertrautheit, die man nur hatte, wenn man jemanden sehr gut und sehr lange kannte. Die Art von Vertrautheit, die ich nicht in ihrem Gesicht sehen wollte. „Joshua Rispo, der mutwillig Regeln bricht ...", sagte sie nachdenklich. „Dann wirst du deinem Bad-Boy-Image ja endlich gerecht. Du hast dich mehr verändert, als ich angenommen hatte. Ich frage mich, wer dich dazu inspiriert hat ..." Sie sah zu mir. Ihr Blick war nicht vorwurfsvoll, aber die Wärme darin war definitiv verschwunden.

„Was soll ich sagen", meinte ich leichthin. „Der schlechte Einfluss seiner Brüder musste irgendwann auf ihn abfärben. Ich predige Josh immer, dass er aufhören muss, sich mit grenzwertig illegalen Kamikaze-Aktionen durchs Leben zu mogeln, aber er will einfach nicht auf mich hören."

Rispo schnaubte, doch er hob einen Mundwinkel in meine Richtung. Mein Zwerchfell entspannte sich. Egal, welche Vertrautheit mal zwischen den beiden geherrscht hatte. Sie war vorbei. Und wenn ich mir das noch fünfzig Mal sagte, würde ich irgendwann aufhören, eifersüchtig zu sein.

„Womit wir dann geklärt hätten, dass ich vom rechten Pfad abgekommen bin", sagte er ungeduldig. „Was weißt du über Lous Blut? Wir beide wissen, dass du mir die Information geben wirst, Inessa. Könnten wir den Part, in dem du mir erzählst, dass du deine Integrität wahren musst, überspringen? Könnten wir einfach zu dem Punkt kommen, an dem du in der Datenbank nachguckst, was der toxikologische Bericht sagt?"

Inessa hob eine Augenbraue. „Würde es dir schaden, *bitte* zu sagen? Meine Güte, herumkommandieren tust du immer noch gerne, was?"

Oh ja!

Rispos Kopf fuhr zu mir herum.

Ups, hatte ich das laut gesagt?

„Was denn? Es stimmt", sagte ich unschuldig. „Soll ich vielleicht Marvin anrufen, damit –"

Er seufzte schwer. „Das Blut, Inessa", sagte er dann, meine Aussage ignorierend. „Könntest du in der Datenbank nachsehen?"

„Nicht nötig. Ich habe die Werte bereits abgeglichen", sagte sie, drehte sich um und zog einen Stapel Papier von der Ablage neben einem Mikroskop.

„Du ... hast schon nachgesehen?", fragte Rispo verwirrt.

Inessa verdrehte ausdrucksstark die Augen. „Josh, wir waren fast drei Jahre lang zusammen. Denkst du wirklich, mir ist es egal, ob du unschuldig in den Knast wanderst oder nicht?"

Rispo antwortete nicht, er starrte sie nur weiter unergründlich an.

„Richtig." Inessa nickte steif und breitete drei Zettel nebeneinander auf einem der Metalltische in der Mitte des Raumes aus. „Jedenfalls bin ich ziemlich intelligent, falls du dich erinnerst – ich habe einen verdammten Doktortitel! – und natürlich würdest du überprüfen wollen, ob die Drogen des Kartells und die Drogen, die Louisa eingeflößt wurden, dieselbe Zusammensetzung haben."

„Und, haben sie?", wollte er wissen und stellte sich neben sie, die Stirn gerunzelt, während er die Papiere vor sich studierte. Ich tat es ihm gleich und erkannte eine Auflistung irgendwelcher Stoffe und einer Menge Werte und Symbole, die mir nicht sehr deutsch schienen. Eher klingonisch. War das vielleicht die Standardsprache der Rechtsmedizin?

Inessa fuhr mit dem Zeigefinger die Werte entlang, die meine oder auch die ihres Nachbarskindes hätten sein können, wer wusste das schon? Ich suchte nach einem Namen, konnte aber keinen entdecken.

„Ich hab auch die Werte von Gertrude Freimann und Emily Manu hinzugezogen – die übrigens einen sehr interessanten THC-Wert in ihrem Blut hatte –, außerdem die Werte von Proband X aus dem ..." Ihr Blick schweifte zu mir und sie lächelte knapp, bevor sie zu Josh murmelte: „Du weißt schon." Josh nickte abwesend, vollkommen in den Papierkram vertieft. Er beugte sich weiter vor, studierte scheinbar jede einzelne Zahl, sodass sein Kopf nun fast mit dem von Inessa zusammenstieß. „Was interessant ist", fuhr Inessa fort und ihr Finger blieb auf der dritten Zeile von unten hängen, „alle ihre GPT-Werte waren leicht erhöht."

„GPT-Wert?", fragte ich verwirrt.

„Glutamat-Pyruvat-Transaminase-Wert", sagte Inessa, ohne aufzusehen.

Ich presste die Lippen aufeinander. Ja, danke. Jetzt war alles viel klarer.

„Das ist sehr untypisch für Wirkstoffe aus der Gruppe der Benzodiazepine."

Rispo nickte. „Das würde eher auf ein Aufputschmittel hindeuten."

„Richtig", bestätigte Inessa. „Sehr wahrscheinlich eines mit einem Tropan-Alkaloid als Stammsubstanz."

„Tropan-was?", wollte ich wissen.

„Tropan-Alkaloid", wiederholte Inessa mit einem Übermaß an Geduld in ihrer Stimme, bevor sie unbeirrt fortfuhr: „Zweifelsohne sind alle drei auch sediert worden. Es muss nicht zeitgleich gewesen sein, ist jedoch relativ wahrscheinlich, wenn man sich die Konzentration der –"

„Hey!", sagte ich laut und schlug mit der flachen Hand auf den Tisch. So langsam verlor ich meine Geduld. Es war ja schön für Inessa, dass sie eine so unglaublich kluge Medizinerin war, aber andere Menschen konnten sich nun einmal nur merken, was die älteste Pflanze der Welt war. Nämlich die verdammte *Pinus longaeva*, eine 5071 Jahre alte Kiefer in Kalifornien. „Können wir für einen Moment so tun, als stünde hier jemand, der keine Ahnung von Drogen hat, weil Zucker und Wein alles ist, was ihr Körper braucht, um durchzudrehen?", sagte ich gereizt.

Rispo und Inessa starrten mich verwundert an, schließlich nickte die Blondine hastig. „Natürlich. Entschuldige. Wir beide haben das nur schon so oft gemacht, dass wir wohl in unseren alten Rhythmus zurückgefallen sind." Bescheiden hob sie die Schultern und lächelte mich unschuldig an.

Ich zwang mich dazu, nicht laut zu schnauben und ihr meinen Lieblingsfinger zu zeigen. Ich hatte es verstanden. Sie und Rispo hatten eine Vergangenheit, die ihnen niemand nehmen konnte. Sie waren auf immer verbunden – und Inessa war lange nicht so nett, wie sie mir weiszumachen versuchte.

„Mensch, ihr müsst ja ein richtiges Dreamteam gewesen sein", sagte ich trocken und verschränkte die Arme. „Schade, dass du seinen besten Freund gevögelt hast, sonst könntet ihr als kölscher Sherlock Holmes und Dr. Watson unseren Abschaum von den Straßen fegen."

Inessa öffnete fassungslos den Mund, doch sie kam nicht dazu, etwas zu sagen.

„Okay", sagte Rispo kopfschüttelnd, trat einen Schritt zurück und rieb sich unangenehm berührt mit der rechten Hand den Nacken. „Wir sind hier fertig, denke ich. Die Werte passen."

Ungläubig sah ich ihn an. „Das ist alles? Das sind drei verdammte Wörter! Warum musstet ihr all diesen Blödsinn labern, um zu dieser simplen Erkenntnis zu kommen?"

„Weil wir es können", sagte Josh knapp und legte eine warme, aber bestimmte Hand in meinen Rücken. „Die Zusammensetzung ist identisch, die Drogen kommen aus dem *Pussycat*."

Ich schnaubte laut, ließ mich widerwillig zur Tür bugsieren und wollte den Mund öffnen, um ihm zu sagen, wo er sich sein Können hinstecken konnte ... doch diesmal war ich es, die nicht zu Wort kam.

„Josh", sagte Inessa bestimmt. „Bevor du gehst ... Könnte ich noch kurz mit dir reden? Unter vier Augen?"

Rispo hielt inne und wandte sich noch einmal um. Unschlüssig sah er von mir zu der Blondine und dann wieder zurück. Schließlich nickte er. „Klar. Lou, könntest du kurz draußen warten?"

Wäre sein Blick nicht so verdammt süß und bittend gewesen, hätte ich ihm den Mittelfinger gezeigt. Aber sein Blick war dunkel und eindringlich ... und scheiße, ich wollte nicht diese Frau sein! Die eifersüchtige, kontrollsüchtige Frau, die ihren Kerl herumkommandierte. Natürlich konnte er noch kurz ein, zwei Worte allein mit Inessa wechseln. Das war überhaupt kein Problem. Ich würde locker und lässig damit umgehen.

„Okay“, murmelte ich, stellte mich auf die Zehenspitzen und küsste ihn fest. *Weil ich es konnte.*

Kapitel 10

„Sie möchte mit ihm essen gehen?", fragte Ariane zweifelnd.

„Ja!", erwiderte ich aufgebracht, zog kurz den Hörer von meinem Ohr, sah über meine Schulter und wechselte die Spur. Mir war sehr schnell klargeworden, dass das Leben ohne Telefon nichts für mich war, deshalb hatte ich mir ein Wegwerfhandy für 30 Euro gekauft. Eines dieser Klapphandys, mit denen man nichts anderes machen konnte, außer zu telefonieren, Voice-Nachrichten aufzunehmen und Snake zu spielen.

„Was hat Rispo dazu gesagt?", fragte Ari vorsichtig.

„Er sagte: *Okay, kein Problem!* Sie meinte, sie bräuchte ein letztes Treffen, um mit ihrer gemeinsamen Geschichte abzuschließen, er meinte, das höre sich vernünftig an. Ihm könne so ein Abschluss auch nicht schaden. Ich meinte, ich finde es blöd, er hat mich daran erinnert, dass ich dasselbe Argument benutzt habe, um mich mit Chris zu treffen und ... nun, was sollte ich dagegen noch sagen?"

„Rispo will einen Abschluss?" Arianes Stimme rutschte eine Oktave höher. „Sonst begräbt er seine Emotionen doch immer."

„Ich weiß!" Das war doch das Einzige, auf das man sich bei ihm wirklich verlassen konnte. „Deswegen finde ich das Ganze ja so beunruhigend." Rispo hatte mir amüsiert zu verstehen gegeben, dass ich

überreagierte, und obwohl er natürlich recht hatte –
die Genugtuung hatte ich ihm einfach nicht gegönnt.

„Na ja, es ist nur ein Essen", versuchte Ariane mich zu
beschwichtigen.

Ich verzog das Gesicht und hielt an einer roten Ampel.
„Ein Essen mit der einzigen Frau, die er je geliebt hat.
Abgesehen von mir vielleicht. Und es ist morgen. Ich
habe nicht einmal Zeit dazu, mich abzureagieren."

„Oh, Lou ... Wo ist Rispo jetzt?"

„Ach, er will die Akten studieren, die er aus dem Poli-
zeipräsidium hat mitgehen lassen. Ich wollte nicht wie
der letzte eifersüchtige Depp wirken, deswegen habe
ich ihn damit allein gelassen." Rispo hatte mich zurück
zu meinem Passat gefahren und vorgeschlagen, dass
wir uns das Zeug zusammen ansahen ... doch ehrlich gesagt hatte ich etwas Abstand gebraucht, um einen küh-
leren Kopf zu bekommen. Denn Josh hatte recht: Ich reagierte über. Es war keine große Sache. Inessa wollte
sich wahrscheinlich nur für ihr Verhalten entschuldigen und ihm das Beste für die Zukunft wünschen. Und
Josh hatte gemeint, dass es vielleicht keine blöde Idee
sei, Inessa zu sagen, wie sehr sie ihn abgefuckt hatte,
um mit der ganzen Scheiße offiziell abzuschließen.

Die Sache war nur ... es verunsicherte mich zutiefst,
dass er auf einmal der emotional Stabile und Reife in
unserer Beziehung war. Josh hatte eine Menge Talente,
aber offen mit seinen Gefühlen umzugehen, war keines
davon. Und dass er bereit war, sich ausgerechnet Inessa
zu öffnen ... Gott, das wurmte mich! So sehr, dass ich
spontan entschieden hatte, bei meiner Mutter vorbeizuschauen. Einerseits um mich abzulenken,
andererseits um mich zu versichern, dass nichts

Besorgniserregendes passiert war. Außerdem traute ich Jannis nicht zu, den Job zu erledigen, den ich ihm aufgetragen hatte. Ich sprach da aus Erfahrung, denn ich wartete noch immer darauf, dass er mir die Bücherregale anbrachte, die er mir zum einundzwanzigsten Geburtstag geschenkt hatte.

Ari seufzte schwer auf der anderen Leitung. „Sieh es doch mal so: Er will mit seiner Ex offen über ihre Vergangenheit reden. Etwas tun, dass er wirklich hasst, weil er weiß, dass er sich danach besser fühlen wird. Er entwickelt sich emotional weiter. Mit deiner Hilfe."

Na großartig. Ich war an diesem Dilemma also auch noch selbst schuld! Das war einfach nur gemein. Wen sollte ich denn dann bitte beschimpfen? „Sie hat einen Doktortitel, Ari", sagte ich gequält und bog in die Straße ein, in der ich aufgewachsen war. „Und ihre Haare sind naturblond und sie strahlt so eine furchtbar kühle Eleganz aus und sie hat einen so flachen Bauch, dass man eine Wasserwaage darauf kalibrieren könnte."

„Hm. Praktisch."

„Ari!"

„Was denn, meine Wasserwaage spinnt immer."

„Es geht hier nicht um die Wasserwaage, Herrgott! Worum es geht ist, dass sie eine absolute Traumfrau ist! Sie ist schön und erfolgreich und ..."

„... Rispo ist mit *dir* zusammen."

Ich kaute auf meiner Unterlippe herum und hielt am Straßenrand vor dem Haus meiner Eltern, bevor ich den Motor abstellte. „Ja, aber doch nur, weil sie es verkackt hat. Wenn sie nicht mit Thilo geschlafen hätte ... Gott, vielleicht wären Rispo und Super-Barbie dann verheiratet und hätten wunderhübsche Zwillinge mit ihren Haaren und seinen Augen."

„Lou, du drehst am Rad", sagte Ariane ernst. „Beruhige dich."

„Das sagst du so leicht. Du bist selbst eine Super-Barbie."

„Lou!", rief Ari laut, ihre Stimme auf einmal sehr autoritär. „Wenn es Josh so wichtig wäre, dass seine Freundin kühle Eleganz ausstrahlt und einen Doktortitel hat, wäre er dann mit dir zusammen?"

Ich schnaubte laut. *Kühle Eleganz.* Ich strahlte höchstens schmuddelige Gemütlichkeit aus. „Nein, wäre er nicht", sagte ich gereizt.

„Gut! Das ist es, was du im Kopf behalten solltest. All dieser Kram ist Josh doch nicht wichtig, Lou. Und weißt du, warum nicht? Weil er kein oberflächliches Arschloch ist. Und es ist nicht so, dass er sich hinter deinem Rücken mit ihr trifft. Er hat es dir erzählt, er hat versucht, dir zu erklären, warum er es tut ... das wird ihm sicherlich nicht leichtgefallen sein."

Scheiße, sie hatte recht. Josh hasste es, mir seine Beweggründe und Gefühle näherzubringen. Hasste es mehr als schlecht gemachte Krimiserien und gedünsteten Wirsing.

„Also willst du mir sagen, dass ich mir vollkommen grundlos Gedanken mache und tatsächlich überreagiere?", hakte ich nach, nur um sicherzugehen.

Ariane schwieg einige Herzschläge lang, schließlich murmelte sie: „Im Groben schon."

Misstrauisch lehnte ich mich zurück. „Was?", wollte ich wissen.

„Hm? Nichts."

„Irgendetwas denkst du gerade, Ari! Irgendetwas, das mir nicht gefallen wird." Ich kannte sie schon seit der ersten Klasse und ab einem bestimmten Punkt lernte man, jeden noch so kleinen Unterton der besten Freundin zu deuten.

„Schön", murrte sie. „Alles, was ich sagen will, ist: Vertrau Josh, aber nicht ihr."

„Wieso?"

„Bitte, Lou, wie naiv bist du?", fragte Ari schnaubend. „Jahrelang hört Josh nichts von ihr, aber kaum dass du auf der Bildfläche erscheinst, will sie plötzlich mit ihm essen gehen? Ich gehe jede Wette mit dir ein, dass sie gerade dreißig geworden ist. Frauen, die mit der großen Drei konfrontiert werden, bekommen Panik, denken an die einzig guten Männer, die sie je hatten, und versuchen sie zurückzubekommen."

Ich verdrehte die Augen. „Du guckst zu viele Hollywoodstreifen. Dreißig ist das neue Zwanzig, das sagt jeder."

„Ja, jeder, der dreißig ist."

„Ist doch egal. Ich zumindest habe keine Angst vor der großen Drei." Eher Respekt. Aber ein gutes Jahr hatte ich ja noch.

„Sollst du ja auch nicht haben", meinte Ari langsam. „Ich denke nur, dass Josh ein fantastischer Kerl ist, und das wird auch Inessa klar sein. Das ist alles."

Klasse! Und da hatte ich gerade angefangen, mich zu beruhigen. „Ich muss jetzt auflegen, Ariane", sagte ich seufzend. „Aber danke für deine netten Worte ... und deine Warnung. Das hat mir ein bisschen, aber nicht wirklich geholfen."

„Sorry, vergiss den letzten Teil, den ich gesagt habe. Josh ist ein toller Kerl, er liebt dich. Ende.“

„Mhm, jaja“, machte ich und klappte das Handy zu. Ich zog eine Grimasse und rieb mir mit den Fingern über die Augen. Die letzten Tage waren einfach zu stressig gewesen. Sie machten mein Gehirn ganz flauschig. Aber nicht auf die gute „Ich habe meine Katze mit Babyshampoo gewaschen“-Art und Weise, sondern auf die „Auf meinem Frischkäse hat sich ein Schimmelbiotop gebildet“-Art und Weise. Alles, was ich mir jetzt wünschte, war, bei Mama zu klingeln, ein wenig von ihr für meine Haare kritisiert zu werden – die vergessen hatten, was ein Frisör war – und ein bisschen Normalität vorzufinden.

Also stieg ich aus dem Passat, lief den schmalen Pflasterweg durch den blühenden Vorgarten und klingelte.

Eine Minute später öffnete mir eine ein Meter vierzig große südländisch aussehende Frau die Tür. Erwartungsvoll hob sie ihre beeindruckende Monobraue. „Sí?“

Hmh. Letzte Woche hatte meine Mutter noch anders ausgesehen. Sie musste eine Menge Zeit im Sonnenstudio verbracht haben, um eine solche Wandlung zu vollziehen. Und seit wann sprach sie Spanisch?

Ich blinzelte, machte einen Schritt zurück, sah auf die Hausnummer, um mich zu versichern, dass ich mich nicht in der Tür geirrt hatte – ich hatte hier schließlich nur achtzehn Jahre lang gewohnt, man vergaß Dinge! –, und legte dann nachdenklich den Kopf schief. „Ähm … ist Gitti Manu zu Hause?“

„Gitti?“, wiederholte die Frau und schüttelte den Kopf.

„Ja, doch. Gitti. Sie wohnt hier", sagte ich langsam. „Zumindest hat sie das letzte Woche noch." Ich räusperte mich. „Ähm. Dunkle Haare, geht mir etwa bis zum Kinn, bückt sich nur, wenn niemand hinsieht ... trinkt mit abgespreiztem kleinen Fing–"

„Louisa, was tust du hier?", unterbrach mich abrupt meine Mutter, die hinter der Sí-Frau aufgetaucht war. „Hatten wir eine Verabredung?"

„Ähm, nein, ich ..." Ich brach ab und starrte mit offenem Mund über die Schulter der Frau, die mir mit sechs beigebracht hatte, wie ich meine Schnürsenkel am besten ordnete. Sie hatte die Tür weiter aufgezogen und gab mir nun den Blick frei auf ... das, was bei Hempels in Sodom oder Gomorra unterm Sofa lag.

„Was zum –?"

Unser Flur war kein Flur mehr. Unser Flur war das Schlachtfeld, das dabei rauskam, wenn zwei Rumpelkammern aufeinander losgingen. Geöffnete Bücher, von denen einigen die Seiten fehlten, stapelten sich an den Wänden. Das Hochzeitsgeschirr, das ich als junges Mädchen nicht einmal hatte ansehen dürfen, reihte sich unter der Garderobe auf, an der keine Jacken, sondern schnürsenkellose Schuhe hingen. Anzughosen, in die mein Vater sicherlich seit zwanzig Jahren nicht mehr passte, lagen auf links gedreht auf der Treppe, die in den ersten Stock führte. Plastikblumen befanden sich zerpflückt daneben. Gartenscheren, leere Kisten, Weihnachtsschmuck, zertrümmerte Bilderrahmen ...

„Es ... ist gerade kein guter Zeitpunkt, Lou", informierte mich meine Mutter, ihr Kopf so rot wie die Boccia-Bälle zu ihren Füßen, die ich das letzte Mal gesehen hatte, als Jannis mit Mamas Gartenzwergen Bowling

geübt hatte. Mühsam versuchte sie, sich in mein Sichtfeld zu schieben, doch ich war größer als sie und
konnte das Chaos über ihren Schopf hinweg noch immer bewundern.

„Was du nicht sagst", fiel es mir aus meinem noch immer offen stehenden Mund. Ich wollte mich an ihr vorbei in das Haus schieben, doch die Südländerin stellte
sich mir bestimmt in den Weg.

„No!", sagte sie laut, stemmte die Hände in die Seiten
und funkelte mich warnend an.

Was ging denn jetzt ab? Hilfesuchend sah ich zu meiner Mutter. Meiner Mutter, die zwei verschiedene Socken trug, die Haare nicht gekämmt und nur eines ihrer Augen geschminkt hatte. Sie räusperte sich. „Am
besten kommst du einfach morgen wieder, ich –"

„Mama!", unterbrach ich sie fassungslos. „Was zum
Teufel geht hier vor? Wurde bei euch eingebrochen?"
Eine andere Erklärung konnte es nicht geben! Die Anti-
Heinzelmännchen mussten eingefallen sein, um ihre
ganz eigene Chaostheorie zu entwerfen.

„Eingebrochen?" Die Augen meiner Mutter wurden
groß. „Nein, Gott, nein. Hier ist niemand ... nein."

„Ähm okay, also ... renovierst du?", fragte ich verwirrt
und besah mir die Wände, die vergleichsweise unbe-
schadet aussahen.

„Nein, nein ... ähm ..." Sie strich sich die kurzen Haare
hinter die Ohren. „Ich mache nur Ordnung."

„Aha." Ich wollte ihr nicht zu nahetreten, aber ... sie
machte Ordnung falsch! „Und sie", ich nickte zur Südländerin, die mich immer noch böse ansah, „ist sie eine
Freundin von dir?"

„Oh, nein." Die Röte in den Wangen meiner Mutter vertiefte sich noch. „Maria hilft mir beim ... Ordnen."

„Nun, sie macht keinen guten Job", stellte ich dümmlich fest und mir fielen fast die Augen aus dem Kopf, als ich einen Blick durch die nächste Tür ins Wohnzimmer erhaschte. Dort sah es fast noch schlimmer aus! Alle Regale waren ausgeräumt worden, der Tisch auseinandergebaut und ... „Weiß Papa, dass du die Couch hasst?", wollte ich laut wissen und nickte zu unserem Sofa, aus dessen rechtem Kissen weißer Schaumstoff lugte, so als hätte jemand mit einem Messer darauf eingestochen.

Meine Mutter folgte irritiert meinem Blick und zuckte schließlich die Schultern. „Eine andere Farbe könnte nicht schaden."

„Mama!", rief ich, möglicherweise etwas hysterisch. Aber das hier ... das hier war ... *beunruhigend!* Ich holte zischend Luft und atmete tief ein und aus. „Wo ... wo ist Papa?", fragte ich und gab mir Mühe, gelassen zu klingen. Mein Vater war der einzige Mensch, der Gitti Manu jemals verstanden hatte! Er konnte sie sicherlich zur Vernunft bringen. Er konnte mir erklären, warum mein Elternhaus zur Müllkippe umfunktioniert worden war.

Doch meine Mutter winkte nur ab. „Ach, er kommt erst am Mittwoch zum Probeessen wieder." Ach, richtig. Zu Emilys und Finns Hochzeit sollte ein Familienessen mit allen Rispos und Manus abgehalten werden. Das hatte ich aufgrund der Ereignisse der letzten Tage komplett verdrängt. „Er macht doch diese Hospizausbildung", fuhr meine Mutter fort, „und das Seminar geht wohl etwas länger." Sie lächelte knapp, doch selbst

Timm Thaler hätte ein überzeugenderes Grinsen hinbekommen.

„Mama", sagte ich leise und berührte sie sacht am Arm. „Ist alles okay? Ehrlich gesagt ... machst du mir etwas Angst. Du wirkst nicht wie du selbst. Ist irgendetwas passiert, ist –"

„Alles ist in bester Ordnung, Emily", sagte sie mit fester Stimme.

„Louisa. Ich heiße Louisa."

„Das weiß ich doch." Sie holte tief Luft und lächelte wieder dieses gruselige Falsch-Lächeln, das mich an eine FSK-12-Version des Jokers erinnerte. „Ich habe mich nur nach etwas Veränderung und ... Freiheit gesehnt, deswegen entrümple ich das Haus. Ist das ein Verbrechen?"

Nun ... ja! Im Hause Manu war Chaos immer als Schwerverbrechen geahndet worden!

„Mama, das hier ist *Wahnsinn*!", entgegnete ich hitzig. „Das ist kein Entrümpeln, das ist ein Schrei nach Hilfe."

„Mach dich nicht lächerlich, Lou." Mama verdrehte die Augen und sah mich herablassend an – und auf verquere Art und Weise beruhigte mich das mehr, als es jedes ehrliche Lächeln gekonnt hätte. „Zum Probeessen wird alles aussehen wie zuvor, keine Sorge. Und jetzt muss ich dich leider rauswerfen, Maria und ich haben zu tun. Wir sehen uns Mittwoch!" Im nächsten Moment schlug sie mir die Tür vor der Nase zu.

Fassungslos starrte ich auf das Holz. War denn die ganze verdammte Welt verrückt geworden?

Ich hatte Kopfschmerzen.

Ich hatte eine Leiche in meinem Wohnzimmer gefunden, wurde des Mordes verdächtigt, hatte einen Freund, der ebenfalls des Mordes verdächtigt wurde und meine Mutter drehte durch ... Gott, mit jedem Gedanken, den ich hatte, wurden die Kopfschmerzen schlimmer. Morgen wollte Rispo mit Inessa essen gehen, übermorgen war das Probeessen für Emilys Hochzeit und selbst das beste Szenario war noch eine Katastrophe. Ich wünschte mir so sehr, dass diese Woche einfach vorbei war, dass ich mich sogar beim Beten erwischte. Und mit Gott redete ich nicht mehr, seitdem ich mit zwölf keine Karaokemaschine zu Weihnachten bekommen hatte.

Shit. Ich sollte entspannter sein, doch ich konnte nicht. Ich lag auf der Couch, meine Beine auf Joshs Schoß, und warf Wattebälle durchs Wohnzimmer, die Twinky apportierte und vor dem Sofa fallen ließ, damit ich sie erneut werfen konnte. Diese simple Aufgabe beruhigte mich ein wenig – wenn auch nicht viel. Josh hatte die Akte des Drogenfalls auf meinen Unterschenkeln ausgebreitet und war tief in Gedanken versunken. So hatte ich ihn vor einer Stunde vorgefunden, und bis auf das eine Mal, dass er die Arme für meine Beine gehoben hatte, hatte er sich nicht mehr bewegt. Ich seufzte, warf den Watteball und versuchte meine Augen zu schließen. Doch jedes Mal, wenn ich die Lider senkte, sah ich nur das gerötete Gesicht meiner Mutter, die versuchte, das Chaos vor mir zu verbergen.

„Okay, was ist los?", fragte Josh und ließ die Akte sinken. „Das letzte Mal habe ich dich beim Staffelfinale von *Grey's Anatomy* so seufzen hören – dabei war ich es, den du gezwungen hattest, es zu sehen. Ist es immer noch wegen deiner Mutter?"

Ich hatte Josh davon erzählt, dass ich ein Nachkriegsszenario in unserem Wohnzimmer vorgefunden hatte.

„Es lagen Sachen auf dem *Boden*, Josh", flüsterte ich und sah ihn ernst an. „Dem *Boden*! Das passiert einfach nicht im Hause Manu."

Josh sah zu meiner Handtasche, die ich unachtsam vor den Wohnzimmertisch geworfen hatte, und zu meinen Schuhen, die neben Twinkys offen stehender Transportbox standen und die Eingangstür blockierten.

„Du warst ein sehr rebellisches Kind, oder?", wollte er wissen.

Ich verdrehte die Augen, doch ein Lächeln zog an meinen Mundwinkeln. „Wenn eine Wohnung zu ordentlich ist, wird sie ungemütlich", unterrichtete ich ihn.

„Diese These ist lächerlich", stellte Josh sachlich fest. „Aber weil du aufgebracht bist, sehe ich darüber hinweg."

Ja, ich liebte ihn wirklich sehr.

„Was ist jetzt mit deiner Mutter?"

„Nun, meine Mutter hat einen Platz für alles! Sogar für meine verdammten Milchzähne! Es passt einfach nicht zu ihr, dass sie eine solche Unordnung macht, und das auch noch kurz vor einem Festessen. Letzte Woche war noch alles okay. Ich kann mir nicht erklären, was passiert ist, dass zu ... den Ludolfs geführt hat!"

„Hast du deinen Vater angerufen?"

„Ja, aber er hat nicht abgenommen." Wahrscheinlich hatte er sein Handy wieder verlegt. Er hielt nicht allzu viel von dieser neumodischen Technik. Ich zog eine Grimasse und legte die Hand über die Augen. „Das Problem ist: Wenn Mama mir nicht erzählen möchte, was los ist, kann ich nicht wirklich etwas tun." Und ich hasste das Gefühl, unfähig zu sein, zu helfen! „Also erzähl du mir lieber, was du heute noch herausgefunden hast. Das lenkt mich wenigstens ab."

Rispo strich geistesabwesend über mein Schienbein und schüttelte den Kopf. „Ich habe mir den Drogenfall noch einmal angesehen. Da die beiden Fälle in Verbindung stehen, dachte ich, dass mir irgendetwas auffallen müsste ..."

„Aber das tut es nicht?", mutmaßte ich.

„Nein. Wir hatten nicht viel mit Jorina zu tun", bemerkte er und rieb sich mit der Hand über die Stirn. „Wir haben sie einmal zum Club befragt und ich habe mir in meinen persönlichen Notizen vermerkt, dass ich sie gerne weiter beobachten wollte, doch bevor ich dazu kommen konnte, haben sie das Verfahren aufgrund mangelnder Beweislast eingestellt. Wir hatten kaum Berührungspunkte mit ihr ... sie kann unmöglich Zugriff auf polizeiliche Informationen gehabt haben. Die Frage bleibt also ... welche Infos hat sie und *nur* sie bekommen, sodass das Kartell ohne sie aufgeschmissen ist? Und von wem?"

„Ich weiß es nicht", sagte ich ehrlich.

„Nein? Nun, ich auch nicht." Er ließ den Kopf über die Rückenlehne fallen und seufzte.

Jap. Ich wusste, wie er sich fühlte.

Kapitel 11

„Also ... wir haben folgende Indizien: Die Sprenkel auf dem Badezimmerboden, die Fingerabdrücke an der Waffe, nicht zu vergessen das ausgedehnte Zeitfenster."

Ich schnaubte, verschränkte die Arme vor der Brust und sah Josh düster an. „Mein Gott, ja! Ich habe mir mit deinem Rasierer die Beine rasiert, zufrieden?" Mein Blick flog zur Uhr über der Küchenanrichte und ich hievte meine Handtasche vom Boden. Es war bereits kurz nach acht. „Ich bin spät dran, Josh, kann ich deine beeindruckenden Deduktionsfähigkeiten auch später loben?"

Ich musste heute zum Laden. Egal, wie aufgewühlt ich war: Ich konnte ihn nicht zwei Tage hintereinander unangekündigt geschlossen halten. Einfach ein Schild aufzuhängen, das sagte: *Aufgrund von Mördersuche bleibt der Laden diese Woche leider geschlossen,* stand tragischerweise auch nicht zur Auswahl. Ich hatte Aufträge zu bearbeiten, Sträuße zu binden, Blumen zu verkaufen ...

Seit Emily die Ausbildung machte, hatte ich mir eine weitere Floristin und eine Aushilfe angestellt, die gegen Mittag kamen, wenn ich Pause machte. Allerdings versuchte ich, sie so gut wie möglich aus meinem Privatleben herauszuhalten, nachdem ich meine letzte Floristin damit in die Flucht geschlagen hatte.

„Du musst mich überhaupt nicht loben, wenn du im Gegenzug aufhörst, meinen Rasierer zu nutzen!"

„Es war nur ein einziges dutzend Mal!“, verteidigte ich mich. „Und da wir gerade bei Kritik sind: Können wir vielleicht mal über deine Inneneinrichtung reden?“

Josh verengte die Augen und lehnte sich gegen die Anrichte. Er hatte aus offensichtlichen Gründen heute komplett darauf verzichtet, sich zu rasieren, und sah in seinem schwarzen, zerknitterten T-Shirt und Jeans noch ein wenig düsterer aus als sonst. Mein Vorteil war, dass ich Josh kannte und mich schon längst nicht mehr von diesem Blick beeindrucken ließ.

„Was ist mit meiner Einrichtung?“, wollte er wissen.

„Nun, sie deprimiert mich.“

„Aha. Weißt du was mich deprimiert?“

„Was?“

„Dieses Gespräch über meine Inneneinrichtung.“

Ich verdrehte die Augen und lief zur Tür, um mir die Schuhe anzuziehen. „Ich meine es ernst! Du hast gesagt, ich soll mich wie zu Hause fühlen. Das kann ich aber nicht, wenn alle Möbel schwarz und weiß und kalt sind und du keine einzige Pflanze besitzt.“

„Ich habe einen Kaktus.“

„Du hast einen *toten* Kaktus“, korrigierte ich ihn. „Und ernsthaft, wie hast du das hinbekommen? Er musste nicht mal gegossen werden!“

„Pflanzen mögen mich nicht“, stellte er schulterzuckend fest.

„Aber dafür *lieben* Pflanzen mich. Und ich liebe sie. Kann ich nicht ein paar Pflanzen von der Arbeit mitbringen? Das würde mich, glaube ich, aufheitern. Und dann bin ich nicht so allein, wenn du heute Abend mit deiner Ex-Verlobten essen gehst.“ Ich warf ihm einen vielsagenden Blick zu.

Rispo hob eine Augenbraue. „Wie kannst du jemanden erpressen, ohne es wie eine wirkliche Erpressung
aussehen zu lassen?"

„Mit einer Menge Übung."

Er seufzte schwer, stieß sich von der Anrichte ab und
kam auf mich zu. „Na schön. Ein paar Pflanzen werden
nicht schaden. Wenn du dich um sie kümmerst und
dann aufhörst, dich über meine Inneneinrichtung aus-
zulassen."

Ich lächelte breit. „Abgemacht. Danke. Was machst
du so heute Morgen?"

„Ich gehe in den Stripclub."

Ich nickte und küsste ihn flüchtig auf die Lippen.
„Okay, viel Spaß", meinte ich, dann war ich aus der Tür.

Louisa's Flower Power lag in der Prinzstraße in der Kölner Innenstadt, hatte eine große Fensterfront, die ich
zurzeit mit Tulpen, Hyazinthen und anderen Früh-
lingsblühern schmückte, ein Schild, das meine Kunden
daran erinnerte, dass ich keinen Sabber wegmachte,
und einen Brandfleck auf dem Schreibtisch im Büro
hinten.

Ich liebte den Laden und das nicht nur, weil er immer
nach Keksen roch – Trudi brachte fast jeden Tag welche
vorbei. Größtenteils mochte ich ihn, weil er *mir* gehörte. Ursprünglich war meine Idee gewesen, dass der
Laden mein spezieller Ruhe- und Rückzugsort wurde.
Doch dann hatte ich den Tornado Trudi und meine
Chaotenschwester eingestellt und die Türen für fünf
Rispos geöffnet ... und dahin waren meine guten Vors-
ätze. Aber wenn ich ehrlich war, mochte ich es so. Ruhe
war nichts für mich. Sie war so ... ereignislos.

Als ich den Laden an diesem Morgen öffnen wollte, saß meine Schwester bereits auf den Stufen, das Kinn in ihre Hände gestützt, das Gesicht zu einem gekonnten Ausdruck des Verderbens verzogen. So griesgrämig wie Gollum halt aussah, wenn er bemerkte, dass er den Ring *schon wieder* verloren hatte.

„Wer hat dir denn das Gras weggeraucht?", begrüßte ich sie und holte meinen Schlüssel aus der Handtasche.

Missmutig sah Emmi zu mir hoch. „Ich kann mich nicht einmal an mein Telefon binden, Lou!", stellte sie fest. „Ich kaufe mir jedes Jahr ein neues!"

„Ähm ... das tut mir leid für das Telefon?"

„Ich kann mich nicht auf meine Lieblingsfarbe festlegen", sinnierte Emily weiter. „Und bis vor einer Woche dachte ich noch, dass ich Thunfisch mögen würde ... aber dann habe ich ihn Sonntag probiert und festgestellt, dass er nach fasrigem, versalzenem Ekelfleisch schmeckt und entschieden, ihn nie wieder zu essen."

„Eine mutige Entscheidung", bemerkte ich nickend und friemelte am Schloss herum. „Auch wenn der Thunfisch dich sicher vermissen wird."

„Und weißt du, Lou", fügte Emmi hinzu und ihre Stimme wurde mit jedem Wort lauter. „Ich gucke Serien nie zu Ende! Ich breche sie immer in Staffel drei oder vier ab, weil ich das Interesse verliere!"

Ich seufzte schwer. „Emily, Süße ...", sagte ich geduldig. „Worauf willst du hinaus?"

Meine Schwester sprang auf, stieß die Tür für mich auf und fegte an mir vorbei in den Laden. „Denk mit, Lou!", fuhr sie mich an. „Ich führe Dinge nicht zu Ende! Ich kann mich nicht binden. Wie soll ich da bitte einen Wisch unterschreiben, der mir vorschreibt, dass ich von jetzt an für immer und ewig mit demselben Mann schlafen soll?!" Ihre Stimme wurde zunehmend hysterischer. "Oh mein Gott, es ist eine *superdumme* Idee, dass Finn und ich heiraten wollen! So. Dumm."

Ich schloss langsam die Tür hinter mir und sah sie verblüfft an. "Ja, aber ... das muss dir doch von vornherein klar gewesen sein", stellte ich verwundert fest.

"Ja, natürlich", sagte sie aufgebracht und warf die Hände in die Luft. "Aber ich stehe auf dumme Ideen! Meistens kommt ja auch was Aufregendes dabei rum, aber Heiraten ... das ist so endgültig! Das ist, als würde ich einen Hund adoptieren ... nur schlimmer, weil ich meinen Ehemann nicht zurück ins Tierheim geben kann."

Fahrig lief sie vor mir auf und ab, ihr Blick panisch.

"Okay", sagte ich laut und hob beschwichtigend die Hände in die Höhe. Ich konnte kein weiteres Drama gebrauchen. Emmi konnte nicht auch noch durchdrehen. "Atme erst mal durch, ja? Es ist vollkommen normal, kalte Füße zu bekommen. Was ist denn überhaupt passiert, dass du auf einmal solche Zweifel hast? Weswegen haben Finn und du gestritten?"

"Worüber haben wir *nicht* gestritten! Das ist die viel bessere Frage."

"Okay, schränken wir das Ganze ein", wagte ich einen neuen Versuch und ließ meine Habseligkeiten hinter den Verkaufstresen fallen. "Worüber habt ihr euch gestern gestritten?"

"Nun, es geht um die Wohnung, die wir uns zusammen nehmen wollen. Finn hat vorgeschlagen, dass ich doch einfach zu seinem Vater ziehen soll, so könnten wir Geld sparen. Ich will aber nicht leise beim Sex sein müssen und überhaupt ... er ist sechsundzwanzig und macht eine Ausbildung, er sollte allein wohnen! Also nicht allein, aber mit mir zusammen."

Ich nickte. Das konnte ich nachvollziehen. „Und was hat Finn daraufhin gesagt?"

„Er meinte: ‚Okay, machen wir einfach das, was du willst. Dann streiten wir uns nicht'."

Oh.

„Es interessiert ihn gar nicht, Lou!", fauchte Emmi, ihr Gesicht rot. „Ihm ist alles egal. Und das *geht* nicht. *Mir* ist doch schon fast alles egal. Davon kann es nicht zwei in einer Beziehung geben. Und jetzt soll ich jede Entscheidung allein treffen? Darauf habe ich keinen Bock."

Ich nickte. „Okay. Emily, das sind alles verständliche Emotionen, die du Finn und nicht mir näherbringen solltest."

„Aber er hört doch nicht mehr zu, sobald ich anfange zu schreien."

„Na, dann solltest du vielleicht aufhören zu schreien", schlug ich vor.

Emily schnaubte laut und verdrehte die Augen. „Es ist, als wärst du noch nie in einer Beziehung gewesen. Aufhören zu schreien ... soll ich vielleicht auch damit aufhören, nervigen Leuten hinter ihrem Rücken den Mittelfinger zu zeigen? Komm in die Realität zurück, Lou!"

Gut, es war offensichtlich, dass Emily nicht mit sich reden lassen wollte. Schwer seufzend stützte ich mich mit den Händen auf dem Tresen ab. „Dann sag die Hochzeit doch ab, Emmi."

„Nein! Ich will Kuchen“, stellte sie sofort klar. „Soll er die Hochzeit doch absagen. Wieso ist das meine Aufgabe?“

„Was hat Finn denn jetzt genau gesagt?“, versuchte ich es noch einmal. „Hast du ihn gefragt, ob er genauso denkt wie du?“

Sie zeigte mir den Vogel. „Das wäre ja noch schöner. Ich hab mal gehört, dass der Tag der Hochzeit sehr viel darüber aussagt, wer in der Beziehung die Hosen anhat. Und wenn ich jetzt angekrochen komme, um ihn zu fragen, wie er sich fühlt, dann erwartet er noch, dass ich das jedes Mal tue, wenn er ein Problem hat. Ich bin doch nicht seine Mutter! Also, gib mir einen anderen Tipp.“

Gott, ich war die schlechtbezahlteste Paartherapeutin der Welt. „Ich hab keinen Tipp, außer dass du mit ihm reden solltest.“

„Reden. Bei dir geht es immer nur ums Reden!“, beschwerte sich Emily sofort. „Wenn Gott gewollt hätte, dass die Menschen immer über alles quatschen, hätte er ihnen zwei Münder gegeben.“

Sie kannte Gott da offenbar besser als ich.

Eine Klingel ertönte und kündigte einen Kunden an. Ich sah auf und bemerkte eine Frau Mitte dreißig mit schwarz gefärbten Haaren und einem Schlangentattoo auf dem rechten Arm. Sie starrte mich kühl an.

„Oh, entschuldigen Sie, wir haben noch gar nicht geöffnet“, sagte ich freundlich. „Ich muss den Verkaufsraum noch vorbereiten. Der Laden macht erst um neun auf.“

Die Frau nickte steif. „Kein Problem", erwiderte sie mit weicher Stimme. „Ich kann warten. Ich weiß genau, wonach ich suche."

Meine Nackenhaare richteten sich auf und eine abrupte Gänsehaut kletterte meinen Rücken hinunter. Ich kannte die Stimme. Mein Blick flog zu der Kundin zurück und landete automatisch auf ihren Händen ... und ihren violett lackierten Fingernägeln.

Scheiße. Es war die Frau aus dem Stripclub. Diejenige, die Jorinas Drogen eingesackt hatte. Aber sie konnte mich unmöglich bemerkt haben, oder doch? Sie wusste nicht, dass ich sie belauscht hatte ... *oder*?

Mein Puls schnellte in die Höhe und meine Handflächen wurden feucht, während die Frau einfach im Eingang stehen blieb und sich gemächlich umsah.

Okay, ich musste mich beruhigen. Das alles könnte ein riesiger Zufall sein.

Die tätowierte Frau starrte mich an und hob dann ganz langsam einen Mundwinkel.

Möglicherweise war es auch kein Zufall.

„Lou, du hörst mir überhaupt nicht zu!", beschwerte sich Emily, die offenbar weitergeredet hatte.

Ja, das passierte mir, wenn ich damit rechnete, dass mir gleich mit dem Tod gedroht wurde. Was mir zugegebenermaßen häufiger passierte, als mir lieb war.

„Entschuldige", murmelte ich, rang die Hände ineinander und ließ meinen Blick zwischen ihr und der eingetretenen Frau hin- und herwandern. „Ich berate kurz ... die Kundin."

Ich wollte nicht ängstlich wirken – schließlich hatte ich mir offiziell nichts zuschulden kommen lassen – und beschloss, dass es das Beste war, wenn ich einfach mit der fremden Drogenfrau redete. Nur schuldige Leute hatten Angst davor, mit einer Mitarbeiterin des Kölner Drogenkartells zu sprechen.

„War ja klar. Immer ist alles wichtiger als ich", murrte Emily, doch sie verzog sich hinter den Verkaufstresen. Womöglich, um nachzusehen, ob ich irgendwo im Schreibtisch Schokoriegel versteckte.

Ich sah ihr kurz nach, konzentrierte mich dann jedoch auf die Frau vor mir. Schweiß sammelte sich in meinem Nacken und ich versuchte mich mit dem Gedanken daran zu beruhigen, dass ich nicht allein war. Emily war hier. Die Frau würde mich nicht in Anwesenheit einer Zeugin umbringen.

Ich atmete tief durch und setzte ein Lächeln auf. Schon war ich entspannt. Meine Knie zitterten nur, weil ich heute Morgen zu viel Kaffee getrunken hatte.

„Hey", sagte ich höflich und verschränkte die Arme hinter meinem Rücken. „Wie kann ich Ihnen helfen?"

Die fremde Frau musterte mich aufmerksam, bevor sie kurz ihren Nacken kreisen ließ, sodass es aussah, als würde die tätowierte Schlange auf ihrem Arm über ihre Schulter kriechen. „Sind Sie Louisa Manu?", fragte sie leise.

Schwierige Frage. Grundsätzlich war ich sehr zufrieden mit mir als Person. Ich fand mich halbwegs hübsch, relativ schlau und mittelmäßig witzig. Aber manchmal – wie jetzt zum Beispiel– wünschte ich mir, jemand völlig anderes zu sein. Trotzdem antwortete ich pflichtbewusst mit hochgezogenen Schultern: „Ja, die bin ich."

Sie presste die Lippen aufeinander, beugte sich leicht zu mir vor, senkte die Stimme und flüsterte dunkel: „Ich würde Ihnen gerne helfen."

Perplex öffnete ich den Mund. Hatte sie gerade *helfen* gesagt?!

„Ähm ... was?", hakte ich sicherheitshalber nach. Vielleicht hieß *helfen* in der Drogensprache ja etwas anderes als im herkömmlichen Sinn.

Die Schlangenfrau verengte misstrauisch die Augen. „Na ja, Sie sind doch die Frau, bei der Jorinas Leiche gefunden wurde, oder nicht? Die Frau, die schon all die anderen Mordfälle gelöst hat? Diese Blumendetektivin? Rasso meinte, Sie hätten im Club herumgeschnüffelt, da dachte ich, dass Sie den Fall auf eigene Faust untersuchen."

Ich nickte steif.

„Na dann", sagte sie zufrieden. „Mein Boss meinte zwar, ich solle mich da raushalten, aber ... ich hab Jorina gemocht. Und der Wichser, der sie umgebracht hat, sollte zur Strecke gebracht werden. Also ..." Sie breitete die Arme aus. „Ich bin hier, um Ihnen zu sagen, was ich weiß."

„Sie wissen was über den Mord?", fragte ich.

„Jap."

„Okay und ... ähm, warum sagen Sie das nicht der Polizei?" *Abgesehen davon, dass Sie wahrscheinlich mit Drogen dealen und nicht gut auf sie zu sprechen sind?*

„Ich traue der Polizei nicht", sagte sie knapp und verschränkte die Arme vor der Brust.

„Aber mir?" Meine Stimme rutschte eine verwunderte Oktave höher.

„Nun, Sie waren in der Zeitung. Wurden als naiver Mensch mit großem Herzen dargestellt. Ich dachte, da wäre vielleicht was dran. Außerdem sind Sie Blumenverkäuferin. Ich fand schon immer, dass es eine Menge über einen Menschen aussagt, wie er Pflanzen behandelt."

„Blumenladeninhaberin", korrigierte ich sie automatisch. „Und ja ... doch, das ist sehr wahr." Was sagte man dazu? Wenn das nicht mal eine merkwürdige Entwicklung der Ereignisse war. „Okay." Ich schüttelte den Kopf, um meine Gedanken zu ordnen. „Entschuldigen Sie, ich muss fragen: Wie heißen Sie?"

„Das ist nicht wichtig."

Natürlich. „Und in welcher Beziehung standen sie zu Jorina?"

„Ich war ..." Sie neigte nachdenklich den Kopf zur Seite. „... eine Kollegin."

„Sie strippen auch?", rutschte es mir heraus.

„Nein. Jorina hatte noch einen anderen Job, bei dem wir zusammengearbeitet haben."

„Der wäre ...?"

Sie lächelte süßlich. „Unwichtig."

„Okay, klar." Ich winkte ab und räusperte mich. „Was wollten Sie mir denn so Wichtiges erzählen?"

„Jorina war in den letzten Tagen vor ihrem Tod nervös", murmelte die Frau ohne Namen verschwörerisch. „Sie sagte, dass sie womöglich aufgeflogen sei. Hat gemeint, dass sie nur noch durchgeknallte Psychos umgeben würden und der ganze Laden ihr etwas zu heikel werden würde."

„Aufgeflogen?" Ich runzelte die Stirn. „Inwiefern aufgeflogen?"

„Keine Ahnung. Hat sie nicht gesagt. Aber sie hat … ängstlich gewirkt. Und das will schon was heißen, Jorina hatte Nerven aus Stahl.“

„Wurde sie vielleicht bedroht?“

„Keine Ahnung.“

„Hat sie irgendeinen Namen fallen lassen?“

„Nein.“

Frustriert seufzte ich auf. Dämlich von mir, zu erwarten, Antworten zu kriegen. Natürlich bekam ich nur weitere Fragen. Wäre sonst ja auch langweilig.

„Aber“, fing mein Gegenüber auf ein Neues an, „ich habe gehört, dass die Kripo intern ermittelt. Dass ein gewisser Kommissar Risotto unter Verdacht steht? Vielleicht hat er Jorina ja gedroht, sie hochzunehmen für … irgendetwas.“

„Nicht Risotto. Ricotta. Das ist sein Name“, korrigierte ich sie nickend, erleichtert darüber, dass sie Rispos Namen nicht kannten. „Der ist allerdings unschuldig. Na ja, so unschuldig wie ein Mann eben sein kann.“

Skeptisch sah mich die Schlangenfrau an. „Sind Sie da sicher?“

„Ja, sehr“, sagte ich mit fester Stimme. „Ich hatte ehrlich gesagt gedacht, dass … nun, jemand von Ihren Leuten der Täter sein könnte? Aus dem Stripclub oder …“ Ich zögerte, bevor ich möglichst beiläufig hinzufügte: „… ähm, anderswoher?“

Verblüfft hob mein Gegenüber die Augenbrauen. „*Unsere* Leute?“ Sie legte den Kopf in den Nacken und lachte einmal laut auf. „Nein. Gott, nein! Wir haben nichts damit zu tun. Wenn es so wäre, hätte unser Boss sich schon längst darum gekümmert. Das regeln wir innergeschäftlich. Niemand hätte sich getraut, Jorina ... nein."

Stirnrunzelnd sah ich die Schlangenfrau an. Sie wirkte aufrichtig. Andererseits verließ ich mich schon lange nicht mehr darauf, wie ein Zeuge *wirkte*. Ich hatte mich bei den letzten Fällen einfach zu oft geirrt. Außerdem: Wenn keiner von Jorinas Drogenfreunden sie umgebracht hatte, wer sollte es dann getan haben? Das ergab keinen Sinn. Die beiden Fälle waren offensichtlich miteinander verknüpft. Der Täter musste mich, Rispo und Jorina kennen.

Dann wiederum traf das vielleicht auf mehr Leute zu, als ich annahm. Wie die Schlangenfrau schon bemerkt hatte: Ich stand des Öfteren in der Zeitung, Rispo genoss in kriminellen Kreisen auch eine gewisse Bekanntheit und Jorina hatte wahrscheinlich schon für jeden schleimigen Typen aus Köln getanzt.

„Hilft Ihnen das weiter?", fragte die Schlangenfrau zweifelnd. Offenbar hatte sie meinen zermürbten Gesichtsausdruck bemerkt.

„Klar", sagte ich lapidar. Was sollte ich auch sonst sagen?

Erleichtert atmete die Frau aus. „Gut. Ich weiß, Jorina war etwas schwierig, viele Menschen mochten sie nicht, aber sie hatte ein großes Herz. Sie hatte den Tod nicht verdient. Also ... finden Sie den Mörder." Sie nickte mir einmal fest zu, dann verschwand sie aus der Tür.

Kopfschüttelnd starrte ich ihr nach. Mein Angstschweiß hatte sich zu Schweiß der Anstrengung gewandelt.

Mit jeder Information, die ich bekam, war ich verwirrter. Wobei war Jorina aufgeflogen? Bei ihren Drogengeschäften?

„Lou." Jemand zupfte an meinem Ärmel.

„Mhm?", machte ich abwesend, den Blick noch immer aus meinem Schaufenster gerichtet.

„Lou!", sagte die Stimme, Emily, drängender.

Ich seufzte und wandte mich um. „Was?"

„Ähm ..." Emily schluckte, ihr Gesicht ungewöhnlich weiß. Schließlich hob sie ihr Handy in die Höhe und drückte es mir ins Gesicht. „Ich dachte, vielleicht solltest du dir das mal ansehen", sagte sie unsicher.

Irritiert blickte ich auf das Display ... und stockte. Emily hatte die Anruferkennung eingeschaltet und es war offensichtlich, wer da mit uns sprechen wollte.

Mörder ruft an ...

Kapitel 12

„Wer zum Teufel ist das, Emily?", zischte ich und schlug mit dem Handrücken gegen ihren Oberarm.

„Ich habe keine Ahnung! Ich kenne niemanden mit dem Namen *Mörder*", zischte sie zurück. „Du vielleicht?"

„Aber es ist *dein* Handy! Du musst doch wissen, wem du den aussagekräftigen Namen *Mörder* gegeben hast!"

„Das ist es ja, ich erinnere mich nicht daran!", sagte sie panisch und drückte mir das Telefon in die Hand, so als wäre es giftig. „Ich muss die Person Samstagnacht eingespeichert haben. Scheiße, Lou, vielleicht … vielleicht ist das ja wirklich der Mörder!"

„Dann geh ran, damit wir es herausfinden", schlug ich mit gesenkter Stimme vor und gab ihr den immer noch wild vibrierenden Gegenstand zurück.

„Bist du bescheuert?", fragte Emily ungläubig. „Ich will nicht mit einem Mörder reden! Vielleicht ist Mörderitis ansteckend."

„Du kannst dir keinen Virus übers Telefon einfangen", erwiderte ich verärgert.

„Oh mein Gott, vielleicht ist das wie bei diesem Film – uns ruft jemand an und wir dürfen nie wieder auflegen, sonst stirbt jemand."

„Das verwechselst du mit der Warteschlange bei der Telekom."

„Lou!“ Emilys Augen wurden immer größer. „Das ist nicht der Moment, um Witze zu reißen! Was sollen wir tun?“

Mein Blick glitt fahrig vom blinkenden Display zu dem Gesicht meiner Schwester und wieder zurück. Dann riss ich ihr das Handy aus der Hand und drückte auf den Lautsprecherbutton.

„Hallo, ähm ... hier ... Pia Söltner hier“, quietschte ich.

Emily schlug die Hand vor den Mund und starrte auf das Handy, aus dem ein undeutliches Rauschen drang und schließlich ...

„Hey“, erklang eine männliche Stimme. „Ist meine Mutter bei dir?“

Erschrocken ließ ich das Telefon fallen, das mit einem Scheppern auf dem Boden auftraf, jedoch intakt blieb.

„Der Mörder denkt, wir hätten seine Mutter entführt“, röchelte Emily mit aufgerissenen Augen.

„Huhu, Emily?“, fragte die männliche Stimme verwirrt. „Bist du da?“

Mhm. In meiner Vorstellung benutzten Mörder Worte wie *Huhu* nicht. Und überhaupt ... die Stimme kam mir vage bekannt vor.

„Hallo? Haaallooo?“

Ich bückte mich und hob langsam das Telefon hoch. „Kai?“, fragte ich vorsichtig.

„Oh, hey, Lou, bist du das? Ich dachte, ich hätte Emilys Nummer gewählt. Hast du meine Mutter gesehen? Sie wollte vor zehn Minuten bei mir sein und Emily fährt sie doch öfter mal herum, also ... hängt sie zufällig bei dir im Laden rum? Ich mache mir langsam Sorgen.“

Emily schlug sich so laut mit der flachen Hand gegen die Stirn, dass das Klatschgeräusch von den Wänden widerhallte. „Kai!“, stieß sie aus. „Natürlich. Ich erinnere mich. Ich habe ihn als Mörder eingespeichert, als es so aussah, als hätte er den Paketboten mit den Stricknadeln abgestochen.“ Sie kicherte. „Ups, haben wir uns wohl ganz umsonst Sorgen gemacht. Na ja, kann passieren.“

Ungläubig starrte ich sie an. Ich hatte einen halben Herzinfarkt bekommen und sie meinte, das konnte ja passieren? Kai war Trudis Sohn, ein Zooladenbesitzer, dem ich vor ein paar Jahren aus der Patsche geholfen hatte. Er war in etwa so gefährlich wie ein Gänseblümchen.

Böse sah ich Emily an, bevor ich das Telefon näher an meinen Mund hielt. „Hey, Kai. Ja, hier ist Lou. Tut mir leid, Trudi ist nicht im Laden. Hast du es bei Manfred versucht? Mit ihm verbringt sie, glaube ich, seit ein paar Wochen sehr viel Zeit.“

Kai schnaufte verächtlich. „Hör mir auf mit Manni! Sie redet von nichts anderem mehr. Ein unglaublich schmieriger Typ, wenn du mich fragst. Nimmt sie in Bars und auf Bingoabende mit – jeder weiß, dass die da Viagra verteilen wie ein Pädophiler Süßigkeiten. Meine Mutter ist zu alt für Sex! Sie hat eine künstliche Hüfte, verdammt! Wenn sie sich zu hektisch bewegt, springen ihre Oberschenkelhalsknochen einfach aus dem Gelenk!“

Emily machte ein Würgegeräusch und ich konnte es ihr nicht verdenken. Dieses Gespräch verlief in eine Richtung, die ich überhaupt nicht gutheißen konnte. „Ja, Kai, das musst du wirklich mit ihr besprechen“, erklärte ich ihm.

„Aber sie hört ja nicht auf mich", sagte er aufgebracht. „Außerdem wollte ich mit dir noch wegen letztem Samstag reden. Das ging wirklich etwas zu weit, Louisa. Ich weiß, meine Mutter mag neue Erfahrungen, aber ein Stripclub? Und sie sollte auch wirklich nicht mehr so viel trinken. Ich gebe ihr Weihnachten nur noch Mineralwasser und rede ihr ein, dass es besonders klarer Champagner ist. Das klappt ganz gut. Also könntest du das nächste Mal, wenn du sie mit auf einen Junggesellinnenabschied nimmst –"

„Moment, Moment", unterbrach ich ihn verwirrt. „Woher weißt du, dass wir Samstag in einem Stripclub waren? Hat Trudi dir das erzählt?"

„Was? Wovon redest du?", fragte er verwirrt. „Ich habe euch Mädels da abgeholt. Du hattest dein Handy verloren, also habe ich euch zu dieser Trapez-Bar gefahren, damit du es suchen konntest, aber ..."

„Sprichst du vom *Dreieck*?"

„Ach, richtig. Wusste ich doch, dass es irgendeine geometrische Form war."

„Was? Wir ... Moment." Ich räusperte mich. „Wir waren noch mal in der Bar?" In meinem Kopf fing alles an, sich zu drehen.

„Ja, ihr ..." Er verstummte. „Was ist los bei euch? Erinnerst du dich etwa nicht mehr daran? Wie geht es eigentlich Skippy?"

„Skippy?", fragte ich verdattert.

„Der Goldfisch, den sich Emily zur Hochzeit gewünscht hat. Ich hatte ihn dir mitgebracht. Dachte, ich spare mir den Weg, den ich sonst diese Woche hätte machen müssen."

Oh, scheiße! Der Goldfisch in meiner Badewanne. Den hatte ich vollkommen vergessen! Ich hoffte doch sehr, dass die Polizei sich um ihn gekümmert hatte. Brauchten Goldfische regelmäßig Futter?

„Ähm, Kai, tut mir leid, ich …“ Ich fasste mir mit der Hand an den Kopf. „Hat Trudi dir nicht erzählt, was Sonntag passiert ist?“

„Nein“, kam es verdattert durch die Ohrmuschel. „Was war denn?“

Mhm. Nachdenklich hielt ich inne. Wenn ich Kai jetzt erzählte, was genau vorgefallen war, würde er mindestens eine halbe Stunde brauchen, um sich wieder zu beruhigen. Wahrscheinlich würde er so stumpfe Dinge fragen, wie zum Beispiel, ob es uns allen gutging und ob wir Hilfe bräuchten. Solange konnte ich nicht warten. Ich musste *jetzt* wissen, was nach dem Stripclub passiert war!

„Gar nichts“, sagte ich deswegen hastig. „Es war nur … etwas unordentlich in der Wohnung.“

Kai schnaubte. „Das wundert mich nicht. Ihr habt ja auch vollkommen besoffen versucht, Brownies zu backen.“

„Bei mir zu Hause warst du also auch noch?“, hakte ich nach.

„Ja, natürlich, ich konnte euch in eurem Zustand doch nicht allein gehen lassen, ich …“ Er verstummte. „Weißt du das denn nicht mehr?“

„Nein, sorry. Ich hatte einen schlimmen Filmriss. Kannst du mir noch mal sagen, was nach dem Stripclub passiert ist? Und was wir dir erzählt haben? Und was du gesehen hast? Möglichst detailliert, wenn das ginge? Je mehr Einzelheiten du nennst, desto besser.“

„Warum?", kam die prompte Nachfrage.

„Weil ich so traurig darüber bin, dass ich mich kaum noch an meinen Junggesellinnenabschied erinnere", sprang Emily ein. „Deswegen ... erkläre es uns im Kopfkinoformat."

„Genau!", bestätigte ich Emily.

„Ähm ... okay", sagte Kai verdattert. „Wenn euch das hilft."

„Sehr", sagte ich und beugte mich mit Emily tiefer über das Telefon, um kein Wort zu verpassen.

Und somit begann Kais zehnminütige Erzählung darüber, dass wir ihn nachts um zwei angerufen hatten und er zum Stripclub gefahren war, um uns einzusammeln. Eins musste man Kai lassen: Er hatte ein verdammt gutes Gedächtnis. Wenn von ihm Einzelheiten verlangt wurden, dann gab er sie prompt. Er beschrieb den Türsteher vor dem Club, Trudis Begeisterung darüber, dass eine der Stripperinnen ihre Haare mit pinker Farbe besprüht habe, und die Felgen seines eigenen Wagens. Interessant wurde es jedoch erst, als er zu dem Punkt der Nacht kam, an dem wir erneut im *Dreieck* ankamen.

„Du hast dein Handy und deine Schlüssel verloren, also haben wir deine Schritte nachverfolgt", erzählte er. „Wir waren erst in dieser Bar, wo Manfred mit seiner Band gespielt hat. Manfred war aber nicht mehr da. Mama ist eifersüchtig geworden, weil sie dachte, er wäre mit einem Groupie nach Hause gegangen und hat angefangen –"

„Warum überspringen wir diesen Part nicht und kommen zum *Dreieck*? Und du musst wirklich nicht die

Länge jedes Bartes beschreiben, den du an dem Abend gesehen hast", schlug ich vor.

„Schön. Ist mir nur recht. Der Laden war noch relativ voll, wir standen ewig an der Bar, weil keiner der Mitarbeiter Zeit hatte, uns zuzuhören. Der eine Barkeeper hat die ganze Zeit hinter der Theke mit einer Rothaarigen rumgemacht, während die andere Kellnerin *Candy Crush* auf ihrem Handy gespielt hat. Als die *Candy-Crush*-Tante uns endlich bemerkt hat, meinte sie nur, dass nichts abgegeben wurde. Trudi musste auf Toilette, also ist sie gegangen, wir haben uns noch ein wenig nach deinem Kram umgesehen, aber nichts gefunden. Also habe ich noch einmal den Käppi-Barkeeper gefragt, ob er was aufgesammelt hat – nur um sicherzugehen –, doch Fehlanzeige, und dann sind wir gegangen, sobald Trudi von der Toilette kam."

„Der ... Basecap-Barkeeper hat mit einer rothaarigen Frau rumgemacht?", hakte ich langsam nach. „Was war das für eine Basecap?"

„Rot mit PD drauf. Daran erinnere ich mich, ich bin Fan der Delphies."

Seit wann zum Teufel waren alle solche Baseball-Fanatiker? Und eine ganze andere Frage: Hatte Steffen Dürer nicht behauptet, kurz nachdem wir gegangen waren, ebenfalls von der Bildfläche verschwunden zu sein? „Wie sah die Rothaarige aus?", wollte ich wissen.

„Ähm ... hübsch?", bot Kai an. „Hatte so einen Nasenring, das war mir etwas zu wild, aber anson–"

„Unglaublich!", fiel ich ihm ins Wort und starrte Emily mit offenem Mund an. Dieser verdammte Lügner. Steffen hatte behauptet, dass er Jorina nur flüchtig kennen würde! Rispo hatte recht gehabt. Er und Jorina hatten eine sehr viel innigere Beziehung gehabt, als er uns hatte weismachen wollen. In welchen Punkten hatte er uns dann noch angeschwindelt?

„Was ist danach passiert, Kai?", fragte ich gepresst.

„Nichts. Ich habe euch nach Hause gefahren und ins Bett gebracht."

„Wirklich?"

„Ja, es war kurz nach drei, würde ich sagen. Ich habe euch davon abgehalten, mit dem Brownie-Backversuch die Küche abzufackeln, und bin dann gefahren."

„Denkst du, die Rothaarige ist die Tote?", flüsterte E-mily – nicht leise genug.

„Die Tote?", fragte Kai schockiert. „Was für eine Tote?"

Eine Klingel läutete und kündigte einen Neuan-kömmling an. „Oh, Kai, Trudi ist gerade gekommen", sagte ich hastig beim Anblick der älteren Dame, die heute komplett schwarz trug, sodass ihre pinken Haare noch greller leuchteten. „Hey, Trudi, du warst mit Kai verabredet", begrüßte ich sie.

„Was?", fragte sie perplex, bevor sie den Kopf schüt-telte. „Nein, wir wollten uns erst am Dienstag treffen."

„Heute *ist* Dienstag."

„Oh." Einige Herzschläge lang betrachtete sie mich blinzelnd. Dann nickte sie. „Na, bei sieben verschiede-nen Tagen kann man ja mal durcheinanderkommen."

Ja, das war wie mit den sieben Zwergen. Da fehlte mir auch immer einer. „Okay, Kai, ich lege jetzt auf", sagte ich in den Hörer, bevor er noch mal auf die Idee kam, mich nach der Toten zu fragen. „Trudi ist hier bei uns und in Sicherheit. Sie ruft dich nachher an oder kommt vorbei, nicht wahr Trudi?"

„Klar. Wenn ich es nicht vergesse."

„Aber –", begann Kai.

„Ich erinnere sie daran", versprach ich hastig. „Danke für alles, bis dann!" Im nächsten Moment legte ich auf und atmete tief durch, bevor ich Trudi fixierte. „Sag mal, hast du deinem Sohn nicht erzählt, was am Wochenende passiert ist?"

Sie hob eine Schulter. „Er macht sich so schnell Sorgen, da wollte ich ihn nicht behelligen. Seitdem er die Leiche in seinem Hinterhof gefunden hat, ist er immer etwas nervös, wenn es um Mord geht." Ja, das konnte ich nachvollziehen. „Aber egal." Sie klatschte in die Hände. „Was gibt es Neues? Habe ich etwas verpasst?"

„Ja, wir haben einen neuen Hauptverdächtigen", unterrichtete ich sie und gab Emmi ihr Telefon zurück.

„Haben wir?", wollte Emily verblüfft wissen.

„Ja. Den Barkeeper aus dem *Dreieck*. Er hat nämlich gelogen. Mehrfach." Ich erzählte Emily knapp, was Steffen Sonntagabend behauptet hatte, und ihr Mund formte sich zu einem stummen O.

„Okay, das ist doch etwas", meinte sie zufrieden. „Lügner sollte man sich immer genauer ansehen."

So war es. „Also ..." Ich lächelte sie an und hob die Augenbrauen. „Denkst du dasselbe, was ich denke?"

Meine Schwester nickte. „Ja. Trudi, wo sind deine Kekse?"

Trudi hatte keine Zeit gefunden, Kekse zu backen, und so fuhren wir eine Stunde später, nachdem meine neu angestellte Floristin aufgetaucht war, mit leerem Magen in Richtung Nippes. Dürer wohnte nicht unweit der Bar, in der er jobbte, wie ich seiner Akte entnommen hatte.

Eigentlich hatte ich noch die Sträuße für Emilys Hochzeit am Samstag binden wollen ... aber das würde warten müssen. Der Mord ging diesmal vor. Außerdem: Wer wusste, ob die Hochzeit tatsächlich stattfand? Emily war sich dessen zumindest nicht sehr sicher gewesen.

Geistesgegenwärtig, wie ich war, rief ich vom Auto aus Rispo an. Nur damit er sich nicht darüber aufregte, dass ich ihm nicht Bescheid gab.

„Bitte sag mir, dass du keine weitere Leiche gefunden hast", begrüßte er mich nach dem dritten Klingeln.

„Dass du immer vom Schlechtesten ausgehst!"

„Nicht *immer*. Nur wenn du anrufst."

Ich verdrehte die Augen. „An deinem Pessimismus musst du arbeiten."

„Ja, sobald ich nicht mehr unter Mordverdacht stehe. Was gibt es denn jetzt?"

Ich erzählte ihm knapp, was passiert war und was wir herausgefunden hatten, während ich auf den nächstbesten REWE-Parkplatz fuhr, damit Emmi heraushüpfen und sich ihre Zuckerdröhnung kaufen konnte – sie hatte darauf bestanden, Kekse zu kaufen, bevor wir Dürer bedrohten.

Als ich geendet hatte, sagte Rispo: „Lass mich raten, du bist zusammen mit Trudi und Emily auf dem Weg zu Steffen Dürer."

„Das ist korrekt. Verrückt, dass du in *Tabu* so schlecht bist, obwohl du doch so gut rätst."

„Ich bin nicht schlecht, du erklärst nur scheiße!"

„Jeder weiß, dass der rote Teletubbie *Po* heißt, Josh. Jeder!"

„Aber niemand *sollte* es wissen! Ist auch egal. Ich bin hier noch nicht fertig, könnte aber in einer halben Stunde da sein. Wartet auf mich, bevor ihr mit Dürer redet, okay?"

Puh. Warten. Schwierige Sache. „Ähm ..."

„Wartet auf mich, bevor ihr bei ihm klingelt, Lou", wiederholte er mit fester Stimme, dann legte er auf.

Seufzend sah ich zu Trudi. „Warum sind Männer immer solche Spielverderber?", fragte ich. Sie war alt, sie musste es doch wissen.

„Ach, ich glaube, weil sie Angst haben, etwas zu verpassen", mutmaßte sie. „Deswegen verschießen so viele auch schon ihre Ladung, bevor die Frau zum Zug kommt. Weil sie Angst haben, zu kurz zu kommen. Gerade im Zeitalter der Emanzipation und so."

Mhm, das war überraschend weitsichtig.

„Die Kunst ist es, trotzdem zu machen, was man will, ohne dass sie sich im Nachhinein beleidigt fühlen", informierte sie mich.

Ich nickte. Das bekam ich hin.

Dürer wohnte in einem braunen Betonblock, der zwischen einer hohen Mauer und einem Reparaturshop eingekeilt wurde. Das Gebäude hatte drei Stockwerke und sechs Wohneinheiten, jedenfalls wenn man nach dem Klingelschild urteilen konnte, und war nur zwei Nebenstraßen vom *Dreieck* entfernt. Das Haus war von einem schmalen Grünstreifen umgeben, der an den Seitenwänden von einer Spur Kies eingerahmt wurde.

„Es ist sehr hässlich hier", traf Trudi den Nagel auf den Kopf.

„Tja, wenn man studiert und nicht viel Geld hat, ist einem das egal", berichtete ich aus Erfahrung, während ich den Kopf schräg legte und die Fenster zur linken Seite betrachtete. „Kommt, wir sehen uns mal um", murmelte ich. „Wenn man dem Klingelschild glauben kann, wohnt Dürer im Erdgeschoss." Das dankenswerterweise einzusehen war, wenn man etwas hüpfte. Ich stellte mich auf die Zehenspitzen, sprang auf und ab und sah in das erste Fenster. Ein Wohnzimmer war zu erkennen. Das blaue Licht eines laufenden Fernsehers flackerte auf, eine rote Kappe lag auf dem Tisch, direkt daneben konnte ich ein Paar Füße erkennen. Das musste Steffen sein. Er war offensichtlich zu Hause.

„Ich dachte, dein heißer Polizist wollte, dass wir auf ihn warten?", fragte Trudi verwundert.

„Er hat gesagt, wir sollen nicht allein mit Dürer reden. Von Herumschnüffeln war nie die Rede." Ich nahm mir einen Oreo von Emily, steckte ihn komplett in den Mund – sonst krümelte ich nur – und sah mich kurz nach möglichen Zeugen um, bevor ich seitlich ums Haus herumschlich, zwischen der Mauer und der Außenwand hindurch. Trudi und Emily folgten mir.

Hier, an der moosbewachsenen Seite, gab es nur ein kleines Fenster, etwa dreißig Zentimeter über meinem Kopf angebracht und in etwa so groß wie zwanzig aneinandergelegte Tafeln Schokolade. Oder auch so groß wie ein Autofenster.

Es ging nach außen auf und war einen Spaltbreit nach oben gedrückt worden. Wahrscheinlich führte es zum Bad.

Mhm. Dürer war vorne, was bedeutete, dass es nicht schaden konnte, einmal einen Blick in sein WC zu werfen. Vielleicht hatte er ja Drogen oder etwas ähnlich Auffälliges auf seinen Armaturen liegen. Einen Versuch war es wert.

„Emily, kannst du mir vielleicht eine Räuberleiter machen?"

Meine Schwester hob die Augenbrauen, schob sich einen weiteren Oreo in den Mund und schüttelte den Kopf. „Du wiegst hunderttausend Kilo! Ich will meinen Rücken die nächsten siebzig Jahre noch benutzen können."

„Ich wiege nicht hunderttausend Kilo!", sagte ich verärgert. „Und jetzt stell dich nicht so an. Trudi kann ich ja wohl kaum darum bitten."

Die alte Dame schüttelte den Kopf. „Ich glaube, mein Arzt hätte etwas dagegen. Er rät mir immer davon ab, schwer zu heben. Oder mich zu bücken. Oder meinen Blutdruck zu sehr in die Höhe zu treiben."

Emily seufzte schwer auf, reichte Trudi die Kekspackung und flocht widerstrebend die Hände ineinander, um damit eine Art Steigbügel zu formen. „Schön. Aber die nächste Massage zahlst du mir."

Ich verdrehte die Augen. Emily schuldete mir noch so viel Geld, dass ich mir darum wirklich keine Gedanken machen musste.

Ich legte meine Handtasche ab, ließ kurz die Schultern kreisen und suchte dann nach einem Stein oder Ähnlichem, an dem ich mich hochziehen konnte, um nicht mein ganzes Gewicht auf Emily zu verlagern. Die Sache war die: Ich wog zwar keine hunderttausend Kilo, aber auch keine fünfzig. Und Klettern war eine

Fähigkeit, die ich mich noch nicht getraut hatte, in meinen Lebenslauf zu schreiben. Schlichtweg aus dem Grund, dass ich scheiße darin war. Das hatte mich jedoch nie davon abgehalten, es trotzdem zu versuchen.

Ich fand einen etwas hervorstehenden Klinkerstein, an dem ich mich festhalten konnte, während ich mit einem Fuß in Emmis Räuberleiter trat und mich nach oben abdrückte.

Ein Uff-Laut entfuhr mir, während ich hastig das Fenster weiter aufdrückte, um zumindest am Rahmen etwas Halt zu finden. Ich musste aussehen wie eine Babyrobbe, die versuchte ein Klettergerüst zu besteigen, aber das war mir egal.

„Bist du oben?", presste Emily angestrengt hervor, bevor ich ihre Hände an meinem Hintern spürte, in dem Versuch, mich weiter nach oben zu drücken.

„Nein, warte." Ich konnte mich unmöglich allein durch meine Muskelkraft hier oben halten – dafür hätte ich welche haben müssen –, weshalb ich kurzerhand meine Schultern durch das Fenster schob, bis ich mit dem Bauch auf dem Rahmen lag, die Scheibe von oben herab auf mein Kreuz drückte und ich halbwegs allein die Balance halten konnte. „Okay, jetzt", wisperte ich und Emily ließ mich los. Sofort drückte der Plastikrahmen unangenehm auf meinen Magen, doch ich hatte ja nicht vor, lange hier zu bleiben.

Ich hob meinen Kopf und sah mich in dem verdunkelten Bad um. Verdunkelt deswegen, weil ich die einzige Lichtquelle blockierte.

Da war eine Duschkabine zu meiner Rechten, die Toilette zu meiner Linken, neben der sich das Waschbecken befand. Daneben stand eine Waschmaschine, auf der sich allerhand Utensilien stapelten. Waschmittel, ein Jutebeutel, Sonnenbrillen, ein Comicheft. Neben der Dusche hingen Poster, die allesamt irgendwelche Inseldomizile zeigten. Zumindest sah ich eine Menge Palmen, weiße Sandstrände und Cocktails.

Frustriert seufzte ich auf. Das alles war nicht wirklich hilfreich. Ich hatte mir irgendwie mehr erhofft. Aber es gab weder Drogen, noch etwas, das auf Drogen hinwies. Na ja, ich konnte auch nicht immer nur Glück haben.

„Okay, ich habe alles gesehen. Ich komm wieder runter", flüsterte ich über meine Schulter. „Fang mich auf."

„Sagt der Walfisch zum Schmetterling", murmelte Emily düster, doch ich spürte ihre Hände an meinen Beinen. Ich stützte mich auf den Rahmen, schob mich nach hinten und ... nichts passierte.

Oh oh.

Ich drückte fester, ratschte mit meinem Rücken am halbgeschlossenen Fensterglas entlang, das mit jeder Sekunde weiter auf mich hinabzudrücken schien. Ich musste das Scharnier beim Reinquetschen gestreift haben, sodass es sich gelöst hatte. Tatsache war, dass die Öffnung jetzt kleiner war als zu Beginn und mein Oberkörper leider nicht die Größe von Emilys erwähntem Schmetterling besaß.

Ein sehr, sehr ungutes Gefühl überkam mich, während ich versuchte, mich durch die Öffnung zu winden, hin- und herwackelte ... und es doch nicht schaffte, mich auch nur einen Zentimeter zu bewegen.

„Was treibst du da?", wollte Emmi wissen. „Ich dachte, du hättest genug gesehen."

„Das habe ich auch“, zischte ich. „Aber ... ich glaube, ich stecke fest!“
Ich hätte den blöden Oreo nicht essen dürfen!

Kapitel 13

„Du steckst fest?", wiederholte meine Schwester ungläubig. „Wie konnte das denn passieren? Du wolltest ins Zimmer reinschauen, nicht reinklettern."

„Ich wollte besser sehen können und meine Arme sind nicht stark genug und ... ist doch jetzt auch egal!" Mein Versagen stand hier jetzt nicht zur Debatte! „Zieh mich raus, okay?"

„Meine Güte, Trudi, hilf mal", hörte ich Emily fluchen, und im nächsten Moment packte ein zweites Paar Hände mein anderes Bein.

„Uiuiui, du bist ja der reinste Korken in der Flasche", stellte Trudi amüsiert fest.

Ich teilte ihren Humor nicht. Denn alles, was die beiden mit ihrer Aktion erreichten, war, dass mein Brustkorb schmerzte, weil er so fest in den Plastikrahmen gedrückt wurde.

„Du bist zu dick, Lou!", stellte Emmi nach einer Minute fruchtlosen Bemühungen fest.

„Ich bin nicht dick, ich bin kuschelig", zischte ich zurück. „Und es hilft gerade überhaupt nicht, dass du ..." Ich hielt abrupt inne, denn in der Wohnung tat sich etwas. Etwas klirrte und dann ... dann hörte ich Fußschritte.

„Scheiße, ich glaube, er kommt her!", fluchte ich atemlos.

„Was?!"

„Geh nach vorne, Emily! Klingel und lenk ihn ab. Oder denk dir irgendetwas aus, damit er dich in sein Bad lässt, dann kannst du mich vielleicht von vorne rausdrücken."

„Ich soll ... *was*?" Es sagte eine Menge darüber aus, wie dämlich meine Idee war, dass selbst Emily fassungslos klang.

„Ach, ich mache das schon", hörte ich im nächsten Moment Trudis fachmännische Stimme. „Komm mit, Emily. Und du Lou: Beweg dich nicht vom Fleck!"

Sie war vielleicht lustig!

„Moment, warte! Was zum Teufel hast du vor, Trudi? Was ..." Doch ihre Schritte entfernten sich bereits und Emily ließ meine Beine los, um ihr hinterherzueilen. „Shit!", fluchte ich und versuchte mich so gut es ging mit den Armen an den Fliesen der Badezimmerwand unter mir abzustützen, damit mir der Rahmen des Fensters nicht so unangenehm in den Magen drückte. Doch es war ein hoffnungsloses Unterfangen. Ich hing wie ein halbtoter Fisch in der Masche dieses blöden Netzes!

Die Schritte kamen näher, wurden lauter ... Ein Klingeln durchschnitt die Stille. Erleichtert atmete ich aus. Das mussten Trudi und Emily sein. Die Badezimmertür war nur angelehnt und ich konnte deutlich hören, wie die schweren Schritte innehielten und umkehrten. Hoffentlich in Richtung der Tür, weit weg von mir.

Im nächsten Moment erklang Trudis Stimme. „Ich möchte gerne Drogen kaufen."

Eine unangenehme Stille entstand, während ich mit offenem Mund auf den Leuchtstreifen der Tür starrte.

Schließlich erwiderte eine männliche, entgeisterte Stimme: „Bitte was?"

„Gute Drogen. Also von hoher ... Drogenqualität, verstehen Sie, was ich meine?"

Oh. Mein. Gott.

„Sie müssen meine Oma entschuldigen", mischte sich die Stimme meiner Schwester ein. „Sie ist leicht dement. Meint, überall Gras zu riechen."

„Was? Nein, ich will kein Gras. Ich will etwas Härteres. *Schlimme* Drogen will ich."

„Oma, sei still", sagte Emily streng. „Wir sind gerade spazieren gegangen und sie muss unglaublich dringend auf Toilette, da haben wir beim erstbesten Haus geklingelt und ... könnte sie wohl kurz bei Ihnen gehen?"

Wieder entstand eine zähe Stille, und ich stellte mir gerade vor, wie Steffen Dürer ihr den Vogel zeigte – denn bei Gott, ich hätte es getan! Nervös spitzte ich die Ohren, wartete auf seine Antwort ...

„Und ich dachte, ich hätte dich schon in jeder nur möglichen peinlichen Situation gesehen", erklang plötzlich eine dunkle Stimme hinter mir.

Ich zuckte zusammen und schlug mir den Kopf am Rahmen an.

„Doch hier stehe ich und werde wieder einmal eines Besseren belehrt."

Oh nein. Oh nein, oh nein, oh nein ... als bräuchte Josh noch mehr Stoff, um sich über mich lustig machen zu können!

„Weißt du, nicht dass ich die Aussicht nicht genießen würde ... aber was zum Teufel tust du da?"

„Kannst du nicht einfach die Klappe halten und mich hier runterholen?", schlug ich leise vor, während mein Kopf anlief wie eine überreife Tomate. „Bevor Dürer mich erwischt?"

„Mhm ..." Ich musste Rispo nicht sehen, um zu wissen, dass er das selbstgefällige Lächeln trug, das ich ihm jedes Mal aus dem Gesicht schnitzen wollte. „Ich weiß nicht. So wie ich das sehe, wolltest du bei einem Mordverdächtigen einbrechen. Und wie sollst du lernen, dass das eine blöde Idee ist, wenn ich dich jetzt aus deiner verfänglichen Lage rette?"

Hätte ich Rispo nicht gebraucht, hätte ich jetzt wohl mit dem Bein nach hinten ausgetreten und ihn ausgeknockt.

„Ich wollte nicht einbrechen! Ich wollte nur kurz durchs Fenster sehen!"

„Indem du deinen Oberkörper hindurchquetschst?", fragte er zweifelnd.

„Ich hab improvisiert, okay?", zischte ich gereizt.

„Das war mir schon klar, anders funktionierst du ja nicht."

„Josh!", flüsterte ich flehentlich. „Diese Position ist wirklich nicht gemütlich, kannst du wann anders gemein sein und mir einfach helfen?"

Er schwieg einige Herzschläge lang, schließlich fragte er: „Wo ist dein Back-up?"

„Die sind drinnen und versuchen von Dürer Drogen zu kaufen!"

„Natürlich. Warum frage ich überhaupt?"

Das wusste ich auch nicht.

„Was soll das heißen, Sie haben keine Drogen zu verkaufen?", drang Trudis Stimme plötzlich von der anderen Seite an meine Ohren. „Sie sind jung und sehen etwas schäbig aus. Wie verdienen Sie sonst ihr Geld, wenn nicht mit Drogen?"

Oh Gott. „Beeil dich, Josh!" Lange würde Steffen Dürer das bestimmt nicht mehr mitmachen.

„Es tut mir leid, ich werde jetzt die Tür schließen", sagte er wie auf Kommando.

Rispo gab einen langen, theatralischen Seufzer von sich, und im nächsten Moment spürte ich seine Hände um meine Hüfte. Es war definitiv von Vorteil, dass er fast zwanzig Zentimeter größer war als Emily!

„Mach dich dünner", wies er mich an.

Hallo?! War ihm nicht klar, dass die Diät-Industrie Hundertmillionen Euro weniger machen würde, wenn Frauen dazu in der Lage wären?

Dennoch zog ich den Bauch ein, hielt die Luft an und streckte die Arme gerade nach vorne aus.

Rispos Griff verstärkte sich und im nächsten Moment rutschte ich die kalte Wand entlang, bis ich wieder festen Boden unter meinen Füßen hatte.

Ich schüttelte mich und rieb mir die Stelle am Bauch, an der ich morgen sicherlich einen blauen Fleck in der Größe von Rispos Ego haben würde.

Schwer atmete ich durch, bevor ich mich zu Josh umwandte. „Danke", sagte ich ruhig. „Ich wollte wirklich nicht einbrechen. Ich bin ja nicht lebensmüde."

„Weißt du, das sagst du mir jedes Mal", murmelte er sichtlich unzufrieden, „und trotzdem endest du immer wieder mit dem Kopf im Müll ... oder in einem fremden Badezimmer."

Ich zog eine Grimasse, unfähig, seinen Vorwurf zu entkräftigen. „Ich gebe zu, dass ich mich manchmal durch unglückliche Zufälle in prekäre Situationen begebe", sagte ich langsam.

Josh verengte die Augen. „Aber?"

„Oh, kein Aber. Das war alles, was ich sagen wollte."

Schnaubend schraubte er einen Arm um meine Schultern und schob mich am Haus vorbei zurück zur Straße. „Und dieser Satz soll mich besänftigen?"

„Na ja, Einsicht ist der erste Schritt zur Besserung, oder? Und ich will mich wirklich bessern."

„So wie du dieses Jahr Schokolade fasten wolltest und an Tag drei mit fünf Tafeln vom Supermarkt zurückkamst?"

„Sie waren im Angebot! Es wäre dumm gewesen, sie nicht zu kaufen."

„Nein, dumm ist es, im Badezimmer eines Mordverdächtigen stecken zu bleiben."

Ich seufzte und winkte ab. „Lassen wir das."

„Schön", bemerkte Rispo grimmig. „Dann lass mich mal den Lügner befragen."

„Du willst das machen?", fragte ich überrascht. „Was ist daraus geworden, dass ich sympathischer bin als du?"

Er schüttelte nur knapp den Kopf. „Es wird Zeit für den bösen Cop, nicht den charmant-verpeilten Cop."

Die Tür zum Haus stand offen und Trudi und Emily kamen uns von der Treppe entgegen.

„Der junge Mann hat nichts mit Drogen am Hut, Lou", sagte Trudi selbstzufrieden. „Das habe ich bereits herausgefunden. In die Wohnung hat er uns trotzdem nicht gelassen. Aber du bist ja auch so aus dem Fenster gekommen, was?"

Ich nickte und murmelte: „Danke, das hast du gut gemacht", bevor ich Josh die drei Stufen zum ersten Absatz folgte. Er klopfte bereits charmant mit seiner geballten Faust an die Tür, als ich die letzte Stufe nahm.

„Das darf doch nicht wahr sein!", fluchte jemand von der anderen Seite, bevor die Tür aufgerissen wurde. „Hören Sie, Lady! Ich nehme keine Drogen, ich verkaufe keine Drogen, ich ..." Dürer verstummte abrupt, als er Rispo und mich erblickte. „Oh", stellte er dümmlich fest.

Er trug eine gelbe Jogginghose, ein Quidditch-Trikot von Slytherin und den Gesichtsausdruck eines Jungen, der beim Teignaschen erwischt wurde.

„Du hast uns angelogen", eröffnete Josh das Gespräch. „Und nicht nur ein wenig. Nein, du hast uns so richtig angelogen. Und die Frage, die ich mir stelle, ist: Warum sollte ein Zeuge in einem Mordfall lügen ... wenn er unschuldig ist?"

Dürers Augen wurden groß. „Was? Nein. Ich bin nicht schuldig."

„Das musst du mir näher erklären", sagte Rispo gespielt nachdenklich. „Du hast nur aus Spaß gelogen? Weil du es uns ein wenig schwerer machen wolltest, den Mörder zu finden? Du behauptest immer noch, nichts mit dem Mord zu tun zu haben – obwohl du mit Jorina Stelz noch am Abend ihres Todes herumgemacht hast? Ich möchte ehrlich sein, Steffen: Das sieht vor einem Richter überhaupt nicht gut aus."

„Richter? Was heißt denn hier Richter?", fragte er ungläubig und Panik keimte in seinem Gesicht auf. „Ich kann doch nicht verknackt werden, weil ich gelogen habe!"

„Doch, schon. Das nennt sich Falschaussage.“

„Okay! Okay, okay. Kein Grund, uncool zu werden“, meinte er beschwichtigend und hob die Hände. „Ist ja gut. Ich habe gelogen. Ja, ich habe ab und zu mal mit Jorina geschlafen. Sie war öfter in der Bar, deswegen kannte ich sie. Aber ich habe sie nicht umgebracht!“

„Warum hast du dann gelogen?“, wollte ich wissen.

„Ich bin Lehramtsstudent!“, meinte er entgeistert. „Ich kann es mir nicht leisten, mit dem Mord an Jorina in Verbindung gebracht zu werden. Einen Eintrag bei der Polizei zu haben, würde mich ruinieren. Dann krieg ich doch keinen verdammten Job mehr.“

„Und warum hast du behauptet, du wärst kurz nach uns gegangen?“, hakte ich weiter nach. „Warum hast du uns nicht einfach erzählt, dass du uns an dem Abend zweimal gesehen hast?“

Er schnaubte. „Hast du mir gerade nicht zugehört? Ich darf nicht mit dem Mord in Verbindung gebracht werden!“

„Schön“, sagte Ripso knapp. „Kommen wir zu Jorina: Wusstest du, dass sie Drogen vertickt?“

Steffens Augen weiteten sich, er öffnete den Mund … schwieg jedoch.

„Also ja“, beantwortete sich Josh die Frage selbst. „Und du hast nie überlegt, in das Geschäft einzusteigen?“

Hastig schüttelte er den Kopf.

„Und trotzdem hättest du Zugang zu den besten Roofies der Stadt gehabt“, folgerte Josh. „Und die Möglichkeit, Lou und ihren Freunden etwas unterzumischen, gleich mit dazu …“

„Ey, das kannst du mir nicht auch noch unterjubeln!",
sagte Steffen abwehrend. „Warum hätte ich ihnen was
reinmischen sollen? Es ist nicht gut fürs Geschäft,
wenn sich herumspricht, dass im *Dreieck* Frauen etwas
ins Getränk getan wird."

Da war was Wahres dran.

„Außerdem wollte sie da raus, okay?", fuhr Steffen
fort. „Jorina wollte damit aufhören. Doch sie musste
erst noch ein paar lose Enden schnüren oder so. Auf jeden Fall kam sie nicht einfach so von jetzt auf gleich
aus dem Geschäft. Das ist alles, was ich weiß."

„Okay, nehmen wir an, dass du uns nichts in den
Drink gekippt hast", lenkte ich ein. „Warum hat Jorina
geweint?" Trudi hatte erzählt, dass ihr eine heulende
Rothaarige vom Klo entgegengekommen war. Das
musste Jorina gewesen sein.

„Ich weiß es nicht! Sie wollte nicht mit mir darüber
reden! Alles war gut, wir wollten eigentlich zu mir nach
Hause, dann geht sie auf Toilette und kommt komplett
verstört zurück. Und jetzt ist sie tot."

Rispo seufzte schwer. „Und du hast nicht nachgesehen, wer nach Jorina von der Toilette gekommen ist?"

„Was denn, bin ich der Toilettenbeaufsichtiger?",
fragte Steffen perplex.

„Nein, nur dämlich", sagte Rispo trocken. „Wo ist Jorina hingegangen, nachdem sie die Bar verlassen hat?"

Dürer hob die Schultern. „Keine Ahnung, sie meinte,
sie müsse dringend mit einem Freund reden. Rasta
oder so. Jemand von ihrer Arbeit. Wahrscheinlich ist
sie zu dem hin."

Rasso. Der pferdegesichtige Barkeeper vom Stripclub,
der einen Jutebeutel mit Geld entgegengenommen

hatte. Nicht zu vergessen der Typ, den Manfred verstörend gut zu kennen schien. Da würde ich noch einmal nachhaken müssen.

„Ist das alles, was du weißt?", fragte Rispo genervt.

„Ja, ich schwöre!"

„Und du lügst auch nicht wieder?", wollte ich skeptisch wissen. „Denn ich muss dich warnen: Kommissar Rispo hat schon den ein oder anderen Typen ins Krankenhaus geprügelt."

Irritiert sah Josh mich von der Seite her an.

„Was denn?", meinte ich achselzuckend. „Stimmt doch."

„Nein, ich lüge nicht", beteuerte Steffen. „Wirklich. Das war alles."

Und was sollten wir anderes tun, als ihm zu glauben?

„Ich weiß nicht, was ich denken soll", sagte ich ein paar Minuten später, als wir wieder vor Dürers Tür standen und auf Emmi und Trudi zugingen, die an meinem Passat lehnten und den Rest der Oreos in sich reinstopften. „Die Frau heute in meinem Laden hat geschworen, dass die Drogenleute nichts mit dem Mord zu tun haben. Doch nach dem, was Steffen gesagt hat, hört es sich so an, als wäre jemand sehr unglücklich darüber gewesen, dass sie aus dem Geschäft aussteigen wollte, und hat sie umgebracht, bevor sie es tun konnte."

Rispo antwortete nicht direkt. Er starrte nachdenklich in die Ferne, die Stirn konzentriert gerunzelt, bevor er murmelte: „Es passt nicht. Das Kartell hat eigene Mittel und Wege, eine Leiche verschwinden zu lassen. Und wenn sie mich hätten anschwärzen wollen, hätten sie es verdammt noch mal besser tun sollen! Ich meine ... ich laufe immer noch frei herum, oder? Die Beweise reichen nicht einmal für eine Untersuchungshaft."

„Also glaubst du doch nicht daran, dass der Mörder etwas mit dem Drogenfall zu tun hat?"

„Doch. Das steht außer Frage", meinte Rispo. „Aber der Täter ist vielleicht gar nicht im Drogenring tätig. Oder hat unautorisiert gehandelt. Und wenn Letzteres der Fall sein sollte, wird sich sein Boss um ihn kümmern, bevor die Polizei es tun kann." Er seufzte schwer. „Keine Ahnung. Ich habe das Gefühl, noch nicht genug über Jorina zu wissen."

Ja, das hatte ich auch. Jorina erschloss sich mir noch nicht so ganz. Einerseits hatte sie unbedingt aufhören wollen zu strippen, andererseits war sie anscheinend jeder Kollegin, die ihr einen Klienten abnehmen wollte, an die Gurgel gegangen. Abgesehen davon schien sie sehr ... sexuell aktiv gewesen zu sein, wenn ich das bemerken durfte. Sie war tot, ja, aber ich war mir ziemlich sicher, dass ich sie nicht mochte.

„Also fahren wir zum Stripclub und befragen Rasso, das Pferdegesicht?", wollte ich mit gesenkter Stimme wissen und blieb stehen, damit Trudi und Emily meine Worte nicht mitbekamen.

Rispo schüttelte den Kopf. „Können wir nicht. Ich bin heute Morgen schon nicht reingekommen. Thilo hat endlich einen Durchsuchungsbeschluss durchgesetzt. Im Club wimmelt es gerade nur so vor Polizisten. Wir werden morgen hinfahren. Vor dem Familienessen."

Oh Gott, das Familienessen. Noch so ein Ereignis, an das ich nicht denken wollte. In etwa genauso wenig wie an Rispos Date mit seiner Ex heute Abend. Okay, Zeit, auf andere Gedanken zu kommen. „Was hast du heute Morgen denn gemacht, wenn du nicht im Stripclub warst?“, fragte ich und schob die Hände in meine Hosentaschen, bevor ich noch mit der Faust auf Rispos Oberarm schlug und von ihm verlangte, dass er das Essen mit Inessa absagte.

„Hab mich mit Jorinas Freundinnen unterhalten. Wenn man sie so nennen kann. Meine Güte, die Frau hat Polygamie ganz neu definiert.“

Jap, das war mir bereits klar gewesen. Und das sollte schon was heißen, denn Emily war die letzten Jahre wirklich keine abstinente Heilige gewesen. „Sie war nicht wirklich beliebt unter Frauen, oder?“, vermutete ich.

„Oh, nein. Hat drei ihrer ehemaligen Schulfreundinnen den Freund ausgespannt, den Ehemann ihrer Schwester verführt, nur um ihr zu zeigen, dass er unmöglich treu sein kann ...“ Er neigte den Kopf zur Seite und betrachtete mich. „Dagegen bist du ein Engel.“

Na, da hatte er es! Er sollte froh sein, dass ich nur ab und an einem Mörder nachstellte. Das war doch eine zuckersüße Eigenschaft im Vergleich zur Drogen verkaufenden Stripperin, deren Hobby es gewesen war, sich möglichst viele Feinde zu machen.

„Behalte diesen Gedanken im Kopf“, schlug ich lächelnd vor. „Für das nächste Mal, dass du mich aus einer prekären Situation retten musst.“

„Mit welcher Bestimmtheit du immer *das nächste Mal* sagst, ist angsteinflößend“, stellte Josh düster fest.

Das nannte ich Optimismus!

„Und du musst verdammt noch mal aufhören, allein loszurennen und dich in verfängliche Lagen zu bringen, das macht mich nämlich sehr wütend!"

„Jaja", winkte ich ab. „Haben die Freundinnen denn irgendetwas Interessantes von sich gegeben?", wechselte ich das Thema – ich war schließlich nicht blöd.

„Nein. Nichts, außer der Tatsache, dass Jorina offensichtlich jeden Mann dazu bringen konnte, sich zu vergessen." Er rieb sich mit der Hand den Nacken. „Ach, und Marvin hat mich vorhin angerufen. Es gibt etwas Neues wegen der Mordwaffe."

„Wegen meines Messers?"

Er schüttelte den Kopf. „Wie sich herausstellt, ist dein Messer nicht die Mordwaffe. Der Abdruck der Klinge stimmt nicht mit der Wunde überein. Sie ist zu klein. Jorina wurde also mit einem anderen Messer umgebracht, das der Mörder gegen eins von deinen ausgetauscht hat, sobald er in deiner Wohnung war."

Ich machte große Augen. „Das heißt, die Mordwaffe fliegt noch irgendwo rum?"

„Ja, oder sie liegt auf dem Boden des Rheins", meinte Josh trocken. „Wie auch immer, ich muss los. Hab meinem Vater versprochen, zusammen mit ihm ein Hochzeitsgeschenk für Finn zu kaufen. Sehen wir uns heute Abend, bevor ich mich mit Inessa treffe?"

Ich nickte steif. „Mhm", murmelte ich vage.

Rispo seufzte schwer und rieb sich über die geschlossenen Augen. „Es ist nur ein Essen, Lou. Du musst dich wirklich entspannen", murmelte er, wandte sich um und ging.

Missmutig sah ich ihm hinterher und beschloss, dass ich über mich hinauswachsen würde. Aber nicht heute. Heute war ich einfach nur eifersüchtig.

Kapitel 14

Ich brauchte irgendetwas, das mich aufheiterte, also fuhr ich zurück zum Laden und holte die Pflanzen, die Rispo mir gewährt hatte.

Ich konnte nicht sagen, warum, aber Blumen beruhigten mich. Hatten sie schon getan, als ich meinem ersten Gänseblümchen die Blütenblätter ausgerissen hatte, um herauszufinden, ob Tobias Zimmermann, mein Sitznachbar aus der zweiten Klasse, mich liebte. Und auch heute, obwohl ich längst nicht mehr die Blüten eines Gänseblümchens zerrupfte – denn Tulpen eigneten sich viel besser dafür –, hatte dieses Gefühl nicht nachgelassen. Mich um Blumen zu kümmern, war etwas, das ich konnte. Es war keine besonders coole Superkraft, aber hey, Batman war ohne sein technisches Spielzeug nur ein reicher Junge, der Fledermaus spielte – als ob das so viel aufregender war.

Nach den letzten nervenaufreibenden Tagen brauchte ich etwas, das ich unter Kontrolle hatte. Und wenn das bedeutete, dass ich ein Yucca-Palme, zwei Grünlilien, Bogenhanf, Efeu, einen neuen Kaktus und einen Topf Adoniskraut – das erschien mir irgendwie passend – in meinen Passat verfrachtete und dann etliche Treppen zu Joshs Wohnung hochschleppte, dann war das verdammt noch mal so!

Es machte mir Freude, Joshs ach so saubere, ordentliche Ablageflächen mit Erde zu beschmieren, und Grün war definitiv eine Farbe, die in seinem Wohnzimmer fehlte. Oder gefehlt hatte. Denn als ich mich nach getaner Arbeit auf die Couch fallen ließ, ging mir durch den Kopf, dass ich es möglicherweise etwas übertrieben hatte. Selbst *ich* hatte weniger Pflanzen ... die hoffentlich zusammen mit dem Goldfisch überleben würden.

Unsicher zupfte ich an meiner Unterlippe herum und war kurz davor, aufzustehen, um zumindest schon einmal die Erdspuren auf dem Boden wegzusaugen, als die Tür aufging.

Innerhalb von zwei Sekunden wusste ich, dass Josh nicht gefallen würde, was er sah. Zugegebenermaßen gab er sich auch nicht sonderlich Mühe, es zu verbergen.

„Was ist denn hier passiert?", fragte er verwirrt, schloss die Tür hinter sich und sah sich im Raum um.

Ich sprang auf und rang die Hände ineinander. „Na ja ... Du hast gesagt, ich solle mich wie zu Hause fühlen."

Rispo kratzte sich an der Wange, den Mund immer noch leicht geöffnet. „Ja ... Ich wusste nicht, dass dein Zuhause der Regenwald ist."

Ich zog eine Grimasse und folgte seinem Blick. „Okay, ich gebe zu, dass ich es etwas übertrieben habe. Sorry, aber ... ich fühle mich mit Pflanzen eben wohler! Sie beruhigen mich."

„Beruhigen?", sagte er langsam und fuhr sich mit beiden Händen durch die Haare, während er perplex von der Erdspur, die von der Haustür zu Küchenanrichte führte, bis zu den Blättern starrte, die der Efeu auf seinem Glastisch abgeworfen hatte.

„Ich weiß, es sieht ein bisschen chaotisch aus ..."

„Ein *bisschen*?" Josh schnaubte und schüttelte den Kopf. „Der Boden ist ein Blumenbeet." Er machte eine rüde Handbewegung zu dem Dreck vor seinen Füßen. „Erde gehört nicht auf den Boden!"

Ich schluckte und räusperte mich. „Nun, praktisch gesehen gehört Erde schon –"

„Lou", unterbrach Josh mich düster. „Mein Wohnzimmer sieht aus wie eine Neuverfilmung des Dschungelbuchs. Wie verdammt unwohl fühlst du dich hier, dass du eine grüne Armee mitbringen musstest?"

Also jetzt gerade? In genau diesem Moment? Sehr, sehr unwohl. Fußpilz-unwohl.

Ich seufzte schwer. „Es tut mir leid. Meine Fantasie ist mit mir durchgegangen. Ich habe selbst gerade bemerkt, dass es möglicherweise etwas zu viele Pflanzen sind."

„Es sind nicht die Pflanzen, Lou", sagte er angespannt und schälte sich aus seiner Jacke. „Überall, wo du hingehst, hinterlässt du ... ein einziges Chaos. Du steckst in einem Fenster oder sitzt in einem Tierkäfig fest oder schubst einen Mörder ins Grab ... und das ist okay, aber könntest du dein Chaos bitte auf dein eigenes Leben beschränken und nicht wortwörtlich in meine Wohnung holen?"

„Hey", sagte ich laut und verengte die Augen. „Das ist nicht fair. Das mit dem Fenster war ein Versehen, das mit dem Tierkäfig definitiv nicht meine Schuld und der Mörder, von dem du sprichst, hatte es verdient, ins Grab geschubst zu werden."

„Ja und trotzdem ändert es nichts", meinte Josh ungeduldig. „Weißt du, ich werde derzeit des Mordes verdächtigt, das alles ist etwas *zu viel*, Lou!"

Meine Brust zog sich auf einmal eng zusammen und perplex öffnete ich den Mund. Doch ich wusste nicht, was ich dazu sagen sollte. Das war ein verdammter Tiefschlag gewesen.

Josh bemerkte es offenbar auch, denn er kniff die Augen zusammen und verzog das Gesicht. „Shit, tut mir leid. Das hat sich etwas …“ Er brach ab, atmete tief durch, und als er die Augen wieder öffnete, war ein Teil seiner Wut verschwunden. „Okay, weißt du was? Wir verschieben das Gespräch hier auf morgen. Die Woche war beschissen. Ich bin offensichtlich nicht gut drauf und“, wieder sah er sich die Erde zu seinen Füßen an, „dieser Anblick macht es wirklich nicht besser.“

„Ich will es aber nicht auf morgen verschieben“, sagte ich leise und biss die Zähne aufeinander. „Denn morgen wird es immer noch *zu viel* sein, Josh. Wenn nicht sogar mehr.“ Gott, ich wusste, dass ich sehr empfindlich auf diese Wortwahl reagierte. Aber seitdem Josh mit exakt diesen Worten mit mir Schluss gemacht hatte, fiel es mir schwer, darüber hinwegzusehen. „Es sind verdammte Pflanzen, Josh“, sagte ich gereizt. „Wenn sie dir nicht gefallen, dann bringe ich sie wieder zurück in den Laden. Und die Erde werde ich wegwischen, die Blätter auch. Du reagierst etwas über.“

„*Ich* übertreibe?“, fragte er ungläubig und fuchtelte zu den Pflanzen um sich herum. „Guck dich um! Niemand braucht so viel Grünzeug, um sich besser zu fühlen.“

„Doch, verdammt. *Ich* brauche es!“, sagte ich gezwungen ruhig. Gott, so langsam verlor ich die Geduld. Er musste sich nicht wie ein Arschloch aufführen, nur weil er schlecht drauf war. „Gerade heute, da du mit deiner kleinen Ms. Perfect ausgehst.“

Seine Miene versteinerte. „Sind wir wieder an dem Punkt?“, fragte er bedrohlich leise.

„Wir haben ihn nie verlassen!"

„Lou!", sagte er scharf und eine tiefe Falte erschien zwischen seinen Augenbrauen. „Ich hab da echt keinen Bock mehr drauf! Ich gehe nicht mit Inessa auf ein Date. Wir essen nur zusammen."

„Das ist doch ein und dasselbe!"

Josh presste die Lippen zusammen und verschränkte ganz langsam die Arme vor der Brust. „Weißt du, Lou", sagte er, seine Stimme ätzend gelassen. „Vor gar nicht allzu langer Zeit bist du ausgetickt, weil du dachtest, ich würde dir nicht vertrauen. Und so langsam verstehe ich, warum dich der Gedanke so wütend gemacht hat."

„Ich vertraue dir", sagte ich sofort. „Es ... Sie ist es, der ich nicht traue, okay? Weil sie absolut dumm sein müsste, dich nicht zurückzuwollen. Und sie schien nicht dumm, sie hat einen Doktortitel und alles, also –"

„Meine Güte, wir werden essen und mit unserer Vergangenheit abschließen, nicht gemeinsam Reizwäsche kaufen gehen!", fuhr er auf.

„Ja, aber sie möchte dir ihre Reizwäsche gerne zeigen!"

Er schnaubte laut. „So ein Schwachsinn. Und du sagst mir doch immer, dass ich mehr mit meinen Gefühlen in Verbindung stehen soll!"

„Ja, mit deinen Gefühlen zu *mir*, nicht zu einer anderen Frau!"

Er schüttelte nur den Kopf. „Du bist eine ganz schöne Heuchlerin, weißt du das? Du hast dein abschließendes Gespräch mit diesem Clown von Journalisten bekommen. Du darfst dich nicht einmal beschweren."

Oh nein! So langsam wurde ich richtig wütend. Niemand durfte mir sagen, weswegen ich mich beschweren durfte. Das war mein verdammtes Recht als Deutsche! Unsere ganze Kultur basierte darauf, sich zu beschweren.

„Ich war mit diesem Journalisten aber nicht verlobt", presste ich zwischen den Zähnen hervor.

„Nein, du hast nur versäumt, mir zu erzählen, dass du ihn wiedersiehst und er dich bei dem Treffen geküsst hat!"

„Was hat das denn jetzt mit irgendetwas zu tun!", fauchte ich wütend. „Den Streit haben wir doch schon längst abgehakt."

Josh rieb sich mit der Hand so fest über die Stirn, dass ich sie quietschen hören konnte. Schließlich stieß er einen Schwall Luft aus, bevor er mich mit dunklen Augen fixierte. „Was genau ist dein Problem, Lou?"

„Mein Problem ist, dass du nicht mit ihr essen gehen wollen solltest!", fuhr ich ihn an und ignorierte die Hitze, die sich durch meine Wangen fraß. „Du solltest mit ihr abgeschlossen haben."

„Ich *habe* mit ihr abgeschlossen", sagte Josh leise. „Sonst wäre ich nicht mit dir zusammen! Aber nur, weil ich sie nicht mehr liebe, heißt das doch nicht, dass sie mir egal ist, Lou. Und wenn es ihr hilft, mich ein letztes Mal zu sehen, dann werde ich mit ihr essen gehen. Das ist eine erwachsene Lösung."

Ich presste meine Lippen zusammen, um mich davon abzuhalten, noch etwas zu sagen. Denn nichts, was meinen Mund verlassen würde, könnte diese Situation besser machen.

Josh schloss die Augen und schüttelte den Kopf. „Wir reden da morgen drüber, ich bin spät dran", murmelte er, lief an mir vorbei ins Schlafzimmer und tauchte ein paar Minuten später in ein frisches Hemd gekleidet wieder auf.

„Bis dann", sagte er, sah mich aber nicht an, bevor er aus der Tür verschwand.

Stumm sah ich ihm nach.

Mist.

Was für eine beschissene Woche. Eine Leiche im Wohnzimmer konnte einem echt langfristig die Laune verderben.

Ich war wütend. Ein wenig auf Josh, ein wenig auf die Bitch Inessa, aber vor allem auf mich selbst. Weil ich so verdammt unsicher war, dass ich nicht darüber hinwegsehen konnte, dass er sich mit seiner Ex traf. Gott, fühlte Josh sich exakt genau so, wenn er eifersüchtig war? Auf einmal ergab sein leidender Gesichtsausdruck, als ich ihm von Chris erzählt hatte, viel mehr Sinn.

Stöhnend ließ ich mich zurück auf die Couch fallen. Wahrscheinlich musste ich mir überhaupt keine Sorgen machen. Rispo war ein guter Kerl. Er tat Inessa einen Gefallen. Und nicht jeder Mann betrog bei erster Gelegenheit seine Freundin ...

Mein Telefon klingelte und erschöpft zog ich es aus meiner Hosentasche.

„Hallo?"

„Louisa. Dein Vater betrügt mich."

Kapitel 15

Abrupt richtete ich mich in den Kissen auf. „Mama?", fragte ich perplex.

„Ja, natürlich ist hier deine Mutter", antwortete sie ungehalten. „Wen sollte dein Vater denn sonst betrügen?"

„Ich weiß nicht, ich ... was?" Blinzelnd zog ich ein Kissen auf meinen Schoß, um es fest gegen meine Brust zu drücken. „Wie kommst du darauf, dass Papa ... dass er ... das ist absurd, Mama!"

Mein Vater war der liebste, ruhigste, genügsamste und netteste Mensch der Welt. Das einzig Verrückte, was er jemals in seinem Leben getan hatte, war meine Mutter zu heiraten. Und klar, meine Eltern waren vielleicht kein Paar, das mit seiner Liebe hausieren ging, aber ... ich hatte dennoch immer das Gefühl gehabt, dass sie existierte!

„Er betrügt mich, Lou. Ich weiß es", sagte sie hart.

„Also hat er es dir gesagt?", folgerte ich schockiert.

„Nein. Natürlich nicht! Wer würde so etwas schon zugeben?"

Nun ... mein Vater! Er hatte doch auch zugegeben, dass er als Kind Bayern-Fan gewesen war. Und das war als Kölner noch sehr viel skandalöser, als es eine Affäre mit einer Stripperin wäre.

„Ich weiß es einfach, Lou. Genaueres erkläre ich dir, wenn du hier bist."

„Ähm ... was?" Mein Vokabular war zugegebenermaßen gerade etwas beschränkt, aber ... was zum Teufel?!

„Du holst mich ab. Du bist so was wie eine Detektivin! Ich will, dass du den Fall untersuchst."

„Ich untersuche Mordfälle, keine Betrugsfälle. Ich habe gar keine Erfahrung im Nachspionieren. Vielleicht solltest du einfach mit Papa reden und ..."

„Wart's ab", unterbrach mich meine Mutter laut. „Möglicherweise entwickelt sich das Ganze ja noch zu einem Mordfall. Bis gleich. Und zieh dich schwarz an. Ich will nicht erwischt werden." Im nächsten Moment legte sie auf.

Fassungslos starrte ich auf den Hörer in meiner Hand. Es schien so, als hätte ich herausgefunden, warum meine Mutter am Rad drehte. Und ich wünschte mir nichts sehnlicher, als dass ich unwissend geblieben wäre.

Mir war nicht klar gewesen, dass meine Mutter Fan von schlechten Krimis war – diese Erkenntnis traf mich erst, als sie aus dem Haus kam, gekleidet wie eine verbrecherische Comicfigur. Sie trug eine riesige Sonnenbrille, die sie wie eine Fliege auf Drogen aussehen ließ, dunkle, klobige Stiefel und eine Montur aus schwarzer Jeans und schwarzem Pullover. Als wäre es nicht schon schockierend genug, sie in Jeans, der Hose der Menschen ohne Rückgrat und Kontrolle über ihr Leben, zu sehen, hatte sie um ihren Kopf ein schwarzes Tuch geschlungen, das die Wandlung der bekifften Fliege zur trauernden bekifften Fliege perfekt machte.

Kopfschüttelnd sprang ich aus dem Auto. „Mama", zischte ich. „So kannst du draußen nicht rumlaufen!

Die Nachbarn denken noch, dass du auf der Suche nach ein paar Kindern bist, um sie zu entführen!"

„Ach, wen interessiert's", sagte sie pampig und machte eine wegwerfende Handbewegung, bevor sie schnurstracks an mir vorbeilief, die Motorhaube umrundete und sich auf dem Beifahrersitz niederließ.

Mir klappte die Kinnlade herunter und fassungslos starrte ich ihr nach. So hatte ich meine Mutter noch nie erlebt! Sie atmete dafür, den Nachbarn, ihren Freundinnen, nicht zuletzt der ganzen Welt, zu zeigen, was für ein zivilisierter Vorzeigemensch sie war. Und bis gerade war mir nicht klar gewesen, wie viel Sicherheit mir das gegeben hatte. Doch jetzt war offensichtlich die Anarchie ausgebrochen und ich war ratlos, was ich tun sollte, um alles wieder geradezurücken. Doch ich *musste*!

Erst meine Mutter, dann meine Beziehung zu Rispo, dann der Mord. Eins nach dem anderen.

Schwer durchatmend ließ ich mich hinters Lenkrad sinken und sah meine Mutter fest an. „Mama", flüsterte ich eindringlich. „Was ist passiert? Warum denkst du, dass Papa dich betrügt? Er ist überhaupt nicht der Typ dafür!"

„Du kennst deinen Vater nicht so, wie ich ihn kenne, Louisa", sagte sie und reckte das Kinn. „Er ist ein gutaussehender Mann – und das weiß er nur allzu genau. Weshalb, glaubst du, geht er so gerne einkaufen? Weil er mit den Kassiererinnen flirtet!"

Ich verzog das Gesicht. Das konnte ich mir kaum vorstellen. „Aber Flirten ist doch harmlos. Er würde nicht –"

„Er hat mich angelogen, Louisa", schnitt sie mir das Wort ab, den Blick stur durch die Windschutzscheibe gerichtet. „Er hat mir gesagt, dass er auf irgendeiner Fortbildung in der Eifel ist. Irgendetwas für die Hospizausbildung. Aber eine Freundin hat ihn Samstagabend im *Merry Hotel* im Technologiepark gesehen. Warum sollte er ins Hotel gehen, wenn nicht um eine Frau zu verführen, Louisa? Kannst du mir das sagen?"

Ich schluckte hörbar. Zugegeben, in Mordfällen war ich immer Verfechterin der Affären-Theorie gewesen, aber jetzt, da es um meinen Vater ging ... „Er könnte alles dort machen, Mama. Vielleicht wollte er sich nur ein paar ruhige Tage gönnen ..."

„Du sollst nicht lügen, Lou. Hat dir der Konfirmationsunterricht überhaupt nichts beigebracht?"

Seufzend schnallte ich mich an. Ja, okay, ich glaubte meinen Worten ja selbst nicht. Aber sicherlich gab es irgendeine andere simple Erklärung dafür, dass Papa sich ins Hotel abgesetzt hatte.

„Ich habe nichts gefunden", sagte Mama leise, und überrascht wandte ich mich zu ihr um.

„Was?"

„Ich habe das Haus auseinandergenommen, auf der Suche nach irgendeinem Hinweis seiner Untreue, habe aber rein gar nichts gefunden."

Oh! Das war der Grund, warum das Haus ausgesehen hatte, als hätte die Hölle eine neue Zweigstelle aufgemacht.

„Ich habe sogar seine verdammten Zigarren auseinandergerollt, ich habe eine Putzhilfe bestellt, die mitgesucht hat – und trotzdem habe ich nichts gefunden", fuhr sie hitzig fort. „Er ist gut, das muss ich ihm lassen. Verdammt gut. Aber ...“

Mit offenem Mund starrte ich meine Mutter an.

„Was?“, wollte sie bissig wissen.

„Du hast *verdammt* gesagt“, bemerkte ich starr. „Zweimal!“

„Welches Wort hätte ich sonst benutzen sollen?“, fragte sie gereizt. „*Beschissen* ist so furchtbar vulgär.“

Oh mein Gott. Jetzt war es amtlich. Sonntagvormittag musste sich irgendeine Art von Paralleluniversum aufgetan haben. Anders konnte ich mir all das nicht erklären.

„Mama, denkst du nicht, dass du Papa einfach anrufen könntest, um ihn zu fragen –“

„Nein“, unterbrach sie mich. „Das denke ich nicht.“

„Aber –“

„Nein!“, wiederholte sie laut und wandte den Kopf, um mich intensiv anzustarren. „Louisa. Ich weiß, dass du deinen Vater lieber magst, aber mir würde es viel bedeuten, wenn du mir diesen Gefallen tun könntest.“

„Ich ... was?“ Mit großen Augen sah ich sie an. „Ich mag Papa nicht lieber, ich ...“

„Doch, natürlich.“ Sie lächelte schwach. „Er ist der lustige Elternteil. Der lockere Elternteil. Der Elternteil, der nie auf die Idee kommen würde, seine engelsgleichen Kinder zu kritisieren. Jeder mag diesen Teil lieber.“

Ich öffnete den Mund, um ihr zu widersprechen, doch fand nicht die richtigen Worte. Denn natürlich hatte meine Mutter recht. Ich war oft von ihr genervt, weil sie sich in mein Leben einmischte. Ich ärgerte mich über ihre Kritik an mir. Ich hatte manchmal ein wenig Angst vor ihr.

Aber das bedeutete doch nicht, dass ich meinen Vater lieber hatte! Es war nur eine andere Art der Gefühle, die ich ihr entgegenbrachte. Aber wie sollte ich ihr das erklären?

„Okay", flüsterte ich und drückte ihre Hände, die sie in ihrem Schoß verschränkt hielt. „Wir fahren zum Hotel und spionieren ihm hinterher. Dann werden wir ja sehen, ob er sich mit einer Frau trifft."

Meine Mutter nickte knapp. „Gut. Und kein Wort von dem hier zu deinen Geschwistern! Sie sind nicht so stark wie du."

Verblüfft öffnete ich den Mund. „Du hältst mich für stark?"

„Natürlich", sagte sie irritiert und schnallte sich an. „Du hast bereits vier Leichen gesehen und kannst nachts noch immer schlafen. Glaub mir, Jannis und E-mily säßen schon längst beim Psychologen auf der Couch. Und jetzt fahr, es ist schon acht. Wer weiß, was dein Vater um diese Uhrzeit so treibt!"

Das *Merry Hotel* lag etwas außerhalb der Innenstadt in Müngersdorf zwischen einem Mercedes-Benz-Ver-käufer und einem Bildungszentrum, das Abendkurse jeglicher Art anbot. Trotz seiner drei Sterne war das Hotel ein recht ramponiert aussehender beiger Beton-klotz mit einem großen, zwielichtig beleuchteten Park-platz und einem „Garten", der aus einer Eiche und einer Rutsche bestand.

„Hier will eine deiner superreichen, edlen Freundin-nen Papa gesehen haben?", fragte ich zweifelnd und parkte rückwärts in der dunkelsten Ecke, die ich finden konnte.

„Ja und dort steht sein Auto", bemerkte meine Mutter knapp und nickte geradeaus auf die Parkreihe vor uns.

Scheiße, tatsächlich. Der dunkelblaue VW Golf meines Vaters stand keine hundert Meter von uns entfernt da. Ich erkannte ihn an der Schramme an der Fahrertür und der Delle in der Motorhaube. Die Schramme kam von meiner Nichte Lara, die ein waghalsiges Wendemanöver mit ihrem Bobbycar in der Einfahrt ihrer Großeltern geübt hatte. Die Delle von Jannis' Faust, weil er es ihr verboten und sie nicht auf ihn gehört hatte.

Ich schluckte und räusperte mich. „Aber das muss immer noch nichts heißen, Mama."

„Es heißt zumindest, dass er mich angelogen hat", erwiderte sie mit seltsam belegter Stimme.

Dagegen konnte ich leider nicht argumentieren.

Unschlüssig darüber, wie unser nächster Schritt aussehen würde, schaltete ich den Motor aus und kaute auf meiner Unterlippe herum. Mein Vater war ein guter Mensch. Ein ruhiger Mensch. Ein langweiliger Mensch. Er würde Mama doch nicht betrügen ... oder doch?

Er war im Hotel, weil er ... sich als Hoteltester etwas dazuverdiente. Oder weil Mama schnarchte und er nur ein paar ruhige Nächte genießen wollte. Oder ... oder ... Gott, mir fiel nichts Besseres ein.

Ich war immer noch fieberhaft auf der Suche nach einer simplen Erklärung für die ganze Sache, als meine Mutter die Stille brach. „Habe ich dir jemals erzählt, wie dein Vater und ich uns kennengelernt haben, Louisa?"

Überrascht wandte ich mich zu ihr um. „Nein. Hast du nicht. Wart ihr nicht auf derselben Schule? Ich dachte, dort hättet ihr euch ineinander verliebt."

Meine Mutter schüttelte den Kopf. „Dein Vater war ein paar Klassen über mir, dort sind wir uns nicht über den Weg gelaufen."

„Wo habt ihr euch dann getroffen?"

„In der Schneiderei meiner Mutter. Als dein Vater bereits auf der Universität war. Dein Vater war einer der wenigen Jungen unseres Dorfes, die klug genug waren, um auf die Universität zu gehen." Stolz reckte sie ihr Kinn, den Blick noch immer auf Papas Auto gerichtet. „Jedenfalls bin ich meiner Mutter, seit ich vierzehn war, im Geschäft zur Hand gegangen."

Das erklärte zumindest, warum sie immer den Kopf schüttelte, wenn ich Hosen trug, die aus modischen Gründen Risse hatten.

„Sie hat praktisch für das ganze Dorf die Kleidung ausgebessert – so wie auch meine und die meiner Geschwister. Meine Güte, unsere Hosen und Pullover sahen aus wie Flickenteppiche, und deine Oma hat sie uns erst wegwerfen lassen, wenn sie wortwörtlich auseinandergefallen sind. Wir hatten nicht viel Geld, meine Mutter war alleinerziehend mit drei Kindern, deshalb haben wir uns nicht beschwert. Auch wenn die anderen in der Schule sich über die Ironie des Ganzen lustig gemacht haben. Die Tochter der Schneiderin war diejenige mit der ramponiertesten Kleidung. Zum Totlachen." Sie lächelte knapp, doch es war ein trauriges Lächeln. „Meine Mitschüler haben keine Gelegenheit ausgelassen, bei mir im Laden vorbeizuschauen und mir ihre dreckigen Socken zu geben, damit ich sie ausbessern konnte. Und ich habe sie lächelnd entgegengenommen – denn Geld war Geld."

„Das wusste ich alles nicht", stellte ich verblüfft fest und blickte meine Mutter mit großen Augen an. Sie hatte mir noch nie etwas so Persönliches erzählt.

Ja, mir war klar gewesen, dass meine Eltern nicht in der Kölner Innenstadt aufgewachsen waren. Sie waren im Kreis Heinsberg in der Nähe von Aachen groß geworden, in irgendeinem Dreihundert-Seelen-Dorf. Mama hatte jedoch immer in die große Stadt gewollt und Papa hatte ihrem Wunsch nach Jannis' Geburt nachgegeben. Aber sonst ... sonst wusste ich kaum etwas über ihre Kindheit oder Jugend.

Es war merkwürdig. Man stand seinen Eltern am nächsten und wusste doch am wenigsten über sie. Ich vergaß ständig, dass sie auch mal jung gewesen waren. Auch Fehler gemacht hatten, auch Hausarrest aufgebrummt bekommen hatten, auch Erfahrungen gemacht hatten, die sie gerne wieder vergessen wollten.

Sie waren eben meine Eltern. Keine ... nun, normalen Menschen.

„Frank kam eines Tages mit einem dreckigen, zerfetzten Hemd zur Tür hineinspaziert und wollte, dass ich es flicke. Ich habe ihm gesagt, dass er den Lumpen zum Ofenputzen benutzen und mich in Ruhe lassen soll."

Meine Mundwinkel zuckten. „Was hat Papa daraufhin erwidert?"

„Dass es sein Lieblingshemd sei und er sich von einem Dornenbusch nicht den Tag vermiesen lassen wollte. Ich wollte es dennoch nicht retten. Ehrlich gesagt ... war ich ziemlich gemein zu ihm." Sie seufzte und starrte nachdenklich aus dem Fenster. „Du kennst mich. Ich habe ein Talent dazu, andere zu kritisieren – und ich dachte, er wäre nur einer dieser Jungen, die sich darüber lustig machten, dass ich unbezahlt bei meiner Mutter aushelfen musste. Er ist gegangen ... und am nächsten Tag mit demselben Hemd wiedergekommen. Und egal, wie fies ich zu ihm war, wie sehr ich seinen Klamottenstil verspottet habe, er hat immer nur gelächelt und genickt und ist am nächsten Tag wiedergekommen.“

Ja, die Geduld meines Vaters bewunderte ich noch heute.

„Wie seid ihr denn dann jemals zusammengekommen?“, fragte ich neugierig. „Eure Treffen scheinen mir bis zu diesem Punkt nicht sehr harmonisch verlaufen zu sein.“

Zu meiner Überraschung lachte meine Mutter laut auf. „Nein, in der Tat nicht. Aber als dein Vater das neunte Mal in den Laden gekommen ist und ich darauf beharrt habe, dass sein Hemd nicht zu retten sei, hat er mir ein Angebot gemacht. Er würde das Hemd wegwerfen, wenn ich mit ihm ausging. Allerdings unter einer Bedingung.“

„Welcher?“

Sie schmunzelte in sich hinein und betrachtete ihre ordentlichen, sauberen Fingernägel. „Ich müsse etwas Nettes über ihn sagen. Damit er sichergehen könne, dass ich nicht so schrecklich sei, wie so viele im Dorf behaupteten.“

„Und, hast du?“

Meine Mutter hob eine Schulter. „Ich habe ihm gesagt, dass ich seinen Mund mögen würde. Vor allem, wenn er still ist.“

Ich musste lachen. „Sehr schlagfertig, Mama."

„Na, von irgendeinem Elternteil musst du das ja haben", sagte sie knapp, bevor sie mich ansah. „Weißt du, Louisa, mir ist vollkommen bewusst, dass ich kein leichter Mensch bin. Dein Vater ist der einzige Mann, der jemals gelassen und geduldig genug war, sich mit mir abzugeben. Er ..." Ich konnte sie schlucken sehen. „Er hat mehr in mir gesehen als die arme Schneiderstochter mit dem Flickenteppich als Kleid. Seine Familie war sehr wohlhabend, seine Mutter hat mich nicht akzeptiert ... und dennoch hat er mich geheiratet. Und jetzt haben wir in zwei Wochen unseren 35. Hochzeitstag ... und er betrügt mich." Sie presste die Lippen aufeinander und wandte erneut ihren Blick ab.

Meine Brust und mein Hals wurden unangenehm eng und meine Augen fingen an zu brennen. Ich hatte meine so sorgsam kontrollierte Mutter nur zweimal in meinem Leben weinen gesehen. Das erste Mal bei der Beerdigung meiner Oma, ihrer Mutter. Das zweite Mal, als Jannis von einem Auto angefahren worden war und wir ihn im Krankenhaus besucht hatten. Und auf einmal hatte ich Angst, dass heute Abend das dritte Mal sein könnte.

Ja, meine Mutter war eine schwierige Person. Aber sie hatte auch die ganze Nacht neben meinem Bett gesessen und meine Zwiebelwickel erneuert, als ich eine Mittelohrentzündung gehabt hatte. Sie hatte mir Taschentücher gekauft und wortlos meine Haare gestreichelt, als mir das erste Mal das Herz gebrochen worden war. Sie hatte Jannis Salz ins Nutella gemischt, als er mir erzählt hatte, ich würde wahrscheinlich innerhalb der nächsten vierundzwanzig Stunden sterben – das habe er im Radio gehört. Sie war meine Mutter – und ich ertrug es nicht, sie traurig zu sehen.

„Oma ... Oma hat dich nicht akzeptiert?", fragte ich leise, einfach weil ich die Stille brechen wollte.

„Oh, nein. Ich war arm, ungebildet und nicht das, was sie sich als Schwiegertochter erhofft hatte. Irgendwann ist sie über meinen unzulänglichen Familienstand hinweggekommen, aber es war ein langer, anstrengender Weg – und ich habe mir geschworen, dass ich meine Kinder so gebildet und vernünftig wie möglich aufziehen würde, damit ihnen kein Leben voller Missbilligung und giftiger Blicke bevorsteht."

Mit geöffneten Lippen starrte ich sie an. Denn plötzlich ergab vieles, das ich nie verstanden hatte, einen Sinn. „Deswegen ist es dir so wichtig, was alle von dir halten?", fragte ich vorsichtig. „Deswegen bist du so darauf bedacht, dass deine Charity-Frauen nur das Beste von dir und deiner Familie denken? Deswegen erinnerst du mich andauernd daran, dass ich meine Serviette benutzen und aufhören soll, mich wie ein Bauer zu benehmen? Weil du Angst hast, dass eure Freunde sonst die arme Schneiderstochter in dir erkennen, die du eigentlich in deinem Herzen noch immer bist?"

Die Wangen meiner Mutter liefen rosa an, und missbilligend zog sie ihre Mundwinkel nach unten. „Du liest zu viele Romane. Ich sage dir, dass du deine Serviette benutzen sollst, weil du, seit du fünf bist, überall im Haus Schokoladenflecken hinterlässt, Louisa", bemerkte sie. „Und ich freue mich ja darüber, dass du so leidenschaftlich im Dreck wühlst, aber Erde gehört in den Garten und nicht auf meine Couch."

Das Gewicht auf meiner Brust ließ etwas nach. Das war Gitti Manu, wie ich sie kannte und liebte. „Mama", flüsterte ich sacht und tätschelte ihre Schulter. „Ich habe Papa nicht lieber als dich. Wenn ich ein Problem hätte oder traurig wäre, würde ich immer eher zu dir als zu ihm gehen." Größtenteils deswegen, weil meinen Vater geballte Emotionen schlichtweg überforderten. „Es ist nur leichter, mit ihm umzugehen, weil er nicht so unglaublich begabt darin ist, meine Fehler zu sehen. Du hingegen findest jeden einzelnen und erklärst ihn mir dann auch noch. Und mir ist schmerzhaft bewusst, wie unperfekt ich bin ... aber dauernd hören möchte ich es trotzdem nicht."

Meine Mutter nickte. „Das ist mir klar, aber irgendwer muss dir nun einmal die Möglichkeiten aufzeigen, dich zu bessern."

Ich zog eine Grimasse. „*Muss?* Das ist ein sehr starkes Wort, das zu fehlgeleiteten Entscheidungen führen kann."

„Louisa, ich möchte nur das Beste für dich", sagte meine Mutter seufzend. „Du hast es schwerer als andere Frauen, den passenden Mann zu finden."

Ich biss mir auf die Unterlippe. „Tatsächlich? Warum das?"

„Weil du selbstständig und stark bist", fuhr meine Mutter fort. „Weil du weißt, was du willst, und sehr kreativ darin bist, es zu bekommen. Viele Männer kommen mit einer solch starken Persönlichkeit nicht klar."

Moment ... was? Diese Kritik hatte sich fast nach einem Kompliment angehört.

„Ich möchte nur, dass du glücklich bist, Lou. Deswegen versuche ich dich ab und zu in die richtige

Richtung zu schubsen, damit du bei der Verfolgung deiner Ziele nicht vergisst, nach rechts und links zu gucken. Aber das ändert nichts daran, dass ich sehr stolz auf dich bin und dich sehr liebe. Dein Polizist scheint ja auch ein anständiger Kerl zu sein."

Der Kloß in meinem Hals war zurück und ich nickte mit feuchten Augen. „Er ist ein sehr anständiger Kerl ... so anständig, dass er gerade mit seiner Ex-Verlobten zu Abend isst, um ihr den Abschluss zu geben, den sie sich wünscht."

Meine Mutter hob die Augenbrauen. „Mhm", war alles, was sie dazu zu sagen hatte.

Jap, meine Rede!

Ich holte tief Luft, drückte noch einmal die Schulter meiner Mutter und nickte dann zum Hotel. „Sollen wir reingehen und nach seiner Zimmernummer fragen? Wir könnten –" Ich brach ab, denn eine Gestalt schlenderte über den Parkplatz, die ich innerhalb weniger Sekunden als meinen Vater identifizierte. Niemand sparte so effizient Energie beim Gehen wie Frank Manu. Er hob die Füße nicht vom Boden und würde in der Wüste eine stetige Schleifspur hinterlassen. Scheiße. Was, wenn Mama recht hatte? Wenn er sie betrog? Ich war zu alt, um Scheidungskind zu werden!

Meine Mutter musste ihn ebenfalls gesehen haben, denn sie rutschte unruhig auf ihrem Sitz hin und her, während sie sich über meine Armatur nach vorn beugte, um ihn dabei zu beobachten, wie er in sein Auto stieg und losfuhr.

„Hinterher?", fragte ich leise und startete meinen Motor. Sie nickte bestimmt. „Wie gut bist du im

Beschatten?“ *Grauenhaft.* „Brillant. Er wird uns nicht bemerken.“

Kapitel 16

Ich war nicht gut darin, jemandem subtil zu folgen. Oder überhaupt subtil zu sein. Egal in welcher Lebenslage. Glücklicherweise war mein Vater kein sehr aufmerksamer Mensch. Das hatte ich das erste Mal gemerkt, als er versucht hatte, einen meiner Neon-Marker als Fleckenentfernerstift zu benutzen. Das zweite Mal, als ich mir zum Geburtstag einen Fernseher gewünscht hatte und ein Fernglas bekommen hatte. Jetzt allerdings kam uns dieser Umstand zugute.

Wir folgten dem VW bis auf die andere Rheinseite nach Deutz. Dort hielt mein Vater auf einem Parkplatz direkt an der Severinsbrücke und verschwand in ein nur schwach beleuchtetes Gebäude, das ich leise stöhnend als mongolisches Restaurant erkannte. Shit. Mongolisch aß Mama am liebsten.

Ich hielt am gegenüberliegenden Straßenrand und kniff die Augen zusammen, um durch die Fenster in den Innenraum des Restaurants zu sehen. Meine Mutter schnalzte nur missbilligend mit der Zunge und zog im nächsten Moment ein Fernglas aus ihrer Handtasche.

Mein Fernglas.

Sie hielt es sich vor die Augen, und mir kam der spontane Gedanke, dass so wohl Lara Croft aussehen müsste, wenn sie es über ihren sechzigsten Geburtstag hinausgeschafft hatte.

„Kannst du etwas erkennen?“, fragte ich unsicher und wünschte mir auf einmal, Papa möge mit einem mit Dollarzeichen bedruckten Leinenbeutel aus dem Etablissement gerannt kommen. Ein Überfall wäre besser als eine Affäre.

„Nein“, stellte meine Mutter unzufrieden fest, ungewohnt blass um ihre Nase herum. „Es ist zu dunkel und Frank sitzt nicht an einem der vorderen Tische.“

Ich stieß einen Schwall Luft aus. Das war nicht gut, aber schlecht war es auch nicht. „Willst du ... reingehen und ihn zur Rede stellen?“, fragte ich zögerlich.

Eine Weile antwortete Mama nicht, schließlich schüttelte sie jedoch den Kopf. „Nein. Ich habe genug gesehen für heute.“ Sie streckte den Rücken durch und ließ das Fernglas wieder verschwinden. „Ich will nach Hause ... aber wenn du möchtest, können wir noch kurz einen Blick bei deinem Polizisten reinwerfen.“

Verdutzt hob ich die Augenbrauen. „Wie bitte?“

„Nun, du hast mir geholfen, meinem Ehemann nachzuspionieren, es wäre nur gerecht, wenn ich dir für ein paar Minuten auch bei deinem Mann helfe.“

Perplex öffnete ich den Mund. Und auf einmal wusste ich, von welchem Elternteil ich meine kriminellen Tendenzen hatte. „Nein.“ Ich schüttelte zögerlich den Kopf. „Nein, ich vertraue Josh. Ich sollte nicht ... nein. Ich muss ihm nicht dabei zusehen, wie er mit seiner Ex-Verlobten isst.“

„Sie isst Salat“, stellte ich verächtlich fest, lehnte mich weiter aus dem Fenster und richtete das Fernglas auf die grünen Blätter auf dem Tisch vor Inessa. „Ist sie ein Nagetier? Salat ist keine Hauptmahlzeit! Salat ist eine

Beilage und eine Ausrede dafür, seinen Nachtisch essen zu dürfen.“

Sie hatte noch nicht einmal Brot neben ihrem Teller liegen. Wahrscheinlich weil sie seit zwanzig Jahren keine Kohlenhydrate mehr aß, um ihre Wespentaille beizubehalten. Wir lebten in Deutschland, Herrgott! Brot war unser Nationalgericht!

„Salat zu essen, ist kein Verbrechen, Louisa“, erinnerte mich meine Mutter mit einem milden Lächeln in der Stimme.

„Ja, aber es sollte eins sein“, meinte ich abwesend und sah erneut in das Restaurant. Josh und Inessa saßen dankenswerterweise direkt am Fenster. Das *Francesco* war ein nicht allzu edler Italiener, in dem Familien mit schreienden Kindern genauso willkommen waren wie junge Studenten. Es war gut ausgeleuchtet und hatte weder romantische Kerzen noch Blumengestecke auf dem Tisch. Das nahm ich schon einmal als positives Zeichen wahr. Das schwarze, enge Kleid, das Inessa trug und der Fantasie nicht viel Raum überließ, empfand ich jedoch als recht aufdringlich.

Josh saß ihr direkt gegenüber, groß, dunkelhaarig und ein bisschen zu ernst dreinblickend, so wie immer.

Ich seufzte schwer. Gott, ich hasste es, dass die beiden ein so hübsches Paar zusammen abgaben. Beide saßen kerzengerade in ihren Stühlen, beide hatten ihre Servietten parallel zur Tischkante auf ihren Schößen platziert, beide hatten die Hände auf den Tisch gelegt. Beide tranken Rotwein, beide hatten keinen Fleck auf ihrer Kleidung. Alles wirkte sehr ... zivilisiert. Ich konnte natürlich nicht hören, worüber sie sprachen, aber ich stellte mir ihre Unterhaltung ungefähr so vor:

Josh: „*Hast du in der Zeitung von diesem unglaublich interessanten Vorfall gelesen?*"

Inessa: „*Ja, und ich kann etwas unglaublich Geistreiches dazu beitragen, denn ich bin ultraklug, und obwohl ich eklig dünn bin, sind meine Brüste überproportional groß.*"

Josh: „*Das ist mir aufgefallen, auch wenn ich natürlich zu höflich bin, um dorthin zu sehen. Da wir gerade bei dem Thema deiner Brüste sind: Erinnerst du dich daran, was für grandiosen Sex wir immer hatten?*"

Inessa: „*Natürlich. Das sollten wir schnellstmöglich wiederholen, sobald du diesen Trampel einer Blumenverkäuferin abgeschossen hast.*"

Schön, möglicherweise war meine Darstellung der Ereignisse nicht ganz akkurat, aber die beiden sahen einfach wie das Coverpärchen eines Hochzeitsmodenkatalogs aus. Mir war zwar immer klar gewesen, dass Josh ein bisschen zu hübsch für mich war, aber ... das so gezeigt zu bekommen, war trotzdem nicht schön.

Selbst ihre Bewegungen waren synchron! Wie sie die Gabel zum Mund führten, wie sie den Wein in ihren Gläsern schwenkten ... Inessa war so bewundernswert *glatt*. Alles, was sie tat, sah graziös und durchdacht aus. Im Gegensatz dazu war ich das reinste Wellpapier. Selbst Inessas verdammtes Lachen war kontrolliert und perfekt. Sie spuckte ihren Wein nicht aus, weil sie sich während ihres Kicheranfalls daran verschluckt hatte. Sie warf den Kopf nicht in den Nacken. Sie sah leider auch nicht wie ein Hund aus, der seine Lefzen zurückzog, so wie ich meistens, wenn ich von Herzen lachen musste. Lediglich ihre Brust vibrierte und ihre weißen Zähne blitzten auf. Das war doch unfair!

„Sie passen so gut zusammen, Mama“, murmelte ich und ließ das Fernglas sinken. „Sie sind beide ruhig und gelassen – und ich schwöre dir, eher werde ich ein Affe als ruhig und gelassen. Inessa ist eine *Lady*. Du würdest sie lieben.“

„Ich kann keine Frau lieben, die bei dir diesen leidenden Gesichtsausdruck hervorruft.“

Ich schluckte und lächelte sie dankbar an.

„Wirklich, Louisa, dieses traurige Lächeln lässt dich aufgequollen aussehen, also reiß dich zusammen.“

Man musste meine Mutter einfach lieben. „Schön“, murrte ich und richtete die Linse wieder auf Joshs Tisch. Doch Inessa saß mittlerweile allein da und kontrollierte ihr Make-up. Rispo war wohl auf die Toilette gegangen, deshalb ließ ich das Fernglas wieder in meinen Schoß sinken. Seufzend fuhr ich mir mit der Hand übers Gesicht. „Wir sollten fahren“, sagte ich bestimmt und blickte zu meiner Mutter hinüber, „oder?“

Rispo und Inessa beim Essen zuzusehen, würde mich nur noch verrückter machen, als es mir bloß vorzustellen.

„Wahrscheinlich“, gab auch Mama zu. „Auch wenn ich so langsam verstehe, wieso es dir so viel Spaß macht, einem Mörder hinterherzujagen. Es ist … aufregend. “

Ich nickte lächelnd. „Das ist wahr. Und Mama, wegen Papa –“

„Das ist nicht dein Problem, Louisa“, sagte sie knapp. „Darum werde ich mich kümmern.“

„Okay, aber du solltest ihm zumindest die Chance geben, sich zu erklä–“

„Wolltest du nicht fahren?", unterbrach sie mich, den Blick wieder durch die Windschutzscheibe nach vorn gerichtet.

Wunderbar. Wir waren wieder an den Ausgangspunkt unserer Beziehung zurückgekehrt, an dem sich zu große emotionale Ausbrüche nicht ziemten.

Ich hob das Fernglas, um einen letzten Blick in das Restaurant zu werfen, konnte Rispo jedoch immer noch nicht sehen. Deswegen suchte ich den hinteren Teil des gut ausgeleuchteten Restaurants ab, beugte mich weiter vor, sodass das Fernglas schon aus dem Fenster hing, doch egal, wo ich hinsah, ich konnte nir–

WUMM. Etwas donnerte auf mein Autodach. Ich zuckte zusammen, stach mir mit dem Fernglas ins Auge und fluchte laut auf.

„Na, spionierst du mir hinterher?", erklang eine dunkle Stimme.

Scheiße! Auf einmal wurde mir klar, warum Josh nicht mehr bei Inessa am Tisch saß. Blut rauschte durch meine Ohren, und ich fragte mich, ob es jetzt wohl zu spät war, um loszufahren.

Zwei Hände schraubten sich um meinen Fensterrahmen und Rispos Gesicht tauchte im Fenster auf.

Ja, es war zu spät.

„Ähm, nein", sagte ich hastig und bedeckte das Fernglas in meinem Schoß unangenehm berührt mit den Händen. „Nach. Es heißt nach. Ich spioniere dir nach."

Josh schnaubte, doch es war kein amüsiertes Schnauben. Der Ton erinnerte mich eher an das Knacken, das entstand, wenn ein Löwe eine Antilope riss. „Schön, dich zu sehen, Gitti", meinte er trocken und nickte meiner Mutter zu. „Du hast da wirklich eine sehr subtile Tochter großgezogen. Du musst stolz sein."

Meine Mutter schwieg. Ihr Kopf war so rot geworden, dass ich fest damit rechnete, ein Clown müsse gleich ans Fenster klopfen und seine Nase zurückverlangen.

„Ich habe eine Frage an dich, Lou …", sagte Josh tonlos, seine Augen härter als Granit. „Ist das dein beschissener Ernst?"

Scheiße.

Scheiße, Scheiße, Scheiße!

„Nein. Nein, es ist nicht mein Ernst", murmelte ich entschuldigend. „Es war eine spontane Sache. Ich … Shit. Wie hast du mich erkannt?"

Ungläubig weitete Josh die Augen, bevor er mit der Hand vor meinem Auto hin und her fuchtelte. „Ich hätte deinen Passat auch aus dem Weltall gesehen, Lou! Lass mich dir einen Tipp geben. Von Polizist zu Nicht-Polizist: Wenn du nicht erkannt werden willst … nimm nicht das Auto, auf dessen Türen in pinker Schrift dein verdammter *Name* draufsteht!"

Oh. Ich hatte die Blumenaufdrucke und den *Louisa's-Flower-Power*-Schriftzug auf meiner Tür vollkommen vergessen.

„Ups", flüsterte ich.

„Ja, ups!", fuhr Josh mich an, die Brauen tief ins Gesicht gezogen. „Was ist mit all deinen bescheuerten Predigten, von wegen wir müssten einander vertrauen?"

„Oh bitte, ich bin eine Heuchlerin, Josh", meinte ich verärgert und winkte ab. „Das müsstest du doch mittlerweile wissen."

Rispo presste die Lippen aufeinander, und ich meinte das Feuer von Mordor in seinen Augen brennen zu sehen. „Verschwinde, Lou", sagte er abgehackt und überquerte im nächsten Augenblick die Straße.

„Fuck", fluchte ich und vergrub das Gesicht in meinen Händen. Das war nicht gut. Stattdessen drängte sich das Wort *desaströs* in meinen Geist. Das schlüpfte wirklich verdächtig oft in meinen Sprachgebrauch, wenn es um Josh ging.

„Enden deine Spionageaufträge immer so?", wollte meine Mutter vorsichtig wissen, als ich meinen Autoschlüssel aus der Hosentasche zog und in das Zündschloss steckte.

„Nein, nur jeder zweite", antwortete ich müde und fuhr los.

Joshs Wohnung war noch immer das reinste Chaos, als ich eine halbe Stunde später dorthin zurückkehrte, also beschloss ich, zu putzen. Viele Menschen behaupteten, dass Putzen für sie ein beruhigendes Ritual war, das Geist und Seele reinigte. Ich war keiner dieser Menschen.

Putzen war anstrengend und manchmal eklig und machte außerdem die Hände schrumpelig. Ablenken tat es mich auch nicht.

Ich hatte etwas sehr Dummes getan und dieses Wissen nagte an mir wie ein Hamster an einem Sonnenblumenkern. Was war nur in mich gefahren? Ich wollte nicht diese Art von Frau sein. Die sich von ihren Unsicherheiten zerfressen ließ und ihre Beziehung sabotierte, indem sie ihrem Freund nachspionierte.

Wütend auf mich selbst ließ ich mich auf die Couch sinken, sobald der Boden wieder glänzte, als hätte der Papst ihn gesegnet. Mein Blick glitt über die nackten

Oberflächen, die chromverkleidete Küche, die kühle Eleganz, die die Wohnung ausstrahlte. Die Wahrheit war, dass ich immer ein wenig daran gezweifelt hatte, dass Josh und ich wirklich zusammenpassten. Wir waren so verdammt verschieden – und die Tatsache, dass ich ihn mir ausgesucht hatte, wobei mein Urteilsvermögen manchmal dem eines fünfjährigen Mädchens im Zuckerkoma glich, beruhigte mich nicht im Geringsten.

Seufzend schloss ich die Augen und schüttelte die Gedanken ab. Ich musste mich zusammenreißen. Und bevor mich mein Gehirn wieder in heimtückische Gefilde leiten konnte, zog ich die Akte des Drogenfalls vom Glastisch und öffnete sie. Es konnte nicht schaden, mich dort ein wenig einzulesen.

Zuerst fielen mir eine Reihe von Fotos in den Schoß. Rasso mit roten Jutebeuteln unterm Arm, blaue Pillen in Plastikverpackungen, Fotos vom Stripclub. Vom Eingang, vom Tresen, von ein paar Tänzerinnen. Ich legte sie beiseite auf die Couch und überflog die eng beschriebenen Seiten. Es gab Listen von Verdächtigen, Protokolle von Überwachungsaktionen, die alle mit den Worten *uneindeutig* oder *ergebnislos* zu enden schienen. Unter manchen erkannte ich Rispos Unterschrift, unter anderen die von Thilo Stetter. Wieder andere trugen die von irgendjemandem namens Feldtmann oder Sösser oder Klemens. Eine Seite war nur mit chemischen Formeln gefüllt, wahrscheinlich die Zusammensetzung der Roofies, von denen Josh gesprochen hatte. Jorinas Name stach mir erst auf der gefühlt hundertsten Seite ins Auge. Ihr war ein kleiner Abschnitt gewidmet, der mit Stetters und Sössers Urteil

(*Kein dringender Tatverdacht*) endete. Danach gab es noch einen weiteren Untersuchungsbericht von Rispo mit einem Antrag zur näheren Betrachtung der Verdächtigten, der jedoch mit einem roten Stempel *abgelehnt* worden war. Die Akte endete schließlich mit Thilos Antrag zur Einstellung des Falls, dem mangels hinreichender Beweise stattgegeben wurde.

Ich stieß einen Schwall Luft aus, schloss den Pappordner und lehnte mich nach hinten ins Leder. Der Fall kam mir wie ein riesiges Zahlenbild vor, bei dem jemand aus Versehen jedem Punkt dieselbe Ziffer gegeben hatte. Es war also unmöglich, zu erkennen, in welcher Reihenfolge man die Hinweise zu einem Bild verbinden sollte.

Was wusste ich? Natürlich abgesehen davon, dass der Mörder ein Geist war, weil er weder meine Tür noch eines meiner Fenster benutzt hatte.

Ich schloss die Augen und ging im Kopf jeden Hinweis durch, den wir über die letzten Tage hinweg gesammelt hatten.

Jorina war erst erstochen und dann auf meine Couch verfrachtet worden. Mein Messer war nicht die Mordwaffe. Wir hatten sie im *Dreieck* getroffen, womöglich zweimal. Sie hatte mit jedem geflirtet und geschlafen, der nicht bei drei auf den Bäumen war. Sie war mit Steffen, dem Basecap-Barkeeper, zusammen gewesen – ab und zu zumindest. Sie hatte irgendwelche Informationen gesammelt und war unabkömmlich für das Kartell gewesen. Und dennoch hatte sie mit dem Drogenbusiness und dem Strippen aufhören wollen.

Aber was war dann ihr Plan gewesen? Sie hatte zwei Jobs auf einmal aufgeben wollen ... und dann? Hatte sie mit Steffen ein neues Leben anfangen wollen? Oder womöglich mit jemand völlig anderem? Sie hatte ja offenbar die Fähigkeit gehabt, vielen Leuten einzureden, dass sie sie liebte. Das musste sicherlich einige wütende Männer zurückgelassen haben. Alle ihre Kolleginnen hatten sie ebenfalls gehasst.

Sie muss verdammt taff gewesen sein ... doch wer hatte dann die Macht gehabt, sie zum Weinen zu bringen? Wer hatte ihr auf dem WC aufgelauert und ihr eine solche Angst eingejagt? Und wobei war sie aufgeflogen? Die Schlangenfrau hatte gemeint, dass sie nervös gewesen sei ... aber nervös konnte man aufgrund vieler Dinge sein.

Die Drogenleute beteuerten außerdem, nichts mit ihrem Tod zu tun zu haben – aber so recht glauben konnte ich das auch nicht. Für wen sonst wäre es von Vorteil, Rispo, einen der leitenden Ermittler in der Drogensache, anzuschwärzen?

Gott, ich wusste es nicht.

Erschöpft öffnete ich die Augen und griff nach den Fotos, um sie zurück in die Mappe zu verfrachten ... dabei fiel mir das Bild auf, auf dem Rasso hinter dem Tresen abgelichtet worden war. Neben ihm, die Hand an einer Wodkaflasche auf dem Regal, mit dem Rücken zur Kamera gedreht, stand eine rothaarige Frau. Das musste Jorina sein. Doch sie war es nicht, die meine Aufmerksamkeit auf sich zog. Nein, es war der Rücken eines kleinen, gedrungenen Mannes, der eine Hand am Knauf der nur für Personal zulässigen Tür hatte, den Kopf zu Jorina gewandt. Er hatte graue Haare und trug seine Hosen verdächtig hoch unter den Achseln. Stirnrunzelnd verengte ich die Augen und hielt das Bild näher an mein Gesicht. War das Manfred? Trudis Manfred, der Jorina fast großväterlich zulächelte?

Aber Manfred hatte Jorina nicht gekannt! Das hatte er mir selbst gesagt. Der Name sagte ihm nichts, er … Scheiße. Ein flaues Gefühl machte sich in meinem Magen breit, doch bevor ich es näher ergründen konnte, öffnete sich die Wohnungstür.

Ich schrak auf und starrte zu Rispo, dessen Gesicht an einen Schneesturm erinnerte.

Oh, oh.

Sein Blick streifte mich kurz, dann wandte er mir den Rücken zu, um sich Jacke und Schuhe auszuziehen.

Er war still. Sehr still. Beunruhigend still.

Nur Rispo konnte eine Stille erschaffen, die einem in den Ohren wehtat.

Ich räusperte mich, bevor ich vorsichtig: „Hey …“, sagte.

Josh antwortete nicht.

Ich ließ das Foto zurück in die Akte gleiten und stand langsam auf. „Also“, fuhr ich leise fort, „auf einer Skala von eins bis zehn, wie wü–“

„Zehn“, unterbrach er mich schroff.

Oh.

Ich beobachtete ihn dabei, wie er zum Kühlschrank lief und eine Flasche Bier daraus hervorzog, blieb jedoch, wo ich war. Es war besser, etwas Abstand zu ihm zu wahren.

„Hey, jetzt weißt du zumindest, wie ich mich fühle, wenn du dich wie ein eifersüchtiger Idiot aufführst“, versuchte ich die Stimmung zu lockern.

Rispo sagte nichts. Er hatte mir noch immer den Rücken zugewandt und öffnete das Bier mit seiner Hand an der Kante des Tresens.

Ich seufzte. „Es tut mir leid“, sagte ich leise. „Ich habe Mist gebaut.“

Josh nickte, drehte sich aber immer noch nicht um.

Die Sekunden zogen sich zu einer zähen Ewigkeit, und ich konnte meinen eigenen Herzschlag in den Ohren hören. Schließlich flüsterte ich: „Ich habe mich kindisch verhalten und … Ich weiß nicht, was ich sagen soll.“

Josh schnaubte, bevor er trocken murmelte: „Es gibt immer ein erstes Mal, schätze ich.“

Ich nickte, biss auf meine Unterlippe … und wartete. Und jede Sekunde, die tonlos verstrich, war wie eine kleine nervöse Nadel, die mir in die Lungen stach.

„Okay, weißt du was, Lou?“, sagte Josh schließlich gezwungen ruhig. „Vielleicht wird es Zeit, den Spieß mal umzudrehen.“

„Was meinst du?“, fragte ich verwirrt.

Er holte tief Luft, nahm einen Schluck aus seinem Bier und wandte sich zu mir um. Seine Miene verschlossen und glatt. „Na, du predigst mir doch immer, ich solle mehr über meine Gefühle reden, und jetzt gebe ich dir die Chance, dich zu revanchieren. Erzähl mir doch mal, was du fühlst. Was hat dazu geführt, dass du dachtest: Hey, es wäre eine gute Idee, Josh nachzuspionieren. Er ist ein Arschloch, sicherlich betrügt er mich gerade in dieser Sekunde.“

Ich schloss die Augen und schüttelte sacht den Kopf. „Ich halte dich nicht für ein Arschloch. Na ja, meistens nicht. Und ich dachte auch nicht wirklich, dass du mich betrügst, es ist nur ..." Ich verstummte.

„Ja?", hakte Rispo nach und trat um die Kücheninsel herum, die Augenbrauen tief ins Gesicht gezogen. „Es ist nur was? Das ist nämlich der Punkt, der mich wirklich interessiert. Was geht in deinem verdammten Kopf vor? Du meintest, du vertraust mir, ja? Erinnere mich doch noch einmal daran: Was bedeutet Vertrauen für dich?"

Ich seufzte schwer. „Ich vertraue dir, Josh. *Sie* ist es, der ich nicht traue!"

„Lou, ich bin stark genug, eine Frau davon abzuhalten, sich an meinen Hals zu werfen."

„Ich weiß!", rief ich frustriert und stopfte die Fäuste in meine Hosentaschen. „Und trotzdem schüchtert sie mich ein! Sie ist so ... blond. Und perfekt. Und klug. Und glatt. Und überhaupt nicht *zu viel*. Und dann hatten wir diese dämliche Diskussion, bevor du gegangen bist, und ich bin immer unsicherer geworden und dann dachte ich, dass es ja nicht schaden kann, kurz vorbeizufahren ..."

„Ja, wir haben uns gestritten, Lou. Ich war dabei", sagte Josh tonlos und grub seine Hände in die Lehne des Sofas. „Wir streiten uns nun einmal. Das kommt vor. Oder hast du die letzten zwei Jahre anders in Erinnerung als ich? Aber deswegen springe ich doch nicht gleich mit einer anderen Frau ins Bett. Wenn du denkst, dass das eine angemessene Reaktion auf einen Streit ist, dann haben wir zwei ein ganz anderes Problem."

„Nein, natürlich denke ich das nicht, nur ..." Fahrig rang ich die Hände ineinander, sah auf meine Füße, sah auf die Mappe auf der Couch. Schließlich seufzte ich schwer, bevor ich Rispo in die Augen sah und feierlich sagte: „Josh, wir sind sehr verschieden."

In Joshs Gesicht zuckte kein Muskel. „Was du nicht sagst. Gut, dass du mich darauf hinweist, das wäre mir sonst gar nicht aufgefallen."

„Hör auf, dich darüber lustig zu machen!", sagte ich verärgert. „Wir sind nun einmal unterschiedlich – und das macht mir manchmal Angst, okay? Vor allem, wenn ich mit Frauen konfrontiert werde, die ihre Jeans bügeln und nicht verrückt sind."

„Aha." Josh nickte knapp und studierte sorgfältig mein Gesicht. „Ist das alles?", wollte er schließlich wissen.

Perplex öffnete ich den Mund. „Nun … ja. Wir passen nun einmal nicht wirklich zusammen. Das ist problematisch."

„Verstehe." Nachdenklich neigte er den Kopf zur Seite. „Und woher nimmst du deine Informationen? Aus der *Gala* oder der *Bravo Girl*?"

Ich verdrehte die Augen. „Du nimmst mich nicht ernst."

„Nein, natürlich nicht", stellte er lapidar fest. „Wie soll ich eine Frau ernst nehmen, die vor einer Stunde mit einem Fernglas in ihrem Auto saß und mich beim Essen beobachtet hat?"

„Sagt der Typ, der mir einen Peilsender untergejubelt hat?", erwiderte ich bissig.

„Der war zu deinem eigenen Schutz. Und jetzt lenk nicht vom Thema ab!"

„Schön", stieß ich aus und hob beide Hände in die Höhe. „Das Ding ist, du bist einfach zu hübsch für mich und –"

„Nein, halt die Klappe, Lou."

Verdutzt öffnete ich den Mund. „Ich –"

„Nein, halt die Klappe", wiederholte er und schüttelte ruckartig den Kopf. Eine neue Emotion flutete sein Gesicht, doch ich konnte sie nicht ganz zuordnen. War es … Ungeduld? Oder eher Zorn? „Außer du bist nur wegen meines Aussehens mit mir zusammen, dann darfst du dir gerne dein eigenes Grab schaufeln. Mit Erde kannst du gut umgehen, habe ich gehört."

„Natürlich bin ich nicht wegen deines Aussehens mit dir zusammen, ich –"

„Gut. Denn es reicht mir jetzt", unterbrach er mich. „Ich weiß nicht, was für Wahnvorstellungen in deinem Kopf existieren – auch wenn sie wohl recht unterhaltsam sein müssen, da du ein eher fröhlicher Mensch bist –, aber ich habe genug. Du solltest mich besser kennen als das, Lou! Du solltest wissen, dass ich weder oberflächlich noch ein Arschloch bin. Mir ist klar, dass du kein Supermodel bist, Lou. Dass du morgens scheiße aussiehst, wenn du vergessen hast, dich abzuschminken. Dass du zu viele Kekse isst und keine Elfe bist. Herrgott, ich habe dich schließlich heute Mittag aus einem Fenster gehievt! Aber was hat das alles für eine Relevanz? Ich habe mich trotzdem in dich verliebt, oder nicht? Du solltest nicht so unsicher sein. Du solltest keine Angst haben, dass ich dich absichtlich verletzen würde. Du solltest wissen, dass es irrelevant ist, ob Inessa mir erzählt, dass es der größte Fehler ihres

Lebens war, mich gehen zu lassen, und sie es gerne noch einmal mit mir versuchen würde. Du –"

„*Sie hat was getan?*", fuhr ich ihm ungläubig dazwischen.

Josh verzog das Gesicht. „Du lenkst schon wieder vom Thema ab."

„Sie will dich *zurück*?"

„Und wenn schon?", erwiderte er hitzig. „Das ist doch vollkommen egal!"

„*Mir* ist es nicht egal! Sie weiß, dass du in einer Beziehung bist! Sie sollte nicht ... sie kann doch nicht ernsthaft denken, dass –"

„Aber was sie denkt, ist doch überhaupt nicht wichtig!", rief Josh ungeduldig, eine Hand in den Haaren. „Wieso verstehst du das nicht, Lou? Ihre Meinung zählt nicht. Die Meinung deiner Mutter zählt nicht. Die Meinung deiner Freunde zählt nicht. *Meine* Meinung zählt. *Deine* Meinung zählt. Du solltest nicht danach fragen, was genau *sie* gesagt hat. Du solltest fragen, was *ich* geantwortet habe."

Abrupt hielt ich inne, schließlich nickte ich zitternd. „Nun ... was hast du geantwortet?"

„Dass ich *dich* liebe, du durchgeknallte Blumenheldin."

„Oh." Das nahm mir jetzt irgendwie den Wind aus den Segeln. „Das ..." Ich räusperte mich, während ich versuchte, das plötzliche Brennen in meinen Wangen zu ignorieren. „Nun, das ist ... eine gute Antwort."

Josh schnaubte und verschränkte die Arme vor der Brust. „Na, was hast du denn geglaubt?"

Ich rieb mir mit den Fingerknöcheln über die Wange und kam mir auf einmal furchtbar dumm vor. Ja ... was hatte ich geglaubt? Gott, ich war es nur einfach nicht gewohnt, dass Männer sich für *mich* entschieden.

„Aber du bist noch immer so wütend wegen damals", sagte ich leise und senkte den Blick. „Du hast Inessa so sehr geliebt, dass du deswegen noch immer leidest! Das ist es, was mich so verunsichert. Es scheint, als wäre sie deine Seelenverwandte gewesen und ..." Ich holte tief Luft und legte den Kopf in den Nacken, weil meine Augen angefangen hatten zu brennen. „Wie sollte ich da mithalten? Sie kanntest du nun einmal zuerst. Sie wird deine erste große Liebe bleiben."

„Was? Was redest du da?", fragte Josh irritiert. „Abgesehen davon, dass ich nicht an einen solchen Schwachsinn wie Seelenverwandtschaft glaube ... ich leide nicht immer noch unter der Trennung von Inessa."

Ich senkte das Kinn und sah ihn herausfordernd an. „Komm schon, Josh. Du hast offensichtlich noch Gefühle für Inessa. Du würdest dich sonst kaum noch so über den Zwischenfall mit Thilo aufregen."

Josh öffnete die Lippen, während er verwirrt blinzelnd zu mir herübersah. Schließlich rieb er sich mit der flachen Hand über die Stirn, konnte seine zuckenden Mundwinkel dennoch nicht ganz verbergen.

„Was ist daran so witzig?", wollte ich feindselig wissen.

„Manchmal ist es amüsant, wenn Menschen so katastrophal falsch liegen", bemerkte er gelassen und umrundete die Couch, bis er vor mir stand. „Lou", sagte er eindringlich und strich mir mit dem Zeigefinger über meine Lippen, die ich zu einer dünnen Linie zusammengepresst hatte. „Ich bin nicht mehr traurig oder wütend, weil ich Inessa verloren habe. Inzwischen ist mir klar, dass es ohnehin nicht geklappt hätte. Wir waren uns viel zu ähnlich. Ehrlich gesagt ist Inessa ein wenig langweilig. Und sie hat keine Ahnung von der Papaver-Rhoeas-Analyse. Das war auch ein großes Manko. Ich denke, wir wären heute ein glücklich geschiedenes Paar."

Ich schluckte erneut, lächeln musste ich trotzdem. „Die Papaver-Rhoeas-Analyse nicht zu kennen, ist echt peinlich. Von der sollte jeder Mensch, der etwas auf seine Allgemeinbildung hält, gehört haben."

„Ich weiß."

„Aber ich verstehe es nicht ... wenn du nicht ihretwegen so aufgebracht bist: Was ist es dann?"

Josh seufzte und kratzte sich am Hinterkopf. „Ich bin wütend, weil ich meinen besten Freund verloren habe, okay? Denn von denen hatte ich nicht allzu viele. Ich bin wütend, weil ich Kommissar bin und die Mimik von Tätern lesen kann wie ein Kinderbuch, aber mich trotzdem dermaßen in meinem Partner und bestem Freund getäuscht habe. Soll Inessa doch mit wem anders glücklich werden. Das könnte mir egaler nicht sein. Aber Thilo ist ein Wichser und hat sich einen Scheißdreck um mich geschert, während ich mir für ihn eine Kugel eingefangen hätte! Und das kotzt mich an, denn ich hätte es besser wissen müssen. Ich meine: Ich habe mehr Zeit mit ihm verbracht als mit meiner Verlobten. Und ich habe es nicht kommen sehen." Er stieß zischend Luft aus. „Ich habe mich in meinem Leben noch nie so dumm gefühlt wie damals – und darüber kann ich nicht hinwegsehen. Deswegen regt es mich immer noch auf."

„Oh …“ Meine Augen wurden groß. „Also … war Thilo deine erste große Liebe“, stellte ich dümmlich fest.

Josh hob eine Augenbraue. „Ja, genau das solltest du aus diesem Gespräch mitnehmen.“

Weiteres Blut schoss in meinen Kopf und entschuldigend legte ich ihm die Hände auf die Brust. „Sorry, ich bin nur überrascht, das ist alles. Damit habe ich nicht gerechnet. Hat er … sich jemals dafür entschuldigt, was er getan hat?“

„Keine Ahnung. Womöglich. Er hat eine Menge gesagt. Aber ich konnte ihn nicht gut verstehen, meine Faust hat in seinem Mund gesteckt.“

Ach, richtig. Ich nickte … und die eisige Hand, die sich die letzten Stunden um mein Herz geschlossen hatte, löste sich langsam. „Es tut mir leid, dass du deinen besten Freund verloren hast“, murmelte ich.

„Ach, was soll's. Es ist eine Ewigkeit her.“

Ja, aber manche Sachen vergaß man nicht.

Ich holte tief Luft und legte fest die Arme um Josh. „Es tut mir leid, dass ich dir nachspioniert habe. Das war dumm von mir. Es wird nicht wieder vorkommen.“

„Ist okay“, murmelte er, erwiderte die Umarmung und legte seinen Kopf auf meinen Scheitel. „Dafür sind wir jetzt quitt und du darfst dich nie wieder über den Peilsender beschweren.“

Unzufrieden verzog ich das Gesicht, dass ich an seine Schulter gepresst hielt. Ich beschwerte mich gerne über den Peilsender. Er bot nun einmal viel Gesprächsstoff. Schließlich nickte ich jedoch widerwillig. „Schön … und wir werden besser darin, oder?“

„Besser worin?“

„Im konstruktiven Streiten. Wir haben uns ausgesprochen, Probleme erläutert, sie aus verschiedenen Blickwinkeln betrachtet und einen Kompromiss gefunden."

Rispo hob seine Wange von meinem Kopf und sah mich belustigt an. „Unser Kompromiss besteht darin, dass wir unsere Fehler gegeneinander aufwiegen! Ich bin mir ziemlich sicher, dass sogar schon Dr. Sommer in der *Bravo* damals bemerkt hat, dass das eine ungesunde Art ist, eine Beziehung zu führen."

Ich hob die Schultern. „Es ist nicht wichtig, was Dr. Sommer denkt, Josh. Es ist wichtig, was *ich* denke. Was *du* denkst. Das hat mir ein weiser Mann gesagt. Und ich finde unseren Kompromiss fantastisch ... besorgniserregend ist vielmehr, dass du die *Bravo* gelesen hast."

„Ich war fünfzehn und eine nackte Frau war darin abgebildet, Lou. Natürlich habe ich die *Bravo* gelesen."

Ich grinste breit. Wenigstens auf eines konnte man sich bei Josh immer verlassen: Er war ehrlich.

Kapitel 17

„Warum willst du jetzt mit Manni sprechen?", fragte Trudi skeptisch, ihre Stimme merkwürdig blechern durch den Hörer.

„Ich ... habe eine steuerrechtliche Frage", log ich und stupste Rispo mit dem Ellenbogen an, der nicht mitbekommen zu haben schien, dass die Ampel vor ihm auf Grün gesprungen war.

Wir waren auf dem Weg zum Stripclub, um das Pferdegesicht zu befragen. Ich hätte ja ein schlechtes Gewissen gehabt, ihm diesen Spitznamen zu geben ... aber er hieß *Rasso*! Seien wir ehrlich: Mit Pferdegesicht tat ich ihm einen Gefallen.

„Kekse kannst du nur von der Steuer absetzen, wenn du beweisen kannst, dass du ohne sie arbeitsunfähig bist", klärte Trudi mich auf.

Ich zog eine Grimasse. Ich musste wirklich aufhören, so viel über Kekse zu reden. „Nein, das meine ich nicht. Es geht um etwas anderes."

„Oh, ach so. Sag mal, Liebes, warum bist du eigentlich nicht im Laden? Ich war gerade da und hab nur deine Aushilfe vorgefunden. Sie ist Veganerin, Lou. Wusstest du das?"

„Ja, das war mir klar. Können wir noch einmal zu Manf–"

„Ich verstehe diesen ganzen Essenswahn nicht mehr", ignorierte Trudi mich. „Früher haben wir unsere Puppen verkauft, um Fleisch auf den Tisch zu bekommen.

Ich kann die Hühner, denen ich den Hals umgedreht habe, nicht an Manfreds Zehen abzählen – und er hat sechs am linken Fuß. Heute bauen die Menschen selbst eine emotionale Bindung zu ihren Bohnen auf."

„Na ja, die Bohnen sind heutzutage alle so genmanipuliert, dass sie womöglich wirklich Gefühle entwickelt haben", gab ich zu bedenken. „Da kannst du den Veganern und Vegetariern wirklich keinen Vorwurf machen."

„Mhm, trotzdem", sagte Trudi unzufrieden. „Warum sollte ich mich von Gras und Blättern ernähren? Ich bin doch keine Kuh! Was sollen denn die Leute denken?"

„Niemand glaubt, du seist eine Kuh, Trudi", beschwichtigte ich sie. „Und so gerne ich mich auch weiter mit dir über die Emotionswelt von Gemüse unterhalten würde ... hat Manfred ein Handy?"

„Natürlich hat Manfred ein Handy. Er ist Mitte siebzig, nicht hundert, Lou!"

„Wunderbar. Könntest du mir womöglich seine Nummer geben?"

„Klar, aber er wird nicht rangehen. Er verbringt heute den ganzen Tag im Seniorenzentrum in der Südstadt. Die haben einen guten Musiker gesucht und Manni hat sich angeboten." Trudi seufzte verträumt auf. „Ist er nicht goldig?"

„Ja, klar. So goldig wie ein sehr reicher Fisch." *Und womöglich in den Mordfall verwickelt.*

Rispo warf mir einen skeptischen Blick zu. „Ich hoffe, ihr redet nicht über mich."

„Kommt drauf an. Spielst du Akkordeon?", fragte ich mit gehobenen Augenbrauen.

„Immer nur am 31. Februar. Dann aber nackt."

Ich grinste. „Ich weiß nicht wie, aber ich werde dafür sorgen, dass der Kalender irgendwann dieses Datum trägt." Wozu gab es Photoshop? „Sag mal, Trudi", verlagerte ich meine Aufmerksamkeit wieder aufs Telefon. „Wie genau hast du Manni eigentlich kennengelernt?"

„Oh, das war schrecklich romantisch", sagte sie seufzend und ein Schmatzgeräusch drang durch die Ohrmuschel. So als wäre ihr Gebiss aufgrund von einer zu großen Menge an Speichel für einen kurzen Moment verrutscht. „Wir waren beide beim Seniorenschwimmen und er hat mir ein Kompliment für meinen Badeanzug gemacht. Daraufhin habe ich ihn zum Kaffee eingeladen, der Rest ist Geschichte."

„Mhm." Irgendwie waren Beziehungen in meiner Generation sehr viel komplizierter. Oder wir stellten uns alle einfach nur furchtbar dumm an. Wahrscheinlich, weil wir zu viele genmanipulierten, emotional verkümmerte Bohnen aßen. „Okay, danke. Kannst du mir seine Nummer als SMS schicken?"

Trudi benutzte kein WhatsApp, diese ganzen Emojis, die es zur Auswahl gab, raubten ihr den letzten Nerv. Ihrer Meinung nach sollte niemand die Möglichkeit besitzen, mit dem Handy den Inhalt eines Obstkorbs zu verschicken.

„Klar, mach ich. Ist Emily eigentlich bei dir?"

„Nein, sie meinte, sie müsste über ihr Leben nachdenken." Sie saß also wahrscheinlich bekifft auf ihrer Couch.

„Oh, super, dann kann ich dir vielleicht kurz den Anfang meiner Rede präsentieren, die ich heute Mittag zum Probedinner halten werde?"

Ich zog eine Grimasse, während Rispo keine zehn Meter vom Stripschuppen entfernt parkte. „Nein, nicht nötig. Ich wette, sie ist wunderbar. Ich muss jetzt auch los, aber wir sehen uns ja gleich.“

„Okay. Tüdelü!“, sagte Trudi und legte auf.

Seufzend steckte ich das Handy ein und sah zu Josh, der gerade den Motor abstellte. „Glaubst du, Manfred hat Dreck am Stecken?“, fragte ich ihn.

„Jeder Mensch hat Dreck am Stecken. Manche putzen nur ordentlicher als andere.“

„Das ist ein schöner Satz, Sensei, beantwortet mir aber nicht meine Frage.“

Josh hob die Schultern. „Ich kenne Manfred nicht. Wirkt er wie ein Mörder?“

„Wirkt Samson von der Sesamstraße wie ein Mörder?“

„Wenn man ihm ein Steakmesser in die Hand drückt: Ja.“

Mhm, das war ein gutes Argument.

Wir stiegen aus und schlenderten über den Bürgersteig in Richtung Stripclub. Die Tür, die Montag noch einladend für die Männer Kölns geöffnet gewesen war, war heute abweisend geschlossen.

Das Kreideschild, auf dem sonst mit heißen Mädchen und einem ebenso heißen Buffet geworben wurde, war an diesem Tag fast leer. Nur ein Satz stand darauf:

Heute aus privaten Gründen geschlossen.

„Guck“, meinte ich und nickte zum Schriftzug. „Es scheint, als hätte Rasso sich den Tag freigenommen. Vielleicht müssen wir zu ihm nach Hause ...“

„Nein, er ist hier", sagte Josh knapp und blickte sich nach rechts und links um.

„Woher willst du das wissen?", fragte ich schnaubend. „Ist deine Spürnase so fantastisch ausgebildet, dass du ihn erschnüffeln kannst?"

„Ja. Er benutzt das Eau de Toilette *Cool Water* von Davidoff. Das ist ein sehr prägnanter Geruch."

Ich öffnete perplex den Mund. „Oh."

Josh lachte leise und schüttelte den Kopf. „Marvin hat ihn für mich beschattet, Lou. Rasso ist seit einer Stunde hier. Meine Güte, du glaubst auch noch an die Zahnfee, oder?"

Ich verdrehte die Augen. „Nein. Was sollte eine Fee mit Zähnen? Sie hat Blumen zu bestäuben und Waldgeister zu bespaßen."

Rispo nickte nur und klopfte mit der Faust an die Tür. Nichts passierte. Er hämmerte erneut dagegen und als immer noch niemand öffnete, wandte er sich nach rechts, lief an dem Schuhladen vorbei und bog direkt wieder nach links in eine Seitenstraße ab, die einen Schlenker zur Rückseite der Geschäfte machte.

Die Läden waren wohl eigentlich als Wohnhäuser gedacht gewesen, zumindest lag ein verwilderter Garten hinter dem Schuhgeschäft. Was hinter dem Stripschuppen war, konnte man leider nicht erkennen, denn eine massive Betonmauer, in die eine einzelne blaue Metalltür eingelassen war, umschloss den dahinterliegenden Hof oder Garten oder auch Gefängniszelle. Mich schockierte nichts mehr.

„Willst du über die Mauer klettern?", fragte ich und nickte nach oben. Ich würde es definitiv nicht tun. Ich mochte mich manchmal zum Affen machen, war jedoch trotzdem keiner.

„Warum sollte ich, wenn ich ebenso die Tür nehmen könnte?", bemerkte er abwesend und zog etwas aus seiner Hosentasche.

Stirnrunzelnd betrachtete ich den Metallring, der zum Vorschein kam. Lauter silberne Metallstifte in verschiedenen Größen hingen daran, die entfernt an Schlüssel erinnerten – jedoch keine waren. Ich hatte genug TKKG gehört, um einen Dietrich zu erkennen.

„Wieso zum Teufel besitzt du so etwas?", fragte ich verblüfft und gestikulierte zu Joshs Händen.

„Weil ich mir dachte, dass sie nützlich sein könnten. Gekauft habe ich sie mir, als du mich damals mit Handschellen ans Bett gefesselt hast und dachtest, du hättest die Schlüssel verloren", bemerkte er trocken.

Hitze stieg in meine Wangen und ich verdrehte die Augen. „Einmal ist mir das passiert!"

„Einmal zu viel."

„Ich hab den Schlüssel doch noch gefunden." Nach einer Dreiviertelstunde.

„Ja, aber darauf wollte ich mich beim nächsten Mal wirklich nicht verlassen."

Josh betrachtete das Schloss und beugte sich dann über die einzelnen Metallstifte, vielleicht, um nach der richtigen Größe zu suchen.

„Kannst du überhaupt Schlösser knacken?", fragte ich unsicher. Das schien mir doch schon sehr uncharakteristisch für den Mann, der mich böse angesehen hatte, als ich im Supermarkt eine unbezahlte Weintraube in meinen Mund gesteckt hatte.

„Ich kann, bin aber nicht sehr schnell“, meinte er achselzuckend, als er sich für eine Größe entschieden hatte
und vor die Tür hockte.

„Und wo hast du das gelernt?“

„Es hat seine Vorteile, einen Kleinkriminellen zum
Bruder zu haben, der es nicht einsieht, Papa anzurufen
oder einen Schlüsseldienst zu bezahlen, wenn er sich
mal wieder ausgesperrt hat.“

Ja, auch wenn Finns Moralvorstellungen fraglich waren: Er hatte ein paar inspirierende Lifeskills – die er
sich höchstwahrscheinlich mithilfe von YouTube-Vi-
deos angeeignet hatte. Ich würde ihn fragen müssen,
welche. Schlösser knacken zu können, erschien mir
wie ein nützlicher Punkt im Lebenslauf.

Ich verengte die Augen und beobachtete Josh dabei,
wie er erst einen etwas dickeren der Metallstäbe im
Schloss verankerte und dann einen sehr viel dünneren
hinterherschob.

„Macht Spaß, oder?“, bemerkte ich grinsend.

„Nein, sich illegal Zutritt zu verschaffen, macht keinen Spaß.“

„Lügner, du fühlst dich gerade wie James Bond.“

„Nein, ich fühle mich wie du – denn ich tue etwas, von
dem ich keine Ahnung habe.“

Ich verdrehte die Augen. „Hey, das ist mein fünfter
Fall. Ich habe Ahnung gesammelt.“

„Man sammelt Erfahrung, nicht Ahnung.“

„Das habe ich anders gehört. Ist auch egal. Bevor wir
gleich da reingehen und Rasso zur Rede stellen: Gib dir
Mühe dabei, nicht direkt so einschüchternd zu wirken,
okay?“

„Warum?“, fragte Josh abwesend, den Blick noch immer konzentriert auf das Schloss gerichtet.

„Weil er sonst womöglich Panik bekommen und vergessen wird, wie man spricht!“

„Ich *hoffe*, dass er Panik bekommt. Ich habe nämlich langsam echt keinen Bock mehr auf diesen Scheiß. Mordverdächtiger zu sein, versaut mir die ganze Woche. Wenn er mir keine Antworten gibt, werde ich womöglich handgreiflich.“

Ich seufzte schwer und überkreuzte die Arme hinter meinem Rücken. „Siehst du, genau solche Kommentare könnten missverstanden werden.“

„Da gibt es nichts misszuverstehen. Das meine ich todernst.“

„Ich weiß – könntest du trotzdem auf Begriffe aus der Wortfamilie Tod verzichten? Das wäre super. Menschen reden viel lieber mit Leuten, die ihnen keine Angst einjagen.“

„Lou“, sagte Josh feierlich und sah über seine Schulter zu mir hoch. „Du hast deine Methoden, ich habe meine. Und da ich nicht vorhatte, heute noch im Müll herumzuwühlen: nehmen wir doch meine.“

Dass alle Leute die Sache mit dem Müll immer so komisch fanden! Bis jetzt hatte mir Müll immer geholfen. Ich kam jedoch nicht dazu, Josh genau das zu sagen, denn in diesem Moment klickte das Schloss.

Rispo richtete sich selbstzufrieden lächelnd auf und drückte die Klinke. „Ich würde ja ‚Ladies first‘ sagen, aber ich habe die Waffe und du zwei linke Füße, deshalb gehe ich vor.“

Ich war nicht scharf darauf, als Erste in einen Drogenstützpunkt zu laufen, deswegen widersprach ich nicht.

Mit einem leisen Knarren gab die Tür unter Rispos Druck nach und schwang nach innen auf. Zum Vorschein kam ein betonierter Innenhof, der in etwa zwanzig Quadratmeter maß. Er war kalt und vollkommen leer. Keine Kiste, kein Container, kein Blumenkübel war zu erkennen. Nur Staub und ein vereinzelter Kieselstein lagen da. Doch wenn ich genau hinsah, erkannte ich verdunkelte quadratische Flecken auf dem Boden, auf denen vor ein paar Tagen mit Sicherheit noch schwere Gegenstände gestanden hatten.

„Sieht so aus, als hätte der Club alles aus dem Weg geschafft, was ihn irgendwie belasten könnte, bevor Thilo mit seinem Durchsuchungsbeschluss ankam", bemerkte Rispo düster und durchquerte den Hof mit langen Schritten.

Ich nickte und folgte ihm durch die nächste Tür, die nicht verschlossen war und in den kahlen, von Neonröhren beleuchteten Gang führte, in dem ich bereits gewesen war, allerdings von der anderen Seite aus.

Wir lauschten in die Stille hinein, konnten jedoch nichts hören. „Das hier sind alles Garderoben und Abstellkammern", murmelte ich. „Der Partyraum ist da hinten. Die letzte Tür rechts."

„Na, dann gehen wir doch dahin", schlug Rispo vor. „Ich hätte Lust auf ein wenig Party. Wie steht es mit dir?"

„*A little party never killed nobody*", zitierte ich Fergie.

„Na, das werden wir ja noch sehen", bemerkte Josh grimmig. Er war offensichtlich etwas angespannt.

„Josh", murmelte ich, während wir den Gang hinabliefen. „Erinnerst du dich noch daran, was ich dir dazu

gesagt habe, Rasso nicht gleich mit dem Tod zu drohen?"

„Ja, wieso?"

„Nur so. Wollte es nur noch einmal erwähnt haben."

„Ist notiert. Ich werde ihn mit Samthandschuhen anfassen." Im nächsten Moment stieß er die Tür zum
Stripclub so fest auf, dass sie mit einem Krachen gegen
die Wand flog.

Mhm, ich hatte irgendwie das Gefühl, dass er seine
letzten Worte nicht ganz ernst gemeint hatte.

„Was zum Teufel tut ihr hier?", quietschte jemand auf.
Als ich mich nach rechts wandte, erkannte ich, dass es
keine Gummiente, sondern ein pferdegesichtiger
Mann mit einer großen Liebe zu Haarpflegeprodukten
war. Ein Mann, der in seiner Freizeit Jutebeutel mit
Geld entgegennahm.

„Die Hintertür war offen", bemerkte Josh entschuldigend und ließ die Tür zurück ins Schloss krachen. „Da
dachten wir, wir schauen kurz rein, um dich auf diese
fahrlässige Sicherheitslücke hinzuweisen. Und da wir
gerade schon einmal hier sind: Warum erzählst du uns
nicht, was du über den Mord an Jorina weißt?"

„Was?" Rasso riss die Augen auf und ein dünner
Schweißfilm zog sich über seine Stirn, während er fahrig mit der Hand über seinen fettigen Pferdeschwanz
fuhr, der mich vage an eine angeschimmelte Lakritz-
stange erinnerte. Der Raum war bis auf uns menschen-
leer und verzichtete heute auf seine rote Partybeleuch-
tung. Stattdessen brannten die Lichter in grellem Weiß,
sodass ich nicht genau sagen konnte, ob Rasso blass geworden war oder sein Hautton einfach nicht für diese

Art von Beleuchtung geeignet war. „Ich … ich … ich weiß gar nichts!"

„Und warum glaube ich dir das nicht?", fragte Josh im Plauderton und machte einen weiteren Schritt auf ihn zu.

„Woher soll ich das wissen?" Panisch umherblickend verzog er sich hinter die Theke. „Ich …" Sein Blick kam auf mir zum Liegen und ungläubig öffnete er den Mund. „Hey, Sie kenne ich doch! Sie haben die alte Trulla dazu angestiftet, bei mir als Go-go-Tänzerin vorzutanzen."

„Alte *Lady*, bitte", korrigierte ich ihn. „Und das stimmt nicht. Ich war nur anwesend. Das ist alles." Ich konnte wirklich nichts dafür, dass immer die merkwürdigsten Dinge in meiner Gegenwart geschahen.

Rasso legte den Kopf in den Nacken und lachte hysterisch auf. Wow, wenn das mit dem Drogenverkauf nicht klappte, konnte er immer noch als Disney-Bösewicht anheuern. „Ich erzähle euch überhaupt nichts! Ihr dürft nicht hier sein, ihr … ihr geht jetzt." Er richtete seinen zitternden Zeigefinger auf uns.

„Wir werden erst gehen, wenn du ein wenig mit uns geplaudert hast", erklärte Josh und stützte sich mit den Händen auf der Theke ab. „Und es erscheint mir nur fair, dir zu sagen, dass ich ein äußerst ungeduldiger Mensch bin. Wenn du also nicht gleich deinen Mund aufmachst, wird mir womöglich ein Missgeschick passieren und mein Fuß rutscht in dein Gesicht."

„*Womöglich*", sagte ich und hob beschwichtigend die Hände. Rasso durfte nicht in Panik verfallen, sonst brachte er doch kein Wort mehr raus! „Das muss nicht zwangsläufig passieren. Wirklich. Versprochen. Josh bellt gerne, aber er beißt selten.“

Josh verdrehte die Augen. „Hör nicht auf sie. Rede einfach mit uns und wir haben kein Problem.“

„Wir werden wahrscheinlich auch so kein Problem haben“, fügte ich hinzu. „Wir wollen wirklich nur ein bisschen mit dir quatschen. Wir beschuldigen dich nicht oder so.“

Mit gehobenen Brauen sah Josh mich an. „Was erzählst du da? Natürlich *beschuldigen* wir ihn.“

„Ein wenig vielleicht, ja“, relativierte ich hastig und wandte mich wieder an Rasso. „Aber das ist kein Grund, Angst zu bekommen. Du kannst also ganz entspannt –“

„Entspannt?“, wiederholte Josh ungläubig. „Er kann nicht –“

„Was zum Teufel zieht ihr hier ab?“, unterbrach Rasso uns laut, während er nervös die Hände ineinander rang. „Böser Cop, verwirrender Cop?“

„Nein“, sagte Rispo schroff. „Sie ist keine Polizistin.“

„Hey!“, beschwerte ich mich. „Du im Moment auch nicht.“

„Ich weiß! Aber das würde ich gerne wieder ändern. Deswegen soll Hasso hier ja auch reden!“

„Rasso“, korrigierte ich automatisch. „Er heißt Rasso.“

„Ist mir egal, welchen Hundenamen er trägt, solange er mich für die nächsten zehn Minuten als sein Herrchen ansieht.“

Ich verzog das Gesicht. „Das klingt pervers.“

„Es ist eine Metapher.“

„Ja. Eine eklige! Er –“

„Oh mein Gott! Ist ja gut, ich rede ja schon“, fuhr Rasso auf, die Hände an den Kopf gelegt. „Solange ihr mit euren Psychospielchen aufhört. Das ist ja unerträglich.“

Psychospielchen? Das war eine normale Unterhaltung gewesen!

„Aber ich weiß wirklich nicht viel.“ Flehentlich sah er mich an. Offenbar in der Hoffnung, dass ich ihm dabei half, den aggressiven 90-Kilo-Mann aus seinem Striplokal zu entfernen.

„Das entscheiden wir dann“, sagte Rispo gezwungen lächelnd. „Also … fangen wir mit etwas Leichtem an: Wer hat Jorina umgebracht?“

Rasso verschluckte sich beinahe an seiner eigenen Zunge. „Ich sicherlich nicht! Und auch niemand von unseren Leuten. Wirklich!“

„Und wer genau sind *eure* Leute“, wollte Rispo interessiert wissen.

Rasso lief rosa an. „Leute eben. Vom … Stripclub. Wir sind alle sehr traurig. Übertraurig. Niemand von uns hat etwas mit dem Mord zu tun! Wir gehen anders mit … innerbetrieblichen Disputen um.“

„Das wissen wir“, sagte ich leichthin und winkte ab. „Aber wir haben Grund zur Annahme, dass Jorina dich in der Nacht ihres Todes besucht hat. Vielleicht hat sie dir ja irgendetwas erzählt, das von Relevanz ist? Zum Beispiel, mit wem sie sich kurz vor ihrem Tod auf der Toilette vom *Dreieck* getroffen hat?“

„Ja! Also … nein.“ Rasso schüttelte hastig den Kopf und sein Pferdeschwanz wippte wie die Rute eines aufgeregten Hundes hin und her. „Sie hat Samstagnacht angerufen, war sehr aufgelöst, hat gemeint, dass sie mich dringend sprechen müsse. Sie wurde erwischt, würde in großen Schwierigkeiten stecken. Ich habe ihr gesagt, sie solle vorbeikommen – doch das hat sie nicht getan. Ich dachte, ihr Problem hätte sich vielleicht von selbst erledigt." Er hob hilflos die Schultern. „Konnte ich doch nicht ahnen, dass sie nicht gekommen ist, weil sie jemand umgebracht hat!"

Meine Güte, wusste denn überhaupt niemand etwas? „Hast du nicht zumindest irgendeine Ahnung, wer es gewesen sein könnte?", hakte ich drängend nach. „Ihr standet euch doch nah, oder nicht?"

„Na ja … was heißt schon nah?" Rasso kratzte sich unangenehm berührt am Kinn. „Wir kannten uns drei Jahre, aber –"

„Na, du hast mit ihr geschlafen!", unterbrach ich ihn trocken. „Ihr wart doch mal ein Paar, oder nicht?" Ich dachte an das Foto an ihrem Schminktisch. Da hatten die beiden zumindest sehr kuschelig gewirkt.

„Ja, aber sie hat schon vor Ewigkeiten mit mir Schluss gemacht." Er bedachte mich mit einem Blick, der mir sagte, dass ich das doch hätte wissen müssen. „Ich bin jetzt mit Kristina zusammen."

„Kristina?", fragte ich und verengte die Augen. „Die Stripperin, die sich mit Jorina die Umkleide geteilt hat?"

„Ja, genau. Du kennst sie?"

„Nein. Und trotzdem weiß ich, dass sie Jorina gehasst hat."

„Hass ist ein etwas zu krasses Wort", meinte Rasso mit erhobenen Händen. „Sie … waren nur sehr unterschiedlich."

„Aha." So nannte man das heutzutage also.

„Und du hast gar nichts mehr mit Jorina am Laufen gehabt, ja?", fragte Rispo trocken.

Das Rot in Rassos Wangen vertiefte sich. „Öhm ..."

Rispo hob warnend eine Augenbraue.

„Okay, ja. Wir haben ab und zu gevögelt." Er zog eine Grimasse. „Es war keine große Sache. Sie hat sich manchmal einsam gefühlt, das ist alles. Aber Kristina hatte keine Ahnung. Und dann hatte Jorina ja einen neuen Macker, dessen Namen sie mir nicht verraten wollte, warum auch immer. Also ... was war schon dabei? Es war nur Sex."

Rispo seufzte. „Na gut."

Feindselig sah ich ihn an. *„Na gut?"*, wiederholte ich ungläubig.

Er hob eine Achsel. „Ja."

Hallo? Das schrie für mich nach einem Motiv. Die Schlangenfrau hatte behauptet, dass Jorina erzählt hätte, sie wäre aufgeflogen. Das könnte bedeuten, dass Kristina dahinter gekommen war, dass sie hinter ihrem Rücken mit Rasso vögelte. Und wirklich: Wie tief musste man sinken, um mit jemandem zu schlafen, der einen Hundenamen trug?

Klar, es könnte überhaupt nichts damit zu tun haben. Aber ... Scheiße. Bitchy Bitch Kristina würde ich zutrauen, dass sie jemanden aus Eifersucht umbrachte. Sie war verdammt aggressiv gewesen. Aber warum hätte sie die Leiche dann bei mir auf die Couch werfen sollen? Sie hatte mich offensichtlich nicht erkannt, als sie mich hier im Flur erwischt hatte. Oder hatte sie nur so getan? Mist, ich wollte die schauspielerischen Fähigkeiten von niemandem mehr unterschätzen! Das hatte mir in den letzten Jahren nur geschadet.

Das Problem war: Wir hatten hunderte Motive, aber keinen einzigen Beweis. Und die Verbindung zwischen Rispo, dem Drogenfall, Jorina und mir tat sich auch noch nicht auf.

„Gut, vergessen wir das für einen Moment", sagte ich großzügig. Ich konnte Rispo auch noch später auf den Fuß treten. Lächelnd sah ich Rasso an. „Ich habe eine andere Frage: Wirst du immer mit Geld aus roten Jutebeuteln bezahlt?"

„Na ja, Aktenkoffer sind so auffällig, deshalb ..." Abrupt hielt er inne und seine Augen wurden groß. „Ähm ... was?"

Ich grinste. „Ah, interessant ... und jetzt mach dir nicht ins Hemd, jeder weiß, dass ihr den Club für euer Drogengeschäft benutzt."

Panik trat in seine Miene und hastig sah er zu Rispo. „Das ist Schwachsinn. Wir haben hier nicht ... ich verkaufe keine ... niemand hat etwas ..."

„Schon gut, deswegen sind wir nicht hier", sagte Josh widerwillig. „Worauf wolltest du hinaus, Lou?" Fragend sah er mich an.

„Ich wollte nur sichergehen, dass Rasso der richtige Mann ist. Damit ich ihn jetzt fragen kann, wer von seinen Leuten noch davon wusste, dass Jorina aus dem Business aussteigen wollte. Wenn du nämlich der Einzige warst, Rasso, dann ..."

„Was?", unterbrach er mich verwirrt. „Wovon reden Sie? Jorina wollte aufhören zu tanzen ... nicht ihren Nebenjob beenden."

Ich verengte die Augen. „Ich habe etwas anderes gehört."

„Dann haben Sie das Falsche gehört! Jorina war verdammt gut in ihrem Job. Sie hat sich hochgearbeitet. Sie ..." Verstohlen sah er sich um. „Sie wollte versetzt werden. Sie hatte keine Lust mehr auf ... kleine Aufgaben, sie wollte raus aus dem Stripbusiness, weil sie mehr Zeit in andere Geschäfte investieren wollte. Aber der Boss wollte sie erst nicht gehen lassen, weil sie ..." Er brach ab. „Aus Gründen."

„Aha." Rispo schien genauso unzufrieden mit den Infos zu sein, die er bekam, wie ich. „Nicht zufällig, weil sie irgendwie an Informationen über die Arbeit der Polizei gekommen ist?"

Alles Blut wich aus Rassos Gesicht. „Woher wissen Sie das?", fragte er mit dünner Stimme.

Rispo lächelte ihn mit schmalen Lippen an. „Wir wussten es nicht. Aber jetzt tun wir es. Also: Woher hatte sie die Infos?"

„Ich weiß es nicht", sagte er auf einmal panisch. „Wirklich, ich habe keine Ahnung! Sie ... sie wusste es einfach immer. Vielleicht hat sie einen ihrer Klienten bezirzt. Vielleicht hat sie mit einem Informatiker geschlafen, der euer System gehackt hat. Ich kann es euch nicht sagen. Ich weiß nur eines: Jorina hat immer das bekommen, was sie wollte. Bis auf das Messer in ihrer Brust. Das hat sie wohl nicht gewollt. Aber sonst ... sonst weiß ich gar nichts! Ich habe ohnehin schon zu viel erzählt, ich ... bitte, geht einfach, bevor ich in ernsthafte Schwierigkeiten gerate."

Ich wechselte einen Blick mit Josh. Er schien Rasso ebenfalls zu glauben.

„Schön", sagte er knapp. „Wir gehen."

„Warte, ich habe noch eine Frage", murmelte ich und hielt Josh am Arm fest, bevor ich erneut Rasso anvisierte. „Sag mal, wie gut kennst du Manfred?"

„Manfred? Manfred wer?", fragte er verwirrt.

Ach, Mist. Ich kannte nicht einmal Manfreds Nachnamen. „Na, Manni. Euer Steuerberater. Wie gut kennst du ihn?"

Rasso verzog das Gesicht. „Keine Ahnung. Wie gut kennst du denn *deinen* Steuerberater?"

„Ähm ... nicht gut."

„Na, da hast du deine Antwort. Er ist ein netter Kerl – aber er ist alt! Wir hatten nicht viel gemeinsam. Er kam öfter in den Club, weil er Rabatt bekam. Das ist alles."

Ich seufzte. „Na gut. Wir lassen uns selbst raus. Schönen Tag noch." Ich hob die Hand und schritt mit Rispo im Schlepptau wieder zum Hintereingang.

„Du glaubst, es ist Kristina, die andere Stripperin, oder?", fragte Rispo leise.

„Eifersüchtige Frauen tun verrückte Dinge, Josh." Ich hob die Schultern. „Gerade du solltest das wissen, oder?" Ich deutete mit beiden Händen auf mich selbst.

„Ja, aber Frauen, die ihren Freundinnen die Männer ausspannen, fangen nicht an zu heulen, wenn sie erwischt werden. Deswegen denke ich nicht, dass Kristina die mysteriöse Frau von der Toilette ist. Sie hätte Jorina zum Lachen, aber nicht zum Weinen gebracht."

Mist, da war was Wahres dran. Nach allem, was ich über sie wusste, hätte sie viel eher lauthals angefangen zu lachen, weil sie nicht verstand, was sie falsch gemacht hatte.

„Schön, wer ist es dann?", fragte ich ungeduldig.

„Der Mörder oder der WC-Besucher?"

„Beide.“

Josh seufzte und öffnete mir die Tür nach draußen. „Ich habe keine Ahnung. Doch weißt du, was verrückt ist: Ich habe mehr Schiss vor dem Probeessen gleich, als davor, wegen Mordes verknackt zu werden.“

Das war nicht verrückt. Das war realistisch.

Kapitel 18

Wie Trudi vorausgesagt hatte, erreichte ich Manni nicht. Der Akkordeon-Rockstar war offenbar schwer mit seinen Senioren-Groupies beschäftigt und wir hatten nicht mehr genug Zeit, ihn persönlich aufzusuchen. Schließlich wurden wir um eins zum Essen erwartet. Dem Probeessen für Emilys und Finns sogenannte Hochzeit des Wahnsinns.

Über die letzten Monate hinweg hatte ich mehrere Theorien dazu entwickelt, warum Emily und Finn unbedingt heiraten wollten.

Die erste war, dass sie mir und Josh beweisen wollten, dass sie Monogamie besser draufhatten als wir beide. Zwischen den Rispo-Geschwistern herrschte ein merkwürdiger Konkurrenzkampf und ich konnte mir gut vorstellen, dass Finn glaubte, Josh dürfe ihn nicht mehr kindisch nennen, sobald er eine Ehefrau hatte. Schließlich konnten nur erwachsene Menschen heiraten.

Meine zweite Theorie war, dass die beiden gerne tranken und Torte aßen und sich eine Menge Geschenke erhofften.

Die dritte, dass sie sich eine Ehe lustig vorstellten und es einfach mal ausprobieren wollten.

Egal, ob eine meiner Theorien stimmte oder nicht, die beiden hatten keine große Sache aus ihrer Hochzeit machen wollen. Kuchen und Geschenke im Hause Manu, danach in irgendeinem Elektro-Schuppen tanzen gehen. Wer mitkommen wollte, kam mit, die anderen blieben halt zu Hause. Die beiden waren da sehr simpel gestrickt. Als Mama darauf bestanden hatte, vor der Hochzeit Finns Familie kennenzulernen, hatten sie deshalb die Idee gehabt, ein Familienessen anzuberaumen, das möglichst kurz war. Aus diesem Grund hatten sie entschieden, es in eine Mittagspause und das Manu'sche Wohnzimmer zu quetschen. Mittwoch um eins hatte niemand der hart arbeitenden Bevölkerung viel Zeit, deswegen war ihnen der Termin perfekt erschienen, um ein kurzes, schmerzloses und ereignisloses Familientreffen zu veranstalten.

Ich hatte jedoch die Befürchtung, dass ihr Wunsch nicht in Erfüllung gehen würde. Denn diese Woche war die Hölle losgebrochen und jeder würde seine ganz eigenen Aggressionen in Mamas Wohnzimmer mitbringen. Als ob das simple Zusammentreffen der Rispos und Manus nicht schon explosiv genug wäre ...

„Ich werde *nicht* neben deinem Vater sitzen, Lou", begrüßte mich meine Mutter zischend, mein Finger noch immer auf dem Klingelknopf. Sie schraubte ihre Hand so fest um meinen Unterarm, dass ich meinte, den Knochen knacken zu hören.

„Au, du tust mir weh", bemerkte ich und löste ihre Finger von meiner Haut.

„Das ist nichts im Vergleich zu dem, was passieren wird, wenn du mich dazu zwingst, neben diesem untragbaren Mann zu sitzen, der mich höchstwahrscheinlich mit der halben Stadt oder dreißig Prostituierten betrügt!"

Ich ging dann mal davon aus, dass sie noch nicht mit ihm darüber geredet hatte, was wir gestern Abend beobachtet hatten. Ich öffnete den Mund, um meiner Mutter zu versichern, dass Papa keine Nutten engagiert haben würde – dafür war er viel zu sparsam –, doch dazu kam ich nicht.

Mama hatte bemerkt, dass ich nicht allein war, weshalb sie das Kinn reckte und Josh, der hinter mir stand, freundlich anlächelte. „Hallo, Joshua, schön dich zu sehen. Warum gehst du nicht schon einmal rein? Behalte deine Schuhe ruhig an. Dein Vater und deine Brüder sind auch schon da. Wirklich sehr reizende, höfliche Männer."

Josh prustete leise und sah neugierig durch die offen stehende Tür in unser Wohnzimmer. Wahrscheinlich um zu sehen, welche Typen sich für seine Familie ausgegeben hatten. Schließlich gab er meiner Mutter jedoch einen Kuss auf die Wange, hängte seine Jacke an die Garderobe und folgte ihrer Anweisung.

Sobald wir wieder allein waren, sah meine Mutter mich eindringlich an. „Louisa, ich halte das keine Stunde aus! Ich werde nicht –"

„Ist ja gut." Beschwichtigend tätschelte ich ihre Schultern. „Setz dich doch zwischen Lara und Isabell", schlug ich vor. „Weil du Jannis und Steffi ein ruhiges Mittagessen gönnen willst, bei dem sie nicht alle zwei Minuten von ihren Kindern in Beschlag genommen werden."

„Oh, das ist gut." Erleichtert atmete sie durch. „Du bist wirklich sehr talentiert darin, dir Ausreden auszudenken."

Ja, das hoffte ich doch! Ich perfektionierte diese Gabe schließlich seit 1993. Damals hatte Papa mich gefragt, warum meinem Kuscheltier ein Auge fehlen würde. Mein als Kleinkind noch relativ begrenztes Vokabular hatte für einen Fingerzeig auf Jannis und die Worte „Bär-Bumm" gereicht. Dabei hatte ich den Knopf, der Wuschel das fiktive Augenlicht gegeben hatte, ganz einfach verschluckt.

„Wunderbar, gehen wir dann rein?", sagte ich und nickte Richtung Wohnzimmer, aus dem lautes Stimmengewirr drang.

„Oh, ich komme gleich nach. Ich will noch kurz die Schuhe ordnen." Sie nickte zu der penibel aufgereihten Fußbekleidung vor uns.

„Natürlich", bemerkte ich seufzend, wurde ebenfalls meine Jacke los und begab mich ins Getümmel.

Unser Wohnzimmer war ... voll.

Es gab kein besseres Wort, um das Gewusel, Gebrüll und Labyrinth aus Körpern zu beschreiben, das sich vor mir ausbreitete.

Meine Nichten, Isabell und Lara, die in ihrem früheren Leben Flummis gewesen sein mussten, hüpften auf den Knien von Rispos jüngstem Bruder Jonas auf und ab. Trudi saß bereits am Tisch und erklärte den belustigt aussehenden Florian und Mo – zwei weitere Rispo-Brüder –, wie leicht es für solch stattliche Kerle wäre, sich eine ältere Frau zu suchen, die ihnen finanziell, nicht zu vergessen sexuell, aus der Patsche helfen könnte. Mein Vater und Matteo, Joshs Vater, hatten die Köpfe über einem uralten Panini-Fußball-Sammelalbum zusammengesteckt. Mein Vater offensichtlich stolz, Matteo offensichtlich beeindruckt. Mein Bruder und seine Frau saßen mit geschlossenen Augen auf dem Sofa und blendeten den Rest der Welt aus. Eine bewundernswerte Eigenschaft, wenn man bedachte, dass ihre Töchter lauter quietschten als eine Plastikenten-farm.

Finn, der angehende Bräutigam, stand missmutig neben Josh und schüttelte bei jedem Wort, das aus seinem Mund kam, den Kopf. Während Emily, sobald sie mich erkannte, auf mich zurannte und ihre Fingernägel fest in meine Schultern grub. „Ich werde *nicht* neben Finn sitzen, Lou!", zischte sie.

Großer Gott, das durfte doch nicht wahr sein! „Emily, du willst ihn Samstag heiraten", wisperte ich kopf-schüttelnd.

„Eben. Wir haben noch unser ganzes Leben Zeit, uns um unsere Probleme zu kümmern. Warum sollte ich es dann heute machen?"

Augenverdrehend schob ich ihre Hände von meinem Körper. „Kennst du nicht dieses Sprichwort, Emily? Was du heute kannst besorgen ..."

„Das vergisst du schon bis morgen?", schlug sie zu-ckersüß lächelnd vor.

„Louisa, könnte ich dich kurz sprechen?", erklang da die Stimme meines Vaters.

Ich blickte auf und meine Wangen liefen heiß an, als ich in das zerfurchte Gesicht meines Vaters blickte. Ein Kloß bildete sich in meinem Hals und sofort wanderte mein Blick über seinen Hemdkragen, auf der Suche nach fremdem Lippenstift.

„Ich rede gerade mit ihr, Papa", sagte Emily gereizt.

„Ja, und ihr könnt gleich weiterreden, aber es ist wich-tig." Sanft dirigierte er mich am Ellbogen zur Küchen-tür, wo uns niemand hören konnte. „Louisa, weißt du, ob bei deiner Mutter alles in Ordnung ist?", kam er mit gesenkter Stimme direkt zum Punkt. „Sie benimmt sich merkwürdig.“

Der Kloß in meinem Hals wurde größer. „Mama *ist* ein bisschen merkwürdig“, meinte ich achselzuckend und mied seinen Blick. Es fiel mir schwer, ihm in die Augen zu sehen. Denn wenn er Mama wirklich betrog … dann würde nicht nur der Wirbelsturm Gitti Manu ihn überrollen.

„Nun, ja“, sagte er in seiner wie immer ruhigen Stimme und kratzte sich unwohl am Kopf. „Dennoch … ich bin erst seit einer Stunde wieder zurück und sie hat mich nicht einmal nach meinem Trip gefragt, dafür aber schon dreimal, wie viel Geld wir wo auf welchen Konten haben. Plant sie einen Urlaub, von dem ich nichts weiß? Oder hat einer von euch sie um Geld gebeten?“

„Nein“, meinte ich kopfschüttelnd. „Nichts von beidem.“

„Aber …“

„Papa, es ist alles okay“, sagte ich knapp und tätschelte unbeholfen seinen Arm. „Wir reden da später drüber, in Ordnung? Ich sollte Mama in der Küche helfen.“

„Aber das Essen steht bereits auf dem Tisch und deine Mutter ist noch immer im Flur“, bemerkte er irritiert und nickte zu den dampfenden Töpfen und Schüsseln.

Oh, richtig. „Ich meine: Ich soll alle dazu bewegen, sich hinzusetzen“, korrigierte ich mich hastig, bevor ich laut rief: „Leute, es gibt jetzt Essen.“

Gott sei Dank hatten die Manus und Rispos offenbar eine Gemeinsamkeit: Sobald es ums Essen ging, nahmen sie das Leben sehr, sehr ernst.

Diverse dunkelhaarige Männer klopften mir zur Begrüßung auf die Schulter und murmelten: „Hey, Lou. Deine wievielte Leiche war das eigentlich?", bevor sie sich hastig einen Platz in der Nähe der größten Töpfe suchten.

Es war die fünfte Leiche, doch wenn Emily nicht aufhörte, ihre Gabel so lebensbedrohlich nah an Finns Hand auf den Tisch zu hacken, käme vielleicht noch heute die sechste dazu.

Meine Mutter war bei meinem Gebrüll hastig ins Wohnzimmer gewuselt, um sich den Platz zwischen ihren Lieblingsenkelinnen an einem Ende des Tisches zu sichern, während mein Vater irritiert am anderen Platz nahm, Matteo direkt neben ihm. Die beiden älteren Männer hatten sich offenbar über das Panini-Heft hinweg angefreundet. Na ja, viel mehr als ein paar Sticker hatte ich im Kindergarten auch nicht gebraucht, um meine neuen besten Freunde zu finden. So merkwürdig war das also gar nicht.

Ich setzte mich zu Jonas, der seine Serviette zu Konfetti verarbeitete, und blickte auf, als Josh sich mit zusammengezogenen Brauen neben mich fallen ließ. „Finn hat mich gerade gefragt, ob ich für dich eine Bedienungsanleitung geschrieben hätte und ob er sich die mal für sein eigenes Manu-Mädchen leihen könnte", murmelte er und zog seinen Stuhl näher an den Tisch.

„Oh." Das hörte sich nicht gut an. „Und was hast du ihm erzählt?"

„Na, die Wahrheit. Dass ich dich bis heute nicht verstehe, unsere Beziehung deswegen aber auch nicht langweilig wird."

Ich zog meinen Mundwinkel nach oben. „Hat ihm das geholfen?"

„Nein. Er hat mich mitleidig angesehen und mich Arschhörnchen genannt. Das Schimpfwort setzt sich offenbar durch."

Seufzend drückte ich seine Hand. „Du bist kein Arschhörnchen. Du bist nicht haarig genug."

„Danke, das war mir bewusst."

Ich nickte und beschloss, dass Emily und Finn nicht in meiner Verantwortung lagen. Wenn sie unglücklich werden wollten, dann war das ihr gutes Recht. „Mama, möchtest du noch etwas sagen, bevor wir anfangen zu essen?", fragte ich vorsichtig und sah sie erwartungsvoll an. Sie hatte schließlich auf dieses Essen bestanden.

Sie sah gezwungen lächelnd in die Runde, wobei sie die Stelle, an der mein Vater saß, großzügig übersprang. „Ich freue mich sehr, euch alle kennenzulernen, da unsere Familien ja auf verschiedenen Wegen miteinander verwoben sind – und das bald auch noch für die Ewigkeit."

Emily zuckte bei dem Wort Ewigkeit so heftig zusammen, dass das Geschirr vor ihr auf dem Tisch laut klirrte.

„In diesem Sinne: Willkommen in der Familie, Finn, auf dich und Emily." Sie prostete dem unglücklich dreinblickenden Brautpaar mit ihrem Wasserglas zu und stürzte es dann herunter. Vielleicht war ja doch Wodka darin.

„Auf Emily und Finn", murmelte die Gruppe einstimmig und hob ihre Gläser, bevor Mama mit den Worten „Guten Appetit" das improvisierte Festmahl eröffnete, das aus Pizzaschnecken, Nudeln mit Pesto, Chili con Carne und Reis bestand.

Unser Esstisch war nicht für fünfzehn Personen ausgelegt, weshalb wir alle mit den Ellenbogen gegeneinanderstießen, während wir versuchten, so viel Essen so schnell wie möglich auf unsere Teller zu schaufeln. Jeder hatte offenbar Angst davor, zu kurz zu kommen. Zumindest konnte ich mit einiger Überzeugung behaupten, dass unsere Familien sich heute näherkamen. Wortwörtlich.

Für einige selige Minuten herrschte geschäftige Stille, während Töpfe und Schüsseln herumgereicht und Gerichte unter Parmesan vergraben wurden.

„Sag mal, Mama", fragte Jannis schließlich langsam, natürlich erst, als sein Teller und sein Mund gefüllt waren. „Hast du ein Eichhörnchen aufgenommen oder was hat sich da durch das Polster eurer Couch gefressen?" Er nickte zu den Sitzkissen des Sofas, unter denen weißer Schaumstoff hervorquoll. Offenbar hatte Mama keine Zeit gehabt, sie zu ersetzen, und hatte sie schlichtweg umgedreht.

„Die sahen schon immer so aus, Jannis. Du achtest nur nicht darauf", sagte Mama leichthin – und sie wurde nicht einmal rot bei dieser Lüge. „Also, Matteo ... Sie sind Witwer, ja?", wechselte sie im nächsten Moment galant das Thema.

„Oh ja, schon seit mehr als fünfzehn Jahren."

„Das tut mir sehr leid", sagte meine Mutter mitfühlend. „Aber Sie haben eine glückliche Ehe geführt?"

„Ich denke schon."

„Wundervoll. Dann haben Sie Ihre Frau sicherlich niemals betrogen, oder?"

Joshs Vater – so wie die Hälfte des Tisches – verschluckte sich und hustete in seine Nudeln.

„Mama!", sagte ich ungläubig und spürte, wie mir das Blut aus dem Gesicht floss. Ich war es gewohnt, Emily daran erinnern zu müssen, nicht einfach zu sagen, was gerade durch ihren Kopf ging. Bei meiner Mutter hatte ich dieses Problem jedoch noch nie gehabt!

„Was denn? Ich betreibe lediglich leichte Konversation", verteidigte meine Mutter sich sofort und tat so, als würde sie den schockierten Blick meines Vaters nicht bemerken, der seine Frau ansah, als mache sie gerade einen Handstand auf dem Tisch, während sie eine Orange auf ihrem Kinn balancierte.

„Mama …", wiederholte ich leise, presste die Lippen aufeinander und sah sie warnend an. Jetzt wusste ich auf einmal, wie sie sich fühlen musste, wenn ich mich danebenbenahm.

„Schön", sagte sie seufzend und wandte sich wieder ihrem Teller zu.

„Und ich dachte immer, du wärst die Verrückteste in deiner Familie", bemerkte Jonas zu meiner Rechten verblüfft.

Oh bitte! Ich war nur die Kirsche auf der Torte des Wahnsinns.

„Lou ist auf einer lebensmüden, charmanten Ebene verrückt", erklärte Josh seinem Bruder hilfsbereit. „Emily auf einer unbedachten, verwirrten Ebene … den Rest der Familie kenne ich noch nicht gut genug, um ihnen eine Ebene zuschreiben zu können."

„Hey!", beschwerte ich mich laut. „Deine Familie hat auch nicht mehr alle Smarties im Muffin! Du solltest also ganz schnell die Klappe halten. Sonst werde ich nämlich auf einer mehr als charmant-lebensmüden Ebene unangenehm!"

„Wer ist verrückt?", fragte meine Mutter verwirrt.

„Lara, erzähl doch mal, was ihr heute im Unterricht gelernt habt", schlug meine Schwägerin Steffi in diesem Moment vor. Ich war ihr so dankbar, dass ich ihr innerlich meinen erstgeborenen Sohn versprach.

Lara war sofort Feuer und Flamme. Das Einzige, was sie lieber tat, als zu reden, war Nutella zu essen. Und wer konnte es ihr verdenken. „Ich habe gaaanz viel gelernt. Ich weiß jetzt, was ein Nazi ist. Und wie viel Stücke Kuchen man essen muss, um nur noch einen halben zu haben. Ich weiß sogar ein bisschen, wie man eine Rakete baut, weil, ich darf jetzt mit Kleister arbeiten und kann Sachen zusammenkleben. Oh und ich weiß jetzt, wie Leons Unterhose aussieht", erklärte sie stolz. „Weil, er hat sie mir gezeigt."

Jannis, der die letzten zehn Minuten entweder meditiert, geschlafen oder das Problem mit dem Weltfrieden gelöst hatte, erwachte zu plötzlichem Leben. „Er hat *was* getan?", fragte er alarmiert.

„Mir seine Unterhose gezeigt, Papa. Hör doch mal zu", sagte seine Tochter unzufrieden.

„Und warum?"

Verwirrt sah Lara ihn an. „Es waren Einhörner drauf. Das war süß. Das wollte ich sehen."

Erleichtert sackte Jannis wieder zurück in seinen Sitz. „Alles klar. Das ist okay."

Seine Frau öffnete ungläubig den Mund. „Nein, es ist nicht okay!"

Mein Bruder hob erwartungsvoll die Augenbrauen. „Was hast du gegen Einhörner?"

„Ja, Mama. Warum magst du Einhörner nicht?", wollte nun auch Isa wissen.

„Sie stehlen normalen Pferden die Show", sprang ich ein. „Das ist sehr unsensibel von ihnen."

„Richtig", stimmte mir Steffi zu. „Und seine Unterhose zeigt man nicht in der Öffentlichkeit, Süße. Fürs nächste Mal."

„Einhörner sind genauso eingebildet wie diese verfluchten Zebras", murmelte Finn missmutig.

Emily verdrehte die Augen so stark, dass es mich nicht gewundert hätte, wenn sie in ihrem Hinterkopf stecken geblieben wären. Sie öffnete den Mund, sicherlich um etwas sehr Gemeines zu sagen, doch ich ließ sie nicht zu Wort kommen.

„Okay", sagte ich fahrig und sah mich Hilfe suchend zu Josh um, der auf einmal schwer damit beschäftigt schien, seine Pizzaschnecke zu einer Pizza-Nacktschnecke auszurollen. Feigling. „Trudi", wandte ich mich an meine ehemalige Angestellte. „Meintest du nicht, dass du eine Rede vorbereitet hättest? Ich denke, jetzt wäre der richtige Zeitpunkt dafür, Emily und Finn ein paar deiner Lebensweisheiten mit auf den Weg zu geben."

Gott, ich war wirklich nicht talentiert darin, Chaos zu ordnen. Wie sollte ich auch, wenn ich mich darauf spezialisiert hatte, Chaos zu verbreiten? Es war nicht fair, mich plötzlich mit dieser neuen Aufgabe zu betrauen!

„Oh, ja!", sagte sie aufgeregt. „Auch wenn mir die Unterhaltung darüber, wer am verrücktesten ist und wer die schönste Einhorn-Unterhose hat, auch sehr gefallen hat."

„Darüber haben wir genug geredet", bemerkte ich vielsagend.

„Schade Schokolade, aber in Ordnung." Sie räusperte sich und zog ihre Handtasche auf den Schoß, bevor sie darin herumwühlte und einen zerknüllten, weißen Zettel hervorzog. „Ich würde ja aufstehen, aber mein Arzt meint, ich soll ruckartige Bewegungen vermeiden, also ..." Trudi hob entschuldigend die Schultern, bevor sie sich erneut laut räusperte, den Zettel glattstrich und das miesepetrige Brautpaar mit einem freundlichen Blick bedachte. „Liebe Emily, lieber Finn: Die Ehe ist wie ein alter Fisch ... manchmal stinkt sie ein bisschen, aber wenn man alle Gräten entfernt, kann sie einen doch recht glücklich machen."

„Oh mein Gott, bester Vergleich ever!", bemerkte Jonas zu meiner Rechten, während ich stöhnend die Hand an meine Stirn legte. Auf einmal wünschte ich mir, ich hätte mir doch die Zeit dazu genommen, Trudis Rede im Vorfeld anzuhören.

Die alte Dame ließ sich jedoch nicht beirren, sondern redete bereits weiter: „Da ihr beide sehr arm seid und euch frischen Fisch auch gar nicht leisten könnt, fand ich diese Analogie sehr passend", bemerkte sie zufrieden. „Ihr seid jung und hübsch und das Wichtigste ist, dass ihr nicht vergesst, dass all das vergänglich ist – aber eure Liebe zueinander hoffentlich bleibt. Solange ihr zuhört, ehrlich seid und dem anderen sagt, dass er etwas Ekliges zwischen den Zähnen hat, solltet ihr kein Problem haben. Mein Günter hat immer gesagt: Liebe ist wie das Meer. Aufschäumend, ein wenig dreckig, endlos tief, und blau kann man es am besten genießen. Also vergesst nicht, viel miteinander zu unternehmen. Manchmal sollte man auch einfach den Wein sprechen lassen. Der hat meistens recht. Zum Schluss möchte ich noch bemerken: Ich finde, ihr passt sehr gut zusammen. Auch wenn ihr euch nie einig zu sein scheint." Sie hob lächelnd ihr Wasserglas. „Auf euch!"

Widerstrebend folgte der Rest des Tisches ihrer Geste und rang sich schließlich dazu durch, die Gläser gegeneinanderzustoßen und „Auf euch" zu murmeln. Alle bis auf Emily.

Meine Schwester saß mit offenem Mund und glasigen Augen da und starrte zu Trudi, die fröhlich ihr Glas hin- und herwiegte.

Emmi jedoch schien überhaupt nicht glücklich. Sie schwenkte ihr Glas nicht – sie zerquetschte es. Und wäre sie ein wenig stärker, wäre es wohl zerborsten. Panik leuchtete in ihren Augen auf und hektisch sah sie zwischen Trudi und Finn hin und her, bis selbst mir schwindlig vom Zusehen wurde.

„Emmi", sagte ich vorsichtig mit gesenkter Stimme. „Ist alles okay?"

Sie schüttelte – plötzlich aschfahl – den Kopf und fixierte im nächsten Moment ihren Verlobten. „Ich will keinen alten Fisch, Finn!", quietschte sie.

Finn blinzelte sie perplex an. „Was?"

„Ich will keinen alten Fisch!"

„Ich bin verwirrt. Nennst du mich oder unsere Beziehung Fisch?"

„Ist doch egal!" Ruckartig fuhr Emily von ihrem Stuhl auf, die Fäuste auf die Tischplatte gestemmt. Wie ein Gorilla kurz vorm Angriff. „Keins von beidem sollte ein Fisch sein! Erst recht kein alter. Herrgott, ich mag Fisch noch nicht einmal."

Das Wort *Eskalation* leuchtete in roten Buchstaben vor meinem inneren Auge auf. „Leute", schaltete ich mich ein und hob beschwichtigend die Hände. „Das war nur eine Metapher! Richtig, Trudi? Niemand von uns hält euch für einen Fisch."

„Nein, weil wir die *Gräten* sind", bemerkte Emily und ihre Stimme rutschte mit jedem Wort eine Oktave höher. „Wir piksen uns gegenseitig, bis wir an unseren Worten ersticken. Ich bin zu jung, um eine Gräte zu sein!"

„Ich glaube nicht, dass Gräten eine Altersgrenze haben", meinte Mo achselzuckend. „Jeder Fisch hat sie. Ob jung oder alt." Merkwürdigerweise schienen seine Worte Emily nicht im Geringsten zu beruhigen.

„Ist mir alles egal!", fauchte sie. „Ich kann das nicht! Ich kann keinen Mann heiraten, der nicht dazu fähig ist, eine Entscheidung zu treffen!"

„Hey!", fuhr Finn zornig auf. „Ich hab gestern noch entschieden, zu Burger King und nicht zu McDonalds zu gehen."

„Du hast eine Münze geworfen! Das ist keine eigenständige Entscheidung!", schrie Emmi zurück.

„Ich habe eigenständig entschieden, die Münze zu werfen, oder nicht?"

„*Oh. Mein. Gott!*", brüllte Emily und legte die Hände an den Kopf. „Ich dachte, eine ernste, erwachsene Beziehung würde Spaß machen, aber das ist Blödsinn. Ständig muss man aneinander arbeiten und miteinander reden und streiten ... und wenn ich noch einmal das Wort ‚Kompromiss' höre, drehe ich durch! Ich will das nicht. Ich will, dass es wieder einfach ist! Erwachsen zu sein *und* zu heiraten ist viel zu schwer!"

„Weißt du was, Emily", sagte meine Mutter auf einmal. „Ich gebe dir vollkommen recht. Monogamie ist

Schwachsinn. Habe lieber Sex mit irgendwelchen fremden Männern, solange du noch kannst! Die Chance, dass du ein Arschloch heiratest, ist nämlich sehr hoch!"

Jannis' Kinnlade klappte auf seinen Teller. Papa fiel die Pizzaschnecke aus der Hand in seinen Teller mit Chili, sodass Tomatensoße durch den Raum spritzte. Die Rispo-Männer zogen alle eine Grimasse, so als wüssten sie nicht, ob sie lachen oder weinen sollten, und Steffi sog zischend Luft ein und legte wie automatisch die Hände über die Ohren ihrer jüngsten Tochter, die mit vor Begeisterung aufgerissenen Augen zu ihrer Oma hochsah. „Omi hat ganz, ganz schlimme Worte gesagt", flüsterte sie verzückt.

„Oh Gott", wisperte ich und klammerte mich mit der Hand an Joshs Oberschenkel fest. „Bitte sag mir, dass ich schon wieder unter Drogen gesetzt wurde und mir das Ganze hier einbilde."

„Ich muss dich enttäuschen", murmelte er. „Aber falls es dir hilft: Ich ziehe gerade ernsthaft in Erwägung mich heute doch zu betrinken. Eine Gedächtnislücke erscheint mir plötzlich unglaublich attraktiv."

„Danke, Mama!", sagte Emily erleichtert, ihr Gesicht voller roter Flecken. „Wisst ihr was? Ich gehe. Die Hochzeit ist abgesagt. Tut mir leid, dass ihr euch den Termin freigehalten habt." Im nächsten Moment stürzte sie aus dem Wohnzimmer und keine Sekunde später schlug die Haustür ins Schloss.

Finn starrte ihr einige Herzschläge lang mit offenem Mund nach, dann sprang er auf, brüllte: „Emmi! Nur, weil wir nicht heiraten, heißt das nicht, dass wir aufhören müssen, miteinander zu schlafen!", und rannte ihr hinterher.

Plötzliche Stille senkte sich über den Tisch, während ich betreten meine Fingernägel betrachtete. Niemand schien zu wissen, was er sagen sollte.

Na ja. Fast niemand.

„Das war doch mal ein erfolgreiches, unterhaltsames Mittagessen!", sagte Trudi begeistert, ihre faltigen Wangen freudig gerötet. „Besser kann es gar nicht mehr werden."

Es klingelte an der Tür.

„Ich mach auf", sagte Jannis sofort und sprang hektisch auf, um in den Flur zu rennen. Mist, warum hatte ich die Chance nicht ergriffen?

„Na, jetzt kann es ja zumindest nicht mehr schlimmer kommen", murmelte Jonas neben mir und klopfte mir auf die Schulter. „Du kannst dich jetzt also wieder entspannen, Lou."

Ich verzog wehleidig das Gesicht, während laute Männerstimmen aus dem Flur drangen. Als ich verwirrt aufblickte, entdeckte ich Thilo und seinen Partner, dessen Namen ich schon wieder vergessen hatte, im Türrahmen. Ein gemächliches Grinsen zog sich über Thilos Gesicht und sein Blick suchte den von Josh, bevor er feierlich sagte: „Joshua Rispo, ich muss dich bitten, mitzukommen. Du bist festgenommen. Wegen des Mordes an Jorina Stelz."

Kapitel 19

Es gibt ein paar Momente im Leben, die man nicht vergisst. Sein erstes Stück Schokolade. Die erste Leiche in seinem Wohnzimmer. Das erste Mal, dass der eigene Freund von der Polizei abgeführt wird. Solche Sachen eben.

Und diesen Moment hier ... den würde ich für immer mit mir herumtragen.

„Was zum Teufel soll das, Thilo?!", fluchte ich und versuchte mein flatterndes Herz zu beruhigen, das so schmerzhaft in meiner Brust auf- und absprang, dass ich fürchtete, ich hätte einen Infarkt. Meine Augen brannten, weil ich Angst hatte zu blinzeln und etwas zu verpassen. Meine Lunge brannte, weil ich zu hektisch atmete. Mein Hals brannte, weil ich vor fünf Minuten aufgehört hatte, in einer normalen Lautstärke zu kommunizieren. Meine Haut brannte, weil ich Angst hatte. Ich schlug die Hände der Beamten weg, die versuchten, beschwichtigend auf mich einzureden und mich an den Schultern zurückzuziehen. Gott, sie mussten doch wissen, dass das ein sinnloses Unterfangen war! Sie hatten doch Geschichten über mich gehört, oder etwa nicht?

„Lou, beruhige dich", sagte Josh leise und sah mich ernst über seine Schulter hinweg an, während er von Thilo weiter den Kiesweg unseres Vorgartens entlang geschoben wurde.

Wie konnte der Bastard noch immer so gelassen gucken, während er in Handschellen abgeführt wurde?

„Ich werde mich nicht beruhigen", fuhr ich ihn an, und stieß dem Uniformierten hinter mir so fest mit meinem Ellenbogen in den Bauch, dass er mit einem Uff-Geräusch nach hinten stolperte. „Das hier ist absurd! Lass ihn gehen, Thilo! Wir wissen beide, dass er niemanden umgebracht hat!"

Thilo seufzte theatralisch auf und hob gespielt entschuldigend die Schultern. „Da sagt die Mordwaffe, die wir in seinem Spind gefunden haben, aber etwas anderes."

Abrupt blieb ich stehen. „Was?"

Doch ich war nicht die Einzige, die diese Frage stellte. Joshs Augen weiteten sich ungläubig, und auf einmal wurde er bleich. Jede Gelassenheit wie weggewischt. „Ihr habt ... was?"

Die Luft um mich herum schien auf einmal rapide an Temperatur zu verlieren. Eiskalt fuhr sie unter meine Kleidung und stellte mir die Nackenhaare auf. Mein hektisches Herz kam zum plötzlichen Stillstand und alles um mich herum verlor an Farbe. Die Rispos und meine Familie, die schockiert im Türrahmen standen, die Hände vor den Mund geschlagen. Die drei Streifenwagen, die die Straße vor uns blockierten. Die Hände, die nach mir griffen und mich zurückziehen wollten. Sie alle wurden schwarz-weiß. Wie in einem alten Film. Einem *schlechten* alten Film.

„Das ist unmöglich", hauchte ich und starrte fassungslos zu Josh. Meine Bestürzung spiegelte sich auf seiner Miene wider.

„Nicht nur möglich, sondern die reine Wahrheit“, sagte Thilo gespielt freundlich. „Ich hoffe, du kennst einen guten Anwalt, Josh, denn du wirst ihn brauchen. Polizisten werden im Gefängnis wirklich nicht gern gesehen. Gerade du solltest da einige Feinde haben ... wenn man bedenkt, wie viele Leute du verknackt hast?“

Ein Kloß in der Größe von Grönland schob sich in meinen Hals und fahrig schluckte ich ihn herunter. „Er ist unschuldig, Thilo!“, schrie ich. „Das weißt du genauso gut wie ich! Du kennst Josh!“

„Tue ich das? Ich glaube nicht. Alles, was ich weiß, ist, dass wir ein blutiges Messer in seinem Spind gefunden haben, das zum Mordopfer passt. Wenn Josh dafür eine einfache Erklärung hat, gibt es kein Problem.“

„Es ist nicht mein verdammtes Messer“, presste Josh zwischen den Zähnen hervor. „Wie dumm müsste ich sein, es in meinen Spind bei der Polizei zu legen?!“

„Dumm ... oder genial? Niemand würde dort suchen. Gott sei Dank haben wir gute Männer mit noch viel besserer Intuition. Die Sache ist leider ziemlich eindeutig, Josh.“

Die kalte Angst in meinen Adern wandelte sich zu heißer Panik, die schmerzhaft durch meinen Körper pulsierte.

Josh war unschuldig! Und hätten sie zehn blutige Waffen in seinen Händen gefunden. Ich hätte noch immer gewusst, dass er niemanden umgebracht hatte. Doch das half mir nicht. Dass ich an seine Unschuld glaubte, würde die Polizei nicht davon überzeugen.

Es musste einen Beweis geben. Irgendetwas. Irgendetwas, das ich übersehen hatte. Der Mörder musste doch irgendeinen Fehler gemacht haben! Jeder machte

Fehler. Das war doch das Einzige, auf das man sich heutzutage noch verlassen konnte.

Scheiße!

Was konnte ich tun? Ich runzelte die Stirn, sah auf meine Hände und verengte die Augen. Wie konnte ich beweisen, dass … wie sollte ich … was hatte ich noch nicht …

„Verdammt, nein, Lou!", schnitt mir Joshs wütende Stimme durchs Trommelfell. „Ich kann dein Hirn arbeiten sehen! Lass die Finger von dem Fall. Das hier ist viel zu ernst." Seine Stimme war eine einzige Warnung. „Renn nicht allein los, um den Mörder zu fangen! Ich schwöre dir, ich breche aus dem Gefängnis aus und bring dich um, wenn du dich meinetwegen in Gefahr bringst!"

„Du wirst nicht ins Gefängnis kommen, du … du … *Arschhörnchen*", rief ich zornig zurück und sah untätig dabei zu, wie Thilos Partner mit entschuldigender Miene die Tür zur Rückbank des mittleren Polizeiwagens öffnete. „Hast du mich verstanden? Weil du zwar nicht immer, aber in diesem Fall unschuldig bist! Also wage es nicht, irgendein Geständnis zu unterzeichnen oder Thilo eine runterzuhauen oder dich in andere Schwierigkeiten zu bringen oder dich in der Gewahrsamszelle nach der Seife zu bücken … oder …" Ich schluckte und kämpfte gegen die Tränen an, die schamlos in meinen Augen brannten. „Wehe, du kommst nicht wieder raus!" Ich richtete meinen zitternden Zeigefinger auf ihn. „Ich habe die letzten zwei Jahre nicht all diese anstrengenden Streitereien mit dir geführt und dir deine eigenen Gefühle nähergebracht, um dich jetzt an ein beschissenes blutiges Messer zu verlieren!

Ich mache deine verdammte Wohnung zum Gewächshaus, wenn du morgen Abend nicht wieder zu Hause bist!"

Joshs Mundwinkel zuckten müde. „Natürlich komme ich wieder raus", wisperte er, bevor Thilo seinen Kopf nach unten drückte und ihn auf die Rückbank des Streifenwagens schob.

Zwei Minuten später war die Polizeikolonne verschwunden, während ich mit offenem Mund dastand und auf die Stelle starrte, an der die Rücklichter des letzten Streifenwagens vor wenigen Sekunden noch geglänzt hatten.

Was zum Teufel war gerade passiert?

Als hätte dieser Gedanke die anderen wieder zum Leben erweckt, schrien sie hinter mir plötzlich wild durcheinander.

„Ich wusste nicht, dass Josh überhaupt verdächtigt wird!", fuhr sein Vater auf. „Wieso hat mir das niemand gesagt?"

„Scheiße. Scheiße. Scheiße. Scheiße", fluchte Jonas.

„Dass ich das noch erleben darf ...", rief Trudi verblüfft.

„Worum geht es überhaupt? Ich dachte, Josh ist Bulle. Seit wann können Bullen verhaftet werden?", wollte Florian wissen.

„Und da sagen sie alle, du bist der kluge Rispo", erwiderte Mo verächtlich. „Natürlich können Polizisten verknackt werden! Sie sind keine beschissenen Diplomaten! Sie sind Beamte."

Lara und Isabell weinten, Steffi und Jannis redeten behutsam auf sie ein, mein Vater fing an zu erklären, dass Josh nicht sofort ins Gefängnis verfrachtet werden würde. Meine Mutter schnaubte und rief: „Du hast doch keine Ahnung, Frank! Das hier ist keine *Tatort*-Folge."

Und ich … ich ignorierte sie.

Ich schloss die Augen, atmete durch die Nase ein und durch den Mund wieder aus. Josh hatte recht: Ich musste mich beruhigen. Wenn ich die Panik Überhand gewinnen ließ, konnte ich mich nicht konzentrieren. Ich musste meinen Kopf leeren. Musste alle meine anderen Probleme für einen kurzen Moment nach hinten schieben und mich aufs Wesentliche konzentrieren.

Was übersah ich? Woran hatte ich noch nicht gedacht? Ich musste meinen Horizont erweitern! Über den Tellerrand blicken. Den Fall von einer neuen Seite betrachten. Wer hätte Josh … wie hätte jemand … warum sollte jemand …

„… hast keine Ahnung von Mordfällen, Frank! Also hör auf, so zu tun, als wüsstest du, was passieren wird. Du bist nicht der Experte für alles!"

„Das habe ich nicht behauptet", erwiderte mein Vater verdattert. „Was ist los mit dir? Du benimmst dich furchtbar merkwürdig! Und das macht mir ehrlich gesagt etwas Angst."

„*Ich* benehme mich merkwürdig?" Die Stimme meiner Mutter hatte die Grenze zur Hysterie längst überschritten. „Du bist es, der die Geheimniskrämerei für sich entdeckt hat!"

„Die … was?"

Was übersehe ich … was übersehe ich …

„Ich will euch beiden nicht zu nahe treten", bemerkte Mo trocken. „Aber könntet ihr eure Eheprobleme wann anders –"

„Eheprobleme?" Meine Mutter spuckte das Wort auf den Boden, so als hätte es gerade ihre heilige Küchenanrichte beschmutzt. „Wir haben keine –"

„Ruhe!", fuhr ich zornig auf.

Das hier war zu viel! Viel zu viel! Ich konnte nicht denken, wenn sich jeder ankeifte und gegenseitig Vorwürfe machte und niemand aussprach, was er wirklich dachte! Gott, ich verstand Emily. Erwachsen zu sein war wirklich verdammt anstrengend!

„Es reicht jetzt!", rief ich zornig. „Das hier", ich fuchtelte zwischen meiner Mutter und meinem Vater hin und her, „hilft niemandem! Also, wir regeln das jetzt, damit ich endlich wieder klar denken kann. Papa: Betrügst du Mama?"

„Was?" Schockiert sah er mich an. „Wie kommst du – Was?"

„Wir wissen, dass du nicht in der Eifel warst, Papa", sagte ich ungeduldig. „Du warst in einem Hotel hier in Köln. Ich kann mir im Moment kein anderes Problem in meinem Leben leisten als das, dass der Mann, den ich liebe, ins Gefängnis geworfen werden soll, also: Betrügst du Mama?"

„Nein! Natürlich nicht!", entgeistert sah er zu seiner Frau, die abwehrend die Arme vor dem Körper verschränkt hatte. „Niemand, der noch alle Tassen im Schrank hat, würde wagen, deiner Mutter so etwas anzutun. Jeder weiß genau, dass er sie nicht zum Feind haben will."

„Warum hast du dann gelogen?", wollte meine Mutter wissen. „Was hast du hier in Köln getrieben, dass deine ganze Familie nicht wissen durfte?"

„Ich war in einem Koch-Crash-Kurs! Ich habe gelernt, mongolisches Essen zuzubereiten", sagte er verdutzt. „Ich wollte dich damit zum 35. Hochzeitstag überraschen. Du hast die letzten 35 Jahre gekocht und ich dachte, es wird Zeit, dass ich in dem Bereich auch etwas Verantwortung übernehme, also ... ja", schloss er lahm. „Das habe ich getan."

Meine Mutter starrte ihn mit großen Augen an, öffnete den Mund, um etwas zu sagen ... schien jedoch sprachlos.

„Wunderbar!", nahm ich ihr daher das Wort aus dem Mund. „Dann könnt ihr euch jetzt ja wieder wie die langweiligen Spießer verhalten, die ihr in Wirklichkeit seid. Das würde mir sehr helfen. Und Jannis: Was tust du noch hier?" Wütend sah ich meinen Bruder an. „Josh trägt keinen fantastischen Anwalt in seiner Hosentasche mit sich herum. Behauptest du nicht, ein guter zu sein? Also fahr verdammt noch mal zur Polizei und hilf ihm!" Zitternd atmete ich ein. „Und wenn ihr mich jetzt entschuldigt. Ich muss herausfinden, wer versucht, meinem Freund einen Mord in die Schuhe zu schieben!"

Und ich wusste auch schon genau, wo ich anfing.

Josh hatte seine Autoschlüssel auf dem Esstisch liegen lassen, und da er seinen Wagen in den nächsten Stunden nicht brauchen würde, fühlte ich mich nicht einmal schlecht dabei, seinen heiligen Audi A5 zu meinem zeitweiligen Eigentum zu erklären. Trudi nannte mir die Adresse des Seniorenzentrums in der Südstadt, in dem Manni sich gerade befand, und wollte wissen, ob sie mitkommen dürfte. Ich sagte Nein und fuhr los. Sie war wahrscheinlich beleidigt, aber darauf konnte ich jetzt keine Rücksicht nehmen. Noch bevor ich die Straße, in der ich aufgewachsen war, verlassen hatte, hielt ich mein Handy bereits am Ohr. Ich brauchte Informationen und ich würde sie bekommen.

„Marvin Held?"

„Marvin!", fuhr ich ihn an. „Was zum Teufel ist los bei euch? Wer hatte die scheiß Idee, Josh festzunehmen?"

„Oh, Lou ... ich glaube nicht, dass ich mit dir reden darf, ich –"

„Marvin! Reiß dich zusammen. Ich mag dich, okay? Aber das wird mich nicht daran hindern, jetzt sofort zum Präsidium zu fahren und dich dahin zu treten, wo es wehtut, wenn du mir nicht auf der Stelle erklärst, was los ist."

Eine unbehagliche Stille breitete sich auf der anderen Seite der Leitung aus, schließlich wisperte Marvin jedoch: „Sie haben die Mordwaffe in seinem Spind gefunden."

„Das weiß ich schon! Wer hat sie gefunden? Wie wurde sie gefunden? Wer hat sie da reingelegt?"

„Ich weiß es nicht, okay? Alles, was ich weiß, ist, dass Stetter seinen Spind aufgebrochen und die Waffe dort gefunden hat. Sie haben Rispo gerade reingebracht, er beharrt darauf, dass er keine Ahnung hat, wie sie in seinen Spind gekommen ist, und dass er das Messer noch nie in seinem Leben gesehen hat. Aber Lou ... das würde jeder an seiner Stelle behaupten."

„Er sagt die Wahrheit!"

„Ich weiß. Doch das kann er nicht beweisen. Oh, ich soll dir was ausrichten: Du sollst nicht allein auf

Mördersuche gehen. Seine Unschuld zu beweisen, wäre
deinen Tod nicht –“

Ich legte auf. Das war reine Zeitverschwendung!

Wer wollte Rispo im Knast sehen? Klar, die Drogenleute wollten ihn definitiv loswerden. Sie hätten allen
Grund gehabt, ihm etwas unterzujubeln. Aber wie hätten sie das machen sollen? Der Beweis war in seinem
Spind gefunden worden. Bei der Polizei. Sie hatten keinen Zugang zu seinem Spind. Und es wäre sehr riskant
gewesen, sich dort aufzuhalten.

An der nächsten Ampel musste ich anhalten, und weil
ich nicht wusste, wo genau die Adresse lag, die Trudi
mir genannt hatte, beugte ich mich nach rechts und öffnete Rispos Handschuhfach, in dem er sein Navi aufbe-
wahrte. Doch das Erste, was mir in die Hände fiel, war
nicht das Navigationssystem. Es war seine Pistole.
Seine Dienstwaffe, die er vor dem Mittagessen hier ver-
staut hatte, weil Trudi darauf beharrt hatte, sie einmal
halten zu dürfen, und er das Risiko eines versehentli-
chen Todesfalls nicht hatte eingehen wollen.

Ich schluckte, schob sie vorsichtig weiter nach hinten
ins Fach und nahm mir stattdessen das Navi. Seitdem
ich mit einer Pistole bedroht worden war, mochte ich
Waffen nicht sonderlich. Trotzdem schön zu wissen,
dass sie da war.

Das Seniorenzentrum, in dem Manfred heute auftrat,
war ein deprimierender Betonblock, der seinen letzten
Farbanstrich noch vor dem Ersten Weltkrieg erhalten
haben musste. Er war braun und trostlos und spiegelte
meine derzeitigen Emotionen recht akkurat wider.
Denn ich fühlte mich gerade ... braun.

Das Foyer war mit zitronengelben Wänden und einer jungen Rezeptionistin ausgestattet, die mich mit einem freundlichen Lächeln begrüßte. „Einen wunderschönen guten Mittag! Wie kann ich Ihnen helfen?"

Gott, ich hasste Menschen, denen es besser ging als mir. „Ich suche Manfred", erklärte ich. „Den Akkordeonspieler, der heute zur Unterhaltung hier ist?"

„Oh, Manni!" Das Gesicht der Brünetten erhellte sich. „Ja, der ist ein Schatz. Ein herzensguter Mensch."

Na, das würde ich ja gleich sehen. „Ist er jetzt hier oder nicht?"

„Klar, einfach den Gang runter." Sie deutete nach rechts auf einen Flur, dessen pinke Wände mit Bildern von glücklich aussehenden Babys gepflastert waren. Meine Güte, wer war hier für die Inneneinrichtung zuständig? Der Flur sah aus wie eine fröhliche Vagina.

„Danke", murmelte ich und machte mich auf den Weg durch den Geburtskanal. Nach zehn Metern hörte ich einen Geist schreien – oder vielleicht war das auch nur das Akkordeon. Woher sollte ich das wissen? Ich war keine Musiklehrerin.

Ich folgte den Tönen den Gang entlang bis zu einer roten Tür, die ich achtlos aufstieß.

Wenn ich mich jemals gefragt hatte, wie ein Senioren-Rockkonzert aussah, hatte ich jetzt die Antwort. Ich hatte in meinem Leben noch nicht so viel weißes Haar und Falten gesehen. Dabei hatte ich *Herr der Ringe* bestimmt fünfmal angeschaut.

Acht Stuhlreihen standen vor einer notdürftigen Bühne, die lediglich aus drei aufeinandergelegten Holzbrettern und einem breiten Sessel bestand. Manni saß auf dem Sessel, das Akkordeon auf seinem Schoß, und spielte eine kölsche Melodie, während seine Fans fröhlich mit den Köpfen wackelten und ab und an in die Hände klatschten.

Womit warfen Senioren auf Konzerten, wenn schon nicht mit ihren Höschen? Mit ihren Stützstrümpfen vielleicht?

Ich ließ mir nicht die Zeit, es herauszufinden. Stattdessen warf ich die Tür so laut hinter mir zu, dass sogar die Vollversammlung der Hörgeräteindustrie vor mir es hörte. Manfred hörte überrascht auf zu spielen und sah mich verwundert an. „Oh, Louisa. Schön, dass –“

„Ich muss mit dir reden“, unterbrach ich ihn und durchquerte den Raum. „Tut mir leid, das Konzert kurz unterbrechen zu müssen, aber es ist wichtig“, fügte ich entschuldigend an die Seniorenmeute gewandt hinzu.

„Oh.“ Manfreds Augen wurden groß und er stellte das Akkordeon ab. „Worum geht es denn?“

„Um den Mord“, murmelte ich und hakte mich bei ihm unter, um ihn in den Flur zu bugsieren, wo wir ungestört miteinander reden konnten.

„Oh, das hört sich ernst an.“

„Das ist es“, sagte ich und zwang mich zu einem Lächeln, bevor ich die Tür hinter ihm schloss und tief Luft holte. „Manni, du hast mich angelogen. Du kennst Jorina. Ich habe ein Bild gesehen, auf dem du sie anlächelst.“

Der ältere Mann runzelte die Stirn. „Nun, ich bin ein gutaussehender Mann, ich lächle viele Frauen an ...“

„Manfred! Konzentrier dich!“, sagte ich ungehalten. „Erzähl mir von Jorina.“

„Louisa, ich habe den Namen noch nie gehört. Ich kenne sie nicht.“

„Doch, tust du! Sie hat lange rote Haare, einen Nasenring …“

„Ah.“ Erkenntnis glänzte in seinen Augen auf. „Du redest von Glitter. Sag das doch gleich.“

„Sie heißt Jorina, Manfred! Glitter ist nicht ihr richtiger Name!“ Ich legte den Kopf in den Nacken und
stöhnte laut auf. „Ist auch egal. Du kanntest sie! Und
den Club. Du musst irgendetwas mitbekommen haben,
das für den Mordfall wichtig ist. Also erzähl mir alles,
was du weißt.“

Er zog eine Grimasse und schüttelte den Kopf. „Ich
kann nicht. Es ist vertraulich.“

„Ist mir egal!“, fuhr ich ihn an. „Es interessiert mich
nicht, ob du wegen irgendeinem Klienten-Gesetz nicht
verraten da–“

„Nein, nein, das ist es nicht“, unterbrach er mich und
streckte wichtigtuerisch die Brust raus, ein zufriedenes
Lächeln auf dem Gesicht. „Ich darf es nicht verraten auf
Anweisung der Polizei.“

Ungläubig riss ich die Augen auf. „Bitte was?“

„Nun, die Polizei hat mir verboten, irgendwelche Infos, die ich über Glitter oder den Stripclub habe, an ir-
gendwen weiterzugeben.“

Mein Mund trocknete innerhalb von Sekunden aus,
so weit hatte ich ihn geöffnet. „Also hast du Infos! Über
Glitter … äh, Jorina … über sie auch?“

„Ja, natürlich. Aber wie gesagt: Ich darf sie nicht verraten.“

„Weil die Polizei es verboten hat?“

„Genau.“

„Und wer ist diese Polizei, von der du redest? Von wem genau sprichst du? Und was zum Teufel sind das für Infos?"

„Na, sie haben mich vor ein paar Monaten zu dem Stripclub befragt und zufällig wusste ich, dass Glitter ..." Er brach ab. „Tut mir leid, das darf ich nicht verraten. Auf jeden Fall hat mir der eine Polizist sehr deutlich gemacht, dass ich dieses Wissen für mich behalten soll. Egal, wer mich danach fragt. Es wäre erst am Ende wichtig."

„Am Ende von *was*?", fragte ich ungläubig.

Nachdenklich betrachtete Manfred seine Schuhe. „Jetzt, da ich darüber nachdenke ... Das hat er mir nicht gesagt."

„*Er?*" Meine Stimme rutschte eine Oktave nach oben. Warum sprach Manfred nicht Klartext? „Wer ist dieser *er*?"

„Na, der Polizist. Derjenige, der auch letztens im Stripclub war, als Trudi ihren Tanz aufgeführt hat."

Mein Herz sprang mir in die Luftröhre und einen Moment lang vergaß ich zu atmen.

Es war Thilo!

Thilo war in dem Club gewesen. Thilo war einer der leitenden Ermittler im Drogenfall gewesen. Thilo hatte Zugang zur Polizei. Thilo kannte Rispo. Thilo *hasste* Rispo. Thilo würde wissen, wie man ihn am besten schuldig aussehen ließ. Thilo wusste, welcher Spind Josh gehörte. Mir war zwar nicht klar, aus welchem Grund er Manfred zum Stillschweigen hatte bewegen wollen, aber ... das spielte auch keine Rolle. Thilo hatte Motiv und Möglichkeit.

Scheiße, das war nicht gut.

„Was sind das für Infos, Manfred?", sagte ich eindringlich und umfasste fest seine knöchrigen Schultern. „Bitte. Ich sag sie niemandem weiter, ich verspreche es. Aber ich muss es wissen." „Louisa, wenn die Polizei sagt, dass ich niemandem –"

„Aber die Polizei hat keine Ahnung", unterbrach ich ihn wirsch. „Die Polizei ist in diesem Fall vielleicht nicht unser Freund und Helfer, sondern unser Feind."

Manfred sah nun äußerst verwirrt aus. „Unser Feind?"

„Ja!", beharrte ich. „Außerdem: Du kennst mich. Trudi wird dir doch sicherlich einiges über mich erzählt haben. Ich bin ein verantwortungsbewusster Mensch. Ich würde die Informationen nicht im Internet posten. Bitte, Manni, es ist wichtig. Was weißt du?"

Unschlüssig stapfte der ältere Mann von einem Fuß auf den anderen. Schließlich sah er in mein verzweifeltes Gesicht und seufzte schwer. „Schön, aber das hast du nicht von mir."

„Natürlich nicht. Ich träume andauernd von Mordhinweisen. Das weiß die Polizei."

Manni nickte zufrieden. „Okay, du weißt ja, dass ich die Steuer für den Schuppen gemacht habe, oder?"

„Ja."

„Nun. Bei der letzten Jahresabrechnung habe ich gemerkt, dass Glitter sehr viel mehr Geld bekommen hat als jede andere Stripperin. Zuerst dachte ich, da wäre einfach ein Komma verrutscht, und bevor ich einen Fehler mache, frage ich lieber noch einmal nach, weißt du?" Er hob bedeutend die Augenbrauen. „Ich bin ein rechtschaffener Mann und ich habe meinen Beruf immer sehr ernst genommen. Doch Rasso meinte, ich solle mir keine Gedanken machen. Das sei alles richtig so.“

„Okay. Und dann hast du die Sache nicht weiterverfolgt?“

„Nun, ja ... es ist nicht meine Aufgabe, das zu hinterfragen.“

Allmählich ging mir auf, warum der Stripclub Manfred als Steuerberater eingestellt hatte. „Okay. Und der Polizist wollte nicht, dass du diese Information an seine Kollegen weitergibst?“

„Nein. Er meinte, das würde nur das falsche Licht auf Glitter werfen.“

Ja! Darauf, dass sie verdammt noch mal Drogen vertickte! Aber wieso wollte Thilo nicht, dass Jorina verknackt wurde?

„Und sonst? War da noch irgendetwas?“

„Öhm ...“ Nachdenklich kratzte Manfred sich am Kinn. „Ja. Der Stripclub war viel zu lukrativ für einen normalen Stripclub. Mit dem ist immer irgendetwas nicht ganz koscher gewesen.“

Ich lachte trocken auf. „Was du nicht sagst. Aber über Jorina, ich meine Glitter, weißt du sonst nichts?“

Er schüttelte den Kopf. „Nein, mit ihr habe ich nicht oft geredet. Sie war dauernd ausgebucht. Hatte wohl ihre Stammkunden.“

„Okay. Danke.“ Ich ließ ihn los und atmete tief durch.

Wenn Thilo der Täter war ... hatte ich ein Problem. Ich konnte ihn nicht konfrontieren, womöglich würde er mich auch umbringen. Ich konnte mit der Sache nicht zur Polizei gehen, denn ich wusste nicht, wem ich vertrauen konnte – und seien wir ehrlich: Niemand würde den wilden Anschuldigungen glauben, mit denen die

Freundin des frisch verhafteten Polizisten um die Ecke kam.

Was sollte ich jetzt tun? Ich hatte keinen Beweis, ich hatte ... überhaupt nichts. Außerdem ergab das alles keinen Sinn ... noch nicht.

Hatte Thilo Jorina geschützt? Aber warum? War er es gewesen, der die Infos der Polizei an sie weitergegeben hatte?

„Habe ich dir geholfen?", fragte Manni hoffnungsvoll.

Ich schluckte und hob die Achseln. „Ich weiß es nicht", sagte ich wahrheitsgemäß. „Ich ... habe keine Ahnung."

Kapitel 20

Ich hätte es niemals zugegeben, aber das Gefühl, das sich wie ein schwarzer Ball aus Kohle in meinem Herzen festsetzte, als ich wieder in Joshs Auto stieg, war Hoffnungslosigkeit.

Der Fall wuchs mir über den Kopf. Und die einzige Person, die dazu in der Lage war, in einer Paniksituation einen kühlen Kopf zu bewahren, wurde gerade von der Polizei verhört. Josh hätte gewusst, wie weiter vorzugehen war. Mir hingegen gingen die Ideen aus. Ich wusste nicht, wen ich noch befragen sollte. Ich wusste nicht, wo ich noch nach Hinweisen suchen sollte. Ich sah den Wald vor lauter Bäumen nicht, und die Angst, dass Josh wahrhaftig für etwas ins Gefängnis kommen könnte, das er nicht begangen hatte, half meinem Gehirn auch nicht, den Fall noch einmal entspannt aus einer anderen Perspektive zu betrachten.

Ja, schön, ich wusste jetzt, dass Thilo Jorina geschützt hatte. Aber diese Information half mir herzlich wenig. Es brachte mir nichts, einen neuen Verdächtigen zu haben, wenn ich nicht beweisen konnte, dass er der Täter war. Und aus ungefähr jedem Hollywoodstreifen wusste ich, dass Polizisten es nicht gerne sahen, wenn man ihre Kollegen anschwärzte.

Weil mir nichts Besseres einfiel, fuhr ich zu Rispo nach Hause, um mir die Akten noch einmal vorzuknöpfen. Als ich um kurz nach vier erschöpft vor dem Apartmentgebäude parkte, sah ich bereits von Weitem, dass eine Gestalt auf der Treppenstufe zum Eingang saß. Es war Emily und mein Herz sank bei ihrem Anblick gleich noch ein wenig tiefer. Ich hatte nicht die Kraft, mich auch noch um ihre Probleme zu kümmern. Ich hatte wirklich andere Sorgen! Auch wenn sie zugegebenermaßen bemitleidenswert scheiße aussah.

„Hey", murmelte ich tonlos, nickte ihr zu und öffnete die Eingangstür hinter ihr.

„Hey", erwiderte sie kleinlaut. „Tut mir leid, dass ich dich hier überfalle, ich wusste einfach nicht wohin."

Ich nickte und lief ihr voran die Treppen hoch.

„Gott, Lou, ich hätte das wirklich besser lösen können, oder?"

„Ja."

„Es ist nur ... ich war fast froh, als wir die Leiche gefunden haben. Mein erster Gedanke war: Gott sei Dank, jetzt kann ich nächste Woche unmöglich heiraten, das wäre ja viel zu stressig. Aber ich wusste nicht, wie ich Finn das sagen sollte, und ... dann ist alles plötzlich eskaliert."

„Ich weiß, ich war dabei."

Ich hatte Joshs Wohnungstür erreicht und sperrte sie ebenfalls auf. Mein Kater, der zwischen all den Pflanzen wie eine Miniaturversion von Baghira aus dem Dschungelbuch aussah, begrüßte mich mit einem vorwurfsvollen Maunzen. *Du hast mich vernachlässigt,* übersetzte ich grob.

„Sorry, Twinky", murmelte ich und ging geradewegs auf die Couch zu, auf der noch immer die Akten lagen.

„Ich wusste mir nicht zu helfen", fuhr Emily fort. „Aber es ist so kompliziert, ich wi–"

„Emily!", schnitt ich ihr das Wort ab und wirbelte zu ihr herum. „Es geht nicht immer nur um dich! Meine Güte, komm von deinem goldenen Einhorn runter zu uns Normalsterblichen!"

Perplex sah Emmi mich an. „Was?"

Ich atmete tief ein und aus. So wie ich es in den letzten Stunden gefühlt hundertmal getan hatte. „Ich würde dir wirklich gerne bei deinem emotionalen Dilemma helfen, aber ich kann nicht! Josh wurde festgenommen und wird wegen der Leiche auf meinem Sofa womöglich in den Knast wandern. Ich habe einen Verdächtigen, aber keine Beweise für seine Schuld, und keine Idee, wie ich an welche kommen soll. Ich brauche Ruhe, damit ich *nachdenken* kann! Okay? Also: Halt die Klappe und hilf mir, oder geh!"

„Josh wurde ... was?" Entgeistert sah Emily mich an. „Oh mein Gott. Das ist ja ... richtig scheiße."

„Ich weiß", antwortete ich gereizt, ließ mich auf die Couch fallen und zog die Mordakte zu mir heran.

„Okay. Tut mir leid." Emily hob entschuldigend die Hände. „Ich hatte keine Ahnung. Ich will dir helfen. Erzähl mir, was du weißt. Vielleicht fällt mir ja was auf."

Einen Versuch war es wert, deswegen nickte ich.

„Jorina war nicht nur Stripperin, sie hat Drogen verkauft. Sie wollte jedoch aus dem Geschäft raus. Entweder aus dem Stripgeschäft oder aus dem Drogengeschäft oder aus beidem. Sie hatte eine Menge Stammkunden und die Fähigkeit, jedem Kerl einzureden, dass sie ihn liebte. Sie war Verdächtige bei dem Drogenfall, den Josh zusammen mit Thilo und ein paar anderen Polizisten untersucht hat, jedoch nicht Hauptverdächtige. Außerdem wurde sie nur für kurze Zeit beschattet. Sie hat Informationen über die Polizei und ihre nächsten Schritte gesammelt und war deswegen sehr wichtig für den Drogenring. Ich glaube, dass sie diese Infos von einem Polizisten bekommen hat. Von Thilo."

Emily nickte, um mir zu bedeuten, dass sie mir noch folgen konnte.

„In der Nacht ihres Todes war sie im *Dreieck*, hat sich mit irgendjemandem im Bad gestritten, der sie zum Weinen gebracht hat. Sie meinte, sie wäre aufgeflogen ..."

„Womit aufgeflogen?", hakte Emily nach.

„Ich weiß es nicht. Vielleicht hat sie Thilo mehr Informationen gestohlen, als er ihr geben wollte. Vielleicht ..." Ich schüttelte den Kopf. „Nein, keinen Schimmer."

„Sie hat Thilo verarscht?", schlug Emily vor. „Männer mögen es nicht, verarscht zu werden. Es kratzt an ihrem Ego."

„Ja, vielleicht ... nur womit?"

Es schien nicht zu passen. Thilo war kein Mensch, der sich leicht hinters Licht führen ließ. Er war ein Arschloch, aber er war ein verdammt guter Polizist. Das hatte Josh gesagt. Und warum sollte er Jorina Informationen weitergeben? Was hatte er sich dadurch erhofft? Er war ein attraktiver Kerl. Er hätte jede Frau haben können. Sicher auch Jorina. Hatte er Geld von ihr bekommen? Aber wäre das nicht aufgefallen?

„Okay, ich habe eine ganz andere Frage", meinte Emily langsam. „Wenn es Thilo war ... wie ist er in deine Wohnung gekommen? Hast du schon eine Antwort darauf?"

Ich schüttelte steif den Kopf und rang die Tränen nieder, die sich immer wieder in meine Augen stahlen. „Nein."

Denn es war unmöglich! Die Wände meiner Wohnung waren sehr stabil, und ein großes Loch in meinem Boden, durch das Einbrecher fröhlich ein- und ausspazieren konnten, hatte ich auch nie entdecken können.

Mir fehlten also nicht nur Motiv und Beweis. Mir fehlte auch der gesamte Tathergang!

Emily nickte abwesend und kaute auf ihrer Unterlippe herum. „Ich kenne Thilo nicht. Wirkt er wie ein korrupter Bulle?"

„Nein. Natürlich nicht. Aber er wäre auch sehr schlecht darin, korrupt zu sein, wenn man es ihm ansehen könnte, oder?"

„Auch wieder wahr."

Seufzend lehnten wir uns beide auf der Couch zurück. Ich wollte gerade die Akte auf meinem Schoß öffnen, als mich eine kalte Fellnase am Bein anstupste. Twinky, der offensichtlich spielen wollte. „Ich habe gerade keine Zeit, Twinky", meinte ich entschuldigend und öffnete die Mappe.

Twinky miaute laut und stieß dann wieder mit dem Kopf gegen mein Schienbein. Diesmal etwas bestimmter. Verärgert beugte ich mich vor ... und hielt verdutzt inne. Er hatte mir etwas vor die Füße geschmissen. Etwas, das ich vermutlich für ihn werfen sollte.

„Woher hast du das?", murmelte ich verwirrt, beugte mich stirnrunzelnd vor und hob Twinky neben mich auf die Couch, um den gold-rötlich-glitzernden Gegenstand vor meinen Füßen näher betrachten zu können. Es war eine Art Ball ... nein, ein Knopf.

Emmi streckte die Hand danach aus, doch ich fischte sie hektisch aus der Luft. „Nein, nicht anfassen! Ich glaube ... ich glaube, da ist Blut dran." Der Knopf schimmerte rötlich. Ich beugte mich weiter vor, betrachtete den goldenen Knopf, der mir vage bekannt vorkam ... „Moment", murmelte ich langsam.

„Was?" Aufgeregt sah Emily mich an.

„Twinky hat den Knopf apportiert."

„Und?", fragte sie zweifelnd.

„Du verstehst nicht: Wenn jemand etwas wegwirft, sammelt Twinky es ein und schleppt es in seine Transportbox. Mir gehört der Knopf nicht. Er muss jemandem in meiner Wohnung von der Jacke gesprungen sein und es ist Blut dran, also ..."

„Gehört er dem Mörder?"

„Möglich ..." Ich neigte den Kopf zur Seite, sah mir den Knopf genauer an. Ich kannte ihn. Doch woher?

Josh würde eher tot umfallen, als ein Hemd oder eine Jacke mit klobigen, goldenen Knöpfen ...

Verblüfft öffnete ich den Mund und richtete mich abrupt auf. „Oh mein Gott", flüsterte ich und legte die Finger an die Lippen. „Ich bin so dämlich."

„Was?"

„Ich habe zu eilige Schlüsse gezogen!" Hastig öffnete ich die Akte und blätterte fast bis zum Schluss. Bis zu dem Abschnitt, der Jorina gewidmet worden war. Der Abschnitt, der mit dem Urteil *Kein dringender Tatverdacht* endete. Unterzeichnet von Stetter und Sösser.

Adrenalin pumpte durch meinen Körper und brachte mein Herz zum Flattern.

Der Mörder musste durch die Tür in meine Wohnung gekommen sein. Er musste einen Schlüssel gehabt haben. Ich war die ganze Zeit davon ausgegangen, dass niemand die Schlüssel benutzt hatte, die ich im *Dreieck* verloren hatte. Ich hatte geglaubt, dass sie einfach so zwischen die Polster gerutscht waren. Doch was, wenn ich komplett falsch gelegen hatte? Und verdammt, das kam vor!

„An meinem Schlüssel …", sagte ich langsam. „An meinem Schlüssel waren keine Fingerabdrücke. Keine anderen Fingerabdrücke außer meine … und die von Sösser."

„Sösser, wer ist Sösser?", fragte Emily verwirrt.

„Der Polizist, der mein Handy und meine Schlüssel vermeintlich dämlich ohne Handschuhe angefasst hat!"

Aber was, wenn er gar nicht dämlich gewesen war? Wenn er in Wirklichkeit sogar sehr klug gewesen war? Wenn er die Dinge absichtlich ohne Handschuhe angefasst hatte. Weil seine Fingerabdrücke ohnehin schon drauf gewesen waren.

„Shit", fluchte ich und sprang auf. „Ich hatte einen Denkfehler! Es ist nicht Thilo."

Thilo war nicht der einzige Bulle im *Pussycat* gewesen. Sein Partner war bei ihm gewesen. Ich hatte mich nur nicht sofort an ihn erinnert, weil Sösser ein Typ war, den man sofort wieder vergaß. Weil er die Sorte von Mann war, dessen Vornamen man sich nicht merkte. Die Sorte, die sich mehr nach weiblicher Aufmerksamkeit sehnte als nach frischer Luft zum Atmen. Manfred musste *ihn* gemeint haben, nicht Thilo! Doch über diese Option hatte ich überhaupt gar nicht nachgedacht. Weil er unscheinbar war. Weil er sich unterbuttern ließ. Weil er die Art von Mann war, die alles für eine

Frau tun würde, die behauptete, ihn zu lieben. Die Art von Mann, die durchdrehen würde, wenn sie herausfand, dass Jorina ihn belogen hatte. Dass sie ihn an der Nase herumgeführt hatte, um an Informationen von der Polizei zu kommen.

„Scheiße!", fluchte ich, und eine Welle der Euphorie durchströmte mich. Denn es ergab Sinn! So viel mehr Sinn, als Thilo es als Täter getan hatte. „Sösser ist der Mörder. Thilos Partner. Er hat sie umgebracht. Gott, wir müssen los", sagte ich fahrig, sprang auf, rannte in die Küche und riss die Schubladen auf, auf der Suche nach einem Frischhaltebeutel. „Wir haben einen verdammten Beweis!" Der Knopf stammte von der Zirkusuniform, die Sösser getragen hatte, als ich ihm das erste Mal begegnet war. Hatte dort einer gefehlt? Ich wusste es nicht mehr, doch das war unwichtig. Es *musste* seiner sein. Er musste meinen Schlüssel gestohlen und ihn dann am nächsten Abend wieder mitgebracht haben. Damit er ihn wie zufällig im *Dreieck* finden konnte.

„Was? Wohin müssen wir los?", fragte Emily verwirrt, während ich den Knopf mithilfe der Tüte vom Boden aufklaubte. Wahrscheinlich hing Twinkys DNA dran, aber wenn wir Glück hatten, könnte man das Blut Jorina zuordnen, den Knopf Sösser und dann ... dann sollte er erst einmal erklären, wie die Körperflüssigkeit des Mordopfers auf seiner Jacke und sein Knopf in meiner Wohnung gelandet war.

„Lou?", rief Emily verdattert, während ich schon dabei war, meine Schuhe anzuziehen. „Wohin fahren wir?"

„Zur Polizei! Den Knopf abgeben. Sösser beschuldigen."

„Aber werden sie dir glauben?", fragte Emily zweifelnd. „Es ist schon ein riesiger Zufall, dass du den Knopf genau jetzt findest, oder?"

„Aber es *war* ein Zufall!"

„Ja, aber ... die Polizei steht nicht auf deiner Seite, Lou. Du bist die durchgeknallte Blumendetektivin, dessen Freund gerade wegen Mordes verhört wird."

Ich schluckte, denn sie hatte recht. Doch was blieb mir für eine Wahl? „Wir müssen es versuchen", flüsterte ich und stürmte im nächsten Moment aus der Tür.

Ich fuhr zu schnell.

Das merkte ich daran, dass Emily sich mit beiden Händen an den Griff über dem Beifahrerfenster klammerte. Ein wenig auch daran, dass jedes zweite Auto mich anhupte. Doch es war mir egal. Ich hatte ein Ziel vor Augen und ich würde mir sicher keine Zeit dabei lassen, es zu erreichen.

Ich kannte den Weg zum Hauptpräsidium der Polizei Köln mittlerweile besser als den Weg von meiner Couch zum Kühlschrank – was wirklich was heißen sollte. Ich hätte es wahrscheinlich als meinen Zweitwohnsitz angeben können, doch die Betonfassade und die sterilen Gänge waren mir einfach nicht gemütlich genug.

Je näher wir dem Präsidium kamen, desto nervöser wurde meine Schwester.

„Sie werden deine Kleidung nicht nach Spuren von Marihuana absuchen, Emmi", sagte ich, als wir nur noch eine Querstraße entfernt waren. „Du kannst dich entspannen."

Sie verdrehte die Augen in meine Richtung, wirkte jedoch sofort etwas entkrampfter.

Ich bog auf den großen Vorgarten aus Beton ab, den die Polizei Parkplatz schimpfte, und warf noch einen Blick auf Emmis Schoß, auf dem die Plastiktüte mit dem goldenen Knopf ruhte. Keine fünf Meter vom Haupteingang entfernt fuhr ich in eine Parklücke, stellte den Motor aus ... und blieb sitzen.

Scheiße. War das überhaupt ein Beweis? Ein goldener Knopf, auf dem vielleicht Blut, vielleicht aber auch nur Katzensabber zu finden war?

Unschlüssig rang ich die Hände ineinander, fixierte den Haupteingang, sah wieder zu Emily.

„Gehen wir rein?", fragte meine Schwester, als ich das dritte Mal die Hand nach dem Türgriff ausstreckte, im letzten Moment aber wieder zurückzog.

„Ich bin mir unsicher", gestand ich. Die Polizei war mir sehr viel sympathischer, als ich Rispo noch hatte, der mir Rückendeckung gab. Unschlüssig starrte ich wieder zum Eingang, der sich gerade öffnete. „Was, wenn ..." Ich brach ab und mein Herz sprang mir in die Luftröhre.

„Ja?", fragte Emily ungeduldig. „Lou, wenn du nicht in vollständigen Sätzen kommunizierst, verstehe ich ..." Sie hielt ebenfalls inne. Vielleicht, weil sie dasselbe beobachtete wie ich.

Sösser war aus dem Präsidium getreten ... einen roten Jutebeutel über die Schulter geworfen. Er sah sich hektisch zu beiden Seiten um, richtete seine Waffe, die er am Gürtel trug, und eilte dann zwischen den geparkten Autos hindurch.

Ruckartig wandte ich mich in meinem Sitz um und folgte ihm mit dem Blick. Er sah so furchtbar unscheinbar aus. Wie ein Teddybär. Doch da war dieser verdammte rote Beutel ... der Beutel, der dem, den Trudi beschrieben hatte, sehr ähnlich sah. Denn er war ... nun, rot!

„Er ist Winnie Puuh", murmelte Emmi. „Winnie Puuh, der Stripper-Tigger umgebracht hat. Das ist einfach nicht richtig."

Sie sagte es.

Sösser blieb stehen, zog etwas aus seiner Hosentasche hervor und setzte sich im nächsten Moment hinter das Steuer eines roten Fiat Pandas.

Meine Güte, selbst sein Auto war ein knuffiger Bär!

Mein Blick schwankte kurz zwischen dem Präsidium und dem roten Wagen hin und her, schließlich schüttelte ich den Kopf und startete das Auto. Was wusste ich, wie viel ein blutiger Knopf bei der Polizei wert war? Ich brauchte einen soliden Beweis! Ein Geständnis. Fotos einer kompromittierenden Tat. Wie zum Beispiel der einer Geldübergabe. Oder einer Drogenübergabe. Irgendetwas.

„Was tust du?", fragte Emily mit großen Augen, als ich vorwärts aus der Parklücke fuhr.

„Wonach sieht es aus?"

Der Fiat Panda bog rechts vom Parkplatz und ich musste mir Mühe geben, nicht aufs Gas zu drücken und ihm hinterherzupreschen. Ich musste vorsichtig sein. Wenn Sösser merkte, dass ich ihn verfolgte, würde er nie etwas Illegales tun. Ich war auf einmal unendlich froh darüber, Joshs Auto genommen zu haben. Mein Passat war eine einzige Louisa-Manu-Leinwand.

„Es sieht danach aus, als hättest du den Plan geändert.“

„Ja, bei der Mördersuche muss man sehr flexibel sein.“

Ich fuhr ebenfalls vom Parkplatz und bemerkte erleichtert, dass der Panda an einer Ampel hatte halten müssen und drei Autos zwischen uns lagen. Mein Puls schlug heftig an meinem Hals und ich versuchte meinen Atem zu regulieren. Ich konnte unauffällig sein, wenn ich wollte. Das war es, was ich mir jetzt einreden musste.

„Lou, ich möchte dich nicht demotivieren, aber ... was genau hast du vor?“

Ach, wenn ich das gewusst hätte, wäre ich sehr viel weniger nervös gewesen. „Ich werde ihn verfolgen“, stellte ich klar.

„Aha. Und dann?“

„Hoffen, dass er irgendwo hinfährt, wo er nicht sein sollte, um mit jemandem zu reden, mit dem er nicht reden sollte, oder etwas zu tun, das er nicht tun sollte.“ *Hoffen, dass der rote Jutebeutel nicht einfach nur ein roter Jutebeutel ist.*

„Das Wort *hoffen* macht mich in diesem Kontext ein wenig ängstlich“, gab Emily zu.

Ja, mich auch. Aber bis jetzt hatte hoffen bei mir immer funktioniert. Darin durfte ich mein Vertrauen nicht verlieren.

Die nächsten zehn Minuten verbrachten wir schweigend. Das war gut so, denn im Kölner Abendverkehr ein bestimmtes Auto nicht aus den Augen zu verlieren, war in etwa so, wie seine Lieblingsameise, die man mit einem unsichtbaren Kreuz markiert hatte, in einem

Ameisenhaufen im Blick zu behalten. Sösser fuhr in Richtung Ehrenfeld. So viel konnte ich zumindest sagen. Diese Tatsache ließ Adrenalin und Endorphine gleichzeitig durch meinen Körper pumpen. Denn der Stripclub lag in Ehrenfeld – und dort war schon einmal ein roter Jutebeutel mit Geld ausgetauscht worden.

Wir quälten uns durch eine Unzahl an Einbahnstraßen, an Baustellen vorbei, die frühestens zusammen mit dem Dom finalisiert werden würden, und die ganze Zeit über zwang ich mich dazu, genug Abstand zu wahren. Stetig darauf bedacht, ein paar Autos zwischen uns zu lassen. Doch Sösser machte sich nicht einmal die Mühe, sich umzusehen. Warum sollte er auch? Er war der unsichtbare Polizist. Der Mann, den man sofort wieder vergaß. Niemand verdächtigte ihn. Und als er schließlich eine Querstraße vom *Pussycat* entfernt parkte, fuhr ich einfach an ihm vorbei. Es war glasklar, wo er hinwollte. Die Frage, die blieb, war: Was hatte er vor?

Hatte er vielleicht doch gemeinsame Sache mit dem Drogenkartell gemacht? Ich hatte geglaubt, dass sein einziger Kontaktpunkt Jorina gewesen war, aber vielleicht irrte ich mich ja. Ich hatte das Puzzle nur zur Hälfte gelöst, möglicherweise übersah ich immer noch einige Teile.

Ich bog die nächste Straße links ab und nahm den ersten freien Parkplatz. Dann blieb ich sitzen, schwer damit beschäftigt, den stetig wiederkehrenden Kloß in meinem Hals hinunterzuschlucken.

Was jetzt?

„Was jetzt?", fragte Emily wie auf Kommando.

Unschlüssig rang ich die Hände ineinander, während mein Blick zum Handschuhfach glitt. Dort, wo Rispos Pistole lag.

Ich hielt nicht viel von Waffen, außer man fügte ihnen in der Mitte noch ein L hinzu, aber ... Scheiße. Ich fühlte mich überhaupt nicht wohl bei dem Gedanken, sie mitzunehmen – aber noch unwohler fühlte ich mich bei der Vorstellung, mit leeren Händen in den Stripclub zu spazieren.

Andererseits wollte ich nichts Gefährliches tun. Ich wollte lediglich ein paar Fotos von dem machen, was Sösser drinnen tat. Oder aufnehmen, was er sagte. Wenn ich ehrlich war, war ich verzweifelt. Ich wusste, dass es dumm war, in den Club zu spazieren und auf das Beste zu hoffen. Aber was hatte ich für eine Wahl?

Renn nicht allein los, um den Mörder zu fangen!

Rispos Stimme hallte wie ein penetrantes Summen in meinem Kopf wider und ich zog eine Grimasse.

Er hatte recht. Es wäre dumm, ohne Back-up reinzugehen. Und Emily, die in etwa so gefährlich war wie ein Hamster mit Hormonschwankungen, zählte nicht. Gott war das gruselig. Etwas zu tun und zu wissen, dass Josh mich diesmal nicht würde retten können.

Aber was sollte ich machen? Ich konnte nicht die Polizei rufen. Erstens würden sie mir nicht glauben, zweitens wusste ich nicht mehr, wem ich vertrauen konnte, und drittens ... Moment. Das stimmte nicht. Es gab jemanden, dem ich vertraute. Wieso hatte ich da nicht eher dran gedacht?

Ich zog mein Handy aus der Tasche und drückte die Wahlwiederholungstaste.

„Wen rufst du an?", fragte Emily verwundert.

„Einen Ritter in glitzerndem Anzug", murmelte ich und atmete erleichtert aus, als Marvin beim nächsten Klingeln abhob.

„Held?", meldete er sich.

Ich lachte freudlos auf. Denn ja, genau den suchte ich jetzt. „Marvin, hier ist Louisa ... ich brauche deine Hilfe."

„Was? Hilfe?" Marvins Stimme rutschte panisch in die Höhe.

„Ja. Ich glaube, ich weiß, wer der Täter im Mordfall Jorina Stelz ist. Er geht jetzt jede Minute in den Stripclub, um irgendetwas zu tun, das ihn möglicherweise belasten wird."

„Ähm ... okay. Das hört sich sehr vage an."

„Es *ist* sehr vage", gab ich zu. „Aber er hat einen roten Jutebeutel dabei und vielleicht ist dort Geld drin, und wenn ich ihn jetzt nicht erwische, dann kriege ich womöglich nie den Beweis, um Josh zu entlasten, also ..." Ich atmete zitternd ein. „Also werde ich trotzdem gleich reingehen, um das Ganze aufzunehmen."

„Jesus, Maria und Toastbrot, nein! Tu das nicht." Marvins Stimme glich mittlerweile der einer kastrierten Elfe. „Louisa, das ist Wahnsinn! Du kannst nicht einfach da reinspazieren. Du bist Blumenverkäuferin!"

„Blumenladeninhaberin", korrigierte ich ihn. „Und deswegen rufe ich dich an. Du musst vorbeikommen und mir helfen."

„*Wobei* helfen? Irgendwo einzubrechen? Das entspricht nicht meiner Jobbeschreibung! Um wen geht es hier überhaupt? Wen verdächtigst du und warum und ..."

„Sösser, Marvin. Deinen Kollegen Sösser. Er hat vertrauliche Informationen weitergegeben, er ..." Ich brach ab. „Ich habe jetzt keine Zeit, es dir zu erklären, Marvin. Wenn ich mich jetzt nicht beeile, ist er weg und ich muss wieder bei null anfangen", sagte ich hitzig. „Also bitte, komm einfach her! Oh und wo ich dich gerade an der Strippe habe: Wie benutzt man eine Waffe?"

„*Was?*"

Ach, blöde Frage. Das konnte ich gleich auch googeln. Wozu gab es das Internet, wenn nicht um Bomben zu bauen und herauszufinden, wo man eine Pistole entsicherte? „Vergiss es. Beeil dich einfach", murmelte ich und legte auf.

Dann öffnete ich das Handschuhfach, holte Rispos Waffe raus und stieg aus dem Auto.

Kapitel 21

„Lou", zischte Emily und eilte geduckt neben mir her. „Lou, ich glaub du drehst endgültig durch! Du hast noch nie eine Pistole in der Hand gehabt, geschweige denn auf jemanden geschossen. Du bist nicht Kim Possible. Du bist unsportlich, tollpatschig und laut. Das hier ist eine superdumme Idee. Und wenn selbst *ich* das sage, dann sollten bei dir längst alle Alarmglocken schrillen!"

Oh, das taten sie. So laut, dass ich meine Schwester kaum verstand. Aber was hatte ich für eine Wahl? Wie lange brauchte man, um einen Jutebeutel voller Geld auszutauschen? Marvin würde zu spät kommen – und ich würde Rispo nicht im Knast verrecken lassen. Nicht, wenn ich es verhindern konnte. Nicht, wenn unsere Kinder meine Augen und seine Haare haben könnten!

„Ich habe nicht vor, die Waffe zu benutzen", wisperte ich und sah mich aufmerksam um. „Aber falls ich jemanden einschüchtern muss, könnte sie nützlich sein." Wir befanden uns auf der Rückseite des Stripclubs, auf dem kleinen Weg, den ich heute Morgen noch zusammen mit Josh gegangen war. Doch offenbar waren wir die Einzigen hier, denn egal wie oft ich mich umsah, ich konnte keine Menschenseele entdecken. Blieb nur zu hoffen, dass die Hintertür seit heute Morgen nicht wieder verschlossen worden war.

„Lou, komm schon!", flüsterte Emmi verzweifelt. „Ich mag es, zu atmen. Ich mag es, zu leben. Ich mag es, nicht tot am Boden zu liegen. Ich werde da nicht reingehen!"

„Das sollst du auch gar nicht. Ich werde gehen. Du stehst Schmiere, schickst Marvin nach, sobald er kommt, und ... und guckst vielleicht mal nach dem Rechten, wenn ich in zehn Minuten nicht wieder draußen bin."

„Oh Gott ... du meinst das wirklich ernst!" Emilys Gesicht hatte innerhalb der letzten Minuten bedrohlich an Farbe verloren ... und ich wollte mir gar nicht ausmalen, wie ich aussah.

„Natürlich meine ich das ernst! Es muss ja auch gar nicht gefährlich werden ... ich werde mich zum Schatten machen."

„Ein Scheinwerfer kann kein Schatten sein, Lou!"

Ach, sie redete Blödsinn. Ich war kein Scheinwerfer. Höchstens eine Energiesparlampe.

Wir waren an der Tür angelangt, die zum Hinterhof des Clubs führte, und ich streckte den Rücken durch, bevor ich noch einmal meine Hände an der Hose abwischte, damit mir die Pistole nicht aus Versehen aus den Fingern glitt.

„Hör auf, mich so anzusehen, Emmi", wisperte ich. „Ich werde schon nicht draufgehen. Ich bin zäh. Ich habe Glück. Ich kann mich gut auf den Boden werfen. Mir kann unmöglich etwas passieren." Und wenn ich das noch hundertmal wiederholte, glaubte ich mir vielleicht selbst irgendwann.

Emmi schluckte hörbar, doch schließlich nickte sie. „Schrei um Hilfe, wenn du mich brauchst. Dann ... komm ich rein."

Ich lächelte sie dankbar an und drückte vorsichtig die Klinke der Metalltür. Sie war unverschlossen. „Wünsch mir Glück“, flüsterte ich, bevor ich sie vorsichtig öffnete und hindurchschlüpfte, als ich niemanden dahinter entdecken konnte.

Mit einem leisen Klicken ließ ich das Metall zurück ins Schloss gleiten – und die plötzliche Stille, die mich umgab, spürte ich bis in die Knochen. Der Hinterhof sah noch genauso leer und unbenutzt aus wie heute Morgen, also hielt ich mich nicht lange hier auf.

Bevor ich auch die nächste Tür öffnete, drückte ich mein Ohr dagegen. Entweder bewegte sich dahinter jedoch nichts oder sie war so massiv, dass sie keinen Ton durchließ. Ich hoffte stark auf Ersteres und drückte auch diese Klinke hinunter.

Das Gute war, dass ich hinter der Tür keine Menschen erkennen konnte. Das Schlechte, dass ich auch sonst nichts erkennen konnte. Bis auf den fahlen, schmalen Lichtschein der schwächlich glänzenden Sonne hinter mir, lag der Gang in vollkommener Schwärze vor mir. Ich konnte kaum einen Meter weit sehen. Da Umkehren jedoch auch keine Option mehr war, zog ich die Tür gerade weit genug auf, dass ich hindurchpasste, und zwängte mich in den Flur. Sobald ich die Tür hinter mir schloss, umfing mich eine tiefe, gnadenlos schwarze Dunkelheit, begleitet von einer ernüchternden Stille, die auf mich niederdrückte wie eine schwere Eisendecke.

Ich drängte mich an die Wand, horchte auf und hielt den Atem an. Denn jeder Luftzug, jeder Schritt schien wie hunderte Paukenschläge von Boden, Decke und Wänden widerzuhallen. Mir war bewusst, dass das wahrscheinlich nicht stimmte, und dennoch wagte ich es nicht, mich zu bewegen. Eine Mischung aus Angst und Adrenalin pumpte durch meinen Körper und hielt mich an Ort und Stelle. Doch das würde niemandem helfen. Ich musste weiter, Sösser finden. Licht zu machen war nicht möglich, sonst würde ich schneller gefunden als Waldo auf einem leeren Parkplatz. Mir blieb also nichts anderes übrig, als mich in der Dunkelheit weiter vorzuarbeiten.

Ich hielt Rispos Pistole fest umklammert, während ich vorsichtig einen Fuß vor den anderen setzte, auf der Suche nach einem Lichtschein. Ich meinte, am Ende des Ganges etwas zu erkennen, doch das hätten auch nur die weißen Punkte sein können, die vor meinen Pupillen tanzten. Angestrengt verengte ich die Augen, um besser sehen zu können, lief vorsichtig weiter, immer weiter ... da stolperte ich über etwas Weiches, Großes und es riss mich der Länge nach zu Boden.

Die Pistole knallte auf den PVC und schlitterte aus meiner Hand. Mein Schienbein streifte etwas Kaltes, Glattes und mein Knöchel blieb in einem Berg aus Stoff hängen. Hastig rollte ich mich zur Seite, weg von dem lebensgroßen Etwas, das ich nicht identifizieren konnte. Ich tastete verwirrt mit den Fingern danach, berührte etwas Seidiges, Haariges, das ... oh mein Gott.

Ich schlug die Hand vor den Mund, um mein Keuchen zu ersticken, und presste die Lippen aufeinander, um nicht aufzuschreien.

Es war ein Mensch. Ich war über einen kalten, regungslosen Menschen gestolpert.

Übelkeit flutete meinen Magen, drängte sich meinen Hals hinauf und ließ mich würgen. Ich hielt den Atem an und wandte hastig das Gesicht ab. Meine Augen tränten, mein ganzer Körper versteifte sich, doch ich riss mich zusammen. Es war eine Leiche. Nur eine Leiche. Mit denen war ich bekannt. Wimmernd tastete ich nach der Waffe, die Gott sei Dank noch gesichert und nicht losgegangen war, und rappelte mich vom Boden auf, während ich gegen das flaue Gefühl ankämpfte, das auch meine letzte Pore für sich vereinnahmt hatte. Zum ersten Mal war ich dankbar für die Dunkelheit. Dankbar dafür, dass ich den leblosen Körper nicht sehen konnte. Dankbar dafür, dass ich nicht in die Blutlache gefallen war, die womöglich existierte.

Ich zwang meinen Atem zur Ruhe, unterdrückte die Tränen, die in meinen Augenhöhlen brannten, und lauschte in die Dunkelheit. Noch immer konnte ich nichts hören. Niemand war auf den Lärm aufmerksam geworden, den ich soeben veranstaltet hatte.

Doch jetzt, da ich den Kopf gehoben hatte, erkannte ich einen schmalen Lichtstreif, der von der letzten Tür zur Rechten herrührte. Der Tür, die in den Clubraum führte.

Scheiße. Es war unmöglich für mich, unbemerkt dort hineinzugelangen. Die Tür war vom Tanzsaal aus gut sichtbar, und wenn er nicht gerappelt voll war, würde es auffallen, wenn sich eine Person dort hineinstahl. Aber musste es nicht noch eine Hintertür geben? Von irgendwo kamen die Mädchen schließlich auf die Bühne.

Ich wandte mich zur anderen Seite, tastete mit der Hand an der Wand entlang, bis ich das kalte Metallblatt einer weiteren Tür spürte. Sie war ebenfalls unverschlossen. Langsam drückte ich die Klinke, zog sie

einen Spalt auf und betrachtete den gedämpften Lichtstrahl, der über meine Schuhe floss. Den Lichtstrahl,
der so schwach war, dass man ihn vom Flur aus nicht
hatte erkennen können, und diesmal ... diesmal hörte
ich etwas. Zwei leise, kaum verständliche Stimmen. Die
eine ruhig und gedehnt. Die andere aufgeregt und hektisch.

Und beide von ihnen kannte ich. Dennoch konnte ich
die erste nicht ganz zuordnen. Sie war mir bekannt und
gleichzeitig fremd.

„... so aus, als würden wir in einer Pattsituation stecken“, sagte die ruhige Stimme. „Oder siehst du einen
Ausweg aus diesem Dilemma?“

„Wir ... wir könnten beide einfach gehen. Beide die
Klappe halten. Beide ... beide einfach verschwinden.“
Das war Sösser und er klang nicht glücklich.

Ich schob mich langsam weiter durch die Tür, erkannte einen mit Kabeln ausgelegten Flur, der von einer großen Holzwand, durch dessen Ritzen das Licht
drang, vom Innenraum des Stripclubs abgeschirmt
wurde. Eine schmale Rampe, keine drei Meter von mir
entfernt, führte zu einem schweren, halb geöffneten
Samtvorhang, hinter dem höchstwahrscheinlich die
Bühne lag. Mühsam darauf bedacht, keinen Ton von
mir zu geben, ließ ich die Tür wieder ins Schloss gleiten
und stieg über die Kabel hinweg. Die Waffe hielt ich
nach vorn ausgestreckt, während ich vorsichtig mein
Handy aus der Hosentasche zog und die Aufnahme-
funktion betätigte. Ich würde meinen verdammten Beweis bekommen!

„Siehst du, mit dem Ausgang dieser Situation wäre
ich überhaupt nicht zufrieden“, bemerkte die andere

Stimme entschuldigend. „Mein Leben ist fantastisch. Deins ist scheiße. Ich hätte so viel mehr zu verlieren. Und du hast schon meine beste Dealerin umgebracht, nicht zu vergessen, die Frau, mit der ich eine Menge grandiosen Sex hatte. Da erscheint es mir nicht fair, wenn du einfach so davonkommst.“

„Deswegen habe ich doch das Geld dabei“, sagte Sösser laut.

„Ja, nur … Geld interessiert mich nicht. Geld habe ich genug. Außerdem kann ich wirklich nicht riskieren, dass du jedem deiner Bullenfreunde verrätst, wer der *Chef* ist, wie sie mich so liebevoll nennen.“

Leise löste ich die Sicherung der Waffe, genau so, wie es mir das YouTube-Video erklärt hatte, und lief behutsam die Rampe nach oben, immer darauf bedacht, hinter dem schweren Vorhang versteckt zu bleiben. Mein Handy steckte ich mit dem Mikrofon nach oben in meine Hosentasche. Ich brauchte nur eine halbwegs vernünftige Tonaufnahme, in der Sösser und der andere sich belasteten. Dann war ich hier wieder weg.

„Ich würde es niemandem erzählen. Ich will einfach nur, dass alles vorbei ist“, sagte Sösser mit zitternder Stimme.

„Aber genau das biete ich dir doch an. Lass mich dich umbringen, dann haben wir beide kein Problem. Du würdest ohnehin demnächst Selbstmord begehen, weil du nicht damit zurechtkommst, die Frau umgebracht zu haben, von der du dachtest, dass sie die Mutter deiner Kinder wird.“ Die Stimme, die mir seltsam bekannt vorkam, holte seufzend Luft. „Und wer zum Teufel steht da eigentlich hinter dem Vorhang und hat Angst rauszukommen? Entweder du beteiligst dich an der

Unterhaltung oder ich schieß drei Löcher in den Samt und du bist weg vom Fenster. Aber diese mangelnde Entscheidungsfähigkeit macht mich kirre!"

Ich zuckte zusammen und die Pistole wackelte in meiner Hand. Mein Herzschlag beschleunigte sich, das Blut rauschte in meinen Ohren. Er konnte nicht mich ...

„Ja, ich meine dich. Das hier ist ein Stripclub, die Lampen neben dem Vorhang gehen an, wenn jemand die Rampe betritt und bereit ist, aufzutreten."

Was? Wieso sagte mir das denn niemand?!

Das Adrenalin in meinen Adern gefror zu Angst. Die Angst erhitzte sich zu Panik ... ich sollte weglaufen. Jetzt. Doch ich konnte meine Füße nicht bewegen. Und das Licht hier hinten war so schummerig, dass ich kaum etwas sehen konnte. Außerdem würde der Typ mit der Waffe von der anderen Seite womöglich direkt schießen, sobald er eine Bewegung wahrnahm. Ich könnte zur Seite, aus der Schussbahn springen ... doch wenn ich auf den Kabeln landete, würde ich mich womöglich darin verheddern. Und wenn ich mich nicht rechtzeitig aufrappeln konnte und die Männer von der anderen Seite des Vorhangs schneller waren als ich, würde ich ohnehin sterben.

Nein. Es war zu spät, um wegzulaufen. Angriff war die beste Verteidigung. Ich war nicht hilflos. Ich hatte eine Waffe.

Aber du weißt nicht, wie man sie bedient, Louisa!

„Weißt du, ich habe wirklich kein Problem damit, dich kaltzumachen. Der Stripclub wird ohnehin geschlossen, ich kann ihn nicht mehr gebrauchen. Da macht ein kaputter Vorhang – oder eine Leiche mehr oder weniger – keine Umstände. Ich ..."

„Okay", rief ich, während mein Herz so heftig gegen meine Brust schlug, dass es wehtat. „Ist ja schon gut. Ich komme raus. Nicht schießen."

Ich atmete tief ein, hielt die Waffe fest mit beiden Händen umklammert, so wie sie es in all diesen Krimiserien immer taten, und trat einen Schritt zur Seite.

Der Lauf meiner Pistole zeigte geradewegs auf Steffen Dürer.

„Ah, du bist das." Erkenntnis blitzte in seinen Augen auf und wich dann Ärgernis. „Noch ein Bulle ... klasse."

„Ich bin nicht von der Polizei", sagte ich kopfschüttelnd, trat ein paar Schritte weiter vor, hielt meine Waffe aber weiterhin auf ihn gerichtet, während ich aus den Augenwinkeln eine Bewegung wahrnahm. Wahrscheinlich Sösser.

„Ja, das sehe ich. Sonst würde unser Dummkopf hier ja nicht plötzlich dich bedrohen." Er nickte beinahe belustigt nach links.

Was? Wovon redete er? Sösser ...

Schockiert öffnete ich den Mund. Der Lauf seiner Pistole war nicht mehr auf Dürer gerichtet. Er lag auf mir.

„Interessante Wendung der Geschehnisse", fuhr Dürer nachdenklich fort. „Aber wenn du nicht von der Polizei bist, was bist du dann?"

Ich öffnete den Mund, doch außer dem Wort *dumm* wollte mir partout nichts einfallen.

„Was tun Sie hier, Louisa? Warum sind Sie ... was *tun* Sie hier?", schaltete sich auf einmal Sösser ein. Seine Stimme klang verzweifelt – doch die Waffe lag ruhig in seiner Hand.

Das hier war absurd!

Dürer stand auf einem der Stege mit der Stripstange am Ende, den Rücken zum Haupteingang gerichtet, seine Waffe auf Sösser gerichtet, der auf der gegenüberliegenden Bühne stand. Seine Waffe deutete auf meine Brust, während meine Waffe Dürer fixierte.

Warum schwenkte Sösser nicht einfach um, warum ...

Er ist ein Mörder, Lou! Er ist nicht auf deiner Seite. Niemand hier ist auf deiner Seite.

„Ich bin hier, weil Sie Jorina umgebracht haben und es Josh in die Schuhe schieben wollen!", sagte ich leise, meinen Blick jedoch auf Dürer gerichtet. „Das kann ich Ihnen einfach nicht durchgehen lassen."

„Aber warum denn nicht?", fragte er flehentlich. „Ich wollte nicht, dass das alles so kompliziert wird, aber ... Aktionen erfordern Reaktionen und auf Reaktionen folgen Konsequenzen, so ist das nun einmal."

Er hörte sich an wie ein verwirrter Chemielehrer. Das Fach hatte ich nicht ohne Grund in der zehnten Klasse abgewählt.

„Ich kann Sie jetzt nicht gehen lassen. Sie würden nur alles kaputtmachen. Meinen ganzen Plan, der bis jetzt so gut funktioniert hat!" Aus den Augenwinkeln konnte ich erkennen, dass sein Gesicht puterrot anlief. So rot wie der Jutebeutel, der über seiner Schulter hing.

„Also, wie machen wir es?", fragte Steffen Dürer ungeduldig und hob die Augenbrauen. „Du bringst sie um, ich bring dich um, alle sind glücklich?"

Ich lachte nervös auf. „Ich ... ich verstehe nicht", sagte ich mit zittriger Stimme und sah Dürer verwirrt an. „Du kannst nicht der ... der Chef sein. Du hast eine saubere Weste, deine Strafakte ist unauffällig ..."

Der Barkeeper lachte und sah mich mitleidig an, während ihm seine rote Basecap tiefer über die Augen sank. „Natürlich habe ich eine saubere Weste! Ich kann doch keinen Drogenring leiten, wenn mich die Polizei auf dem Schirm hat. Herrgott, deswegen gehe ich noch nicht einmal über eine rote Ampel. Und denkst du wirklich, dass ich mein Konto mit Kohle vollpumpe? Was denkst du, wozu gibt es die Schweiz?“

„Aber … aber …“

„Noch eine Stotterin.“ Genervt verdrehte er die Augen. „Leute, warum werdet ihr Polizisten oder was auch immer, wenn ihr nicht die Eier in der Hose habt, euren Job zu machen? Seht ihr meine Hand zittern?“ Er nickte zu seiner Waffe, die noch immer auf Sösser gerichtet war. „Nein! Weil ich mir einen Job gesucht habe, der zu mir passt. Weil ich gut darin bin, Leute zu delegieren, weil ich harte Entscheidungen treffen kann, wenn sie vonnöten sind. Weil ich nicht nervös werde, wenn der verfickte Bulle mit dem düsteren Blick vor meiner Tür steht und mich fragt, ob ich Drogen verkaufe. Könnt ihr dasselbe von euch behaupten? Ich glaube nicht.“

„Aber … dann hat Rasso für dich gearbeitet?“, redete ich weiter. Ich brauchte Zeit. So viel mehr Zeit. Marvin war auf dem Weg. Marvin war … nun, ein Polizist. Kein besonders guter, aber er könnte mir helfen. Bestimmt. „Das ergibt doch keinen Sinn. Warum solltest du uns auf seine Spur lenken, wenn er dein Mitarbeiter war?“

„Na, weil er einen *scheiß* Job gemacht hat! Er hat Geld unterschlagen. Hat Barzahlungen im Club entgegengenommen, von denen ich nichts wissen sollte. Wie dumm kann man sein? Jeder erkennt einen Jutebeutel voll Geld. Also habe ich euch zu ihm geschickt. Sollte die Polizei ihn doch für mich aus dem Weg schaffen." Er seufzte schwer. „Aber noch nicht einmal das habt ihr hinbekommen. Ihr konntet nicht einmal Rasso einbuchten und damit sein verdammtes Leben retten. Nein, ihr musstet mit ihm reden und – meine Güte", er verdrehte die Augen, „der Dummkopf erzählt euch auch noch alles. Was hat er erwartet? Dass ich darüber hinwegsehe? Ich verkaufe Drogen, keine Dauerlutscher. Ich kann keine Kerle gebrauchen, die weder loyal noch klug sind."

Rasso. Es war Rassos Leiche gewesen, über die ich gestolpert war. Übelkeit drängte sich meine Speiseröhre hinauf, doch ich ignorierte sie. Ignorierte alles, was mein Körper tat oder tun wollte. Ich musste mich auf meine Worte konzentrieren.

„Aber du sagtest, dass Jorina aus dem Business raus wollte. Dass sie ..."

„Ja, ich weiß. Und das war nicht mal gelogen. Sie wollte aufhören zu strippen ..." Er grinste breit. „Um mehr Zeit zum Drogen verkaufen zu haben. Ich habe sie befördert."

Natürlich hatte er das. Sie hatte ja schließlich mit ihm geschlafen!

„Kommen wir zu unserem eigentlichen Problem zurück", fuhr er fort und kratzte sich an der Nase. Doch selbst bei dieser ruckartigen Bewegung wackelte die Waffe in seiner Hand nicht. Sie war so ruhig und gezielt auf Sösser gerichtet, dass ich mir für einen aberwitzigen Moment mehr Sorgen um ihn als um mich machte. „Die Sache ist die: Er ist hier, um mich für mein Schweigen zu bezahlen. Dabei bin ich nur hier, um ihn umzulegen. Du bist hier, um ihn zu überführen. Er möchte dich ebenfalls töten, damit du sein kleines dreckiges Geheimnis nicht verrätst und somit sein Leben zerstörst. So kommen Missverständnisse zustande. Aber wenn ich unseren nicht so braven, süßen Polizisten umlege, legst du wahrscheinlich mich um ..." Nachdenklich sah er zu mir rüber, beäugte meine zitternden Hände. „Na, vielleicht auch nicht, aber das Risiko ist mir dennoch zu groß. Mir wäre es also am liebsten, wenn der süße Bullenfreund von meiner kleinen Schlampe Jorina zuerst schießen würde."

„Hey!", rief Sösser laut und plötzliche Wut verzerrte sein Gesicht. „Rede nicht so über sie."

„Oh bitte, du weißt, dass sie eine Schlampe war", sagte Dürer mitleidig. „Deswegen hast du sie doch umgebracht! Weil sie dir vorgegaukelt hat, dass sie dich liebt ... obwohl alles, was sie wollte, war, dir Informationen über deinen Job aus der Nase zu ziehen. *Oh, Kevin, die Aufgaben eines Polizisten sind so aufregend. Welchem Fall geht ihr im Moment noch mal nach?*' Klingelt da was bei dir?"

Sösser wurde bleich. „Ich heiße nicht Kevin."

„Nein? Du siehst aus wie ein Kevin. Andererseits siehst du auch nicht aus wie ein Mann, der einfach so seine Freundin umbringt, also ... Äußerlichkeiten täuschen wohl."

Sössers Blick flackerte zu mir, und die Verzweiflung, die sich dort drin widerspiegelte, trieb meine Angst nur weiter an. Verzweifelte Menschen taten so viel dümmere Sachen als geistig stabile. „Ich wollte sie wirklich nicht umbringen, Louisa", wisperte er. „Aber ... ich hatte keine Wahl."

Belustigt sah Steffen ihn an. „Ist das dein Ernst? Du willst die James-Bond-Bösewicht-Nummer abziehen? Die, wo jeder noch einmal erklärt, warum er was genau wieso getan hat? Hast du bei diesen Filmen nie aufgepasst? Es ist nie eine gute Idee, seinen Plan zu erklären und seine schrecklichen Taten zu gestehen. Das endet immer schlecht für den Bösewicht.“

„Ich bin kein Bösewicht“, sagte Sösser mit zittriger Stimme und schluckte laut hörbar. „Das musst du mir glauben, Louisa, ich bin ein guter Mensch.“

Ich hatte Probleme, ihm diese Eigenschaft zuzugestehen, da er noch immer eine verdammte Pistole auf mich gerichtet hielt, doch ich nickte hastig. Es war nicht gut, dem Menschen, der dein Leben in seinen Händen hielt, zu widersprechen.

„Och Gott, schön“, murrte Dürer. „Dann reinige dein Gewissen. Du wirst trotzdem nicht in den Himmel kommen.“

Sösser ignorierte ihn. „Sie hätte meine Karriere zerstört. Sie hat mich belogen. Von vorne bis hinten. Sie hat behauptet, dass sie nur etwas Zeit bräuchte, um aus dem Geschäft auszusteigen. Sie würde dazu gezwungen werden, Drogen zu verkaufen. Sie hätte keine Wahl. Ich müsste ihr helfen, sonst würden sie sie umbringen … Ich wollte ihr doch nur die Möglichkeit geben, diesen Teil ihres Lebens hinter sich zu lassen. Menschen machen blöde Dinge, und ich wollte nicht, dass sie wegen einer dummen Entscheidung ihr Leben im Gefängnis verbringen muss. Sie hat versprochen, für uns auszusagen, wenn ich ihr helfen würde. Sie hat mich geliebt. Also … zumindest hat sie gesagt, dass …“ Sein Gesicht lief noch eine Spur röter an.

Scheiße, ich sah es genau vor mir. Wie der schüchterne Polizist, auf dem jeder herumtrampelte, plötzlich Aufmerksamkeit von einer wunderschönen Frau bekam ... und alles für sie riskierte. Es war absurd. Er hatte Jorina getötet. Er hielt eine Waffe auf mich gerichtet und trotzdem hatte ich Mitleid mit ihm.

„Und dann habe ich herausgefunden, dass sie gelogen hat! Sie hat mich benutzt. Rispo hat sie verdächtigt, hat sie für eine manipulative, skrupellose Frau gehalten, doch ich habe ihm nicht geglaubt. Aber natürlich hatte er recht." Er schniefte laut. „Sie hat mit ihm rumgemacht. Andauernd." Wütend nickte er zu Dürer. „Aber es war bereits zu spät für mich. Ich hatte ihr bereits alles über den Fall gesagt, was ich wusste. Wenn das herausgekommen wäre ..." Heftig schüttelte er den Kopf. „Dabei ist das alles gar nicht meine Schuld! Sie hat mich verführt. Ich konnte nichts dafür, deshalb ... nun, ich *musste* sie aus dem Weg schaffen! Das verstehst du doch, oder?"

Nein. Nein, das verstand ich nicht. Doch wieder nickte ich.

Erleichtert sackten Sössers Schultern nach unten. „Und dann habe ich dich betrunken im *Dreieck* gesehen und ... ich wusste, dass ich so eine Chance nicht noch einmal bekommen würde. Jeder auf der Wache weiß, dass du andauernd über Leichen stolperst. Jeder weiß, dass du Rispos Achillesferse bist. Jeder weiß, dass er nicht mehr klar denken kann, sobald du in Gefahr gerätst. Es war die perfekte Lösung! Und du warst so besoffen, und ich hatte immer noch die Drogen in der Tasche, die ich vergessen hatte, in der Asservatenkammer abzugeben, und ... na ja, deine Schlüssel und dein

Telefon lagen zeitweilig einfach auf dem Tresen herum, direkt neben euren unbeaufsichtigten Getränken ... Du hast es auch irgendwie herausgefordert. Außerdem war ich in der perfekten Position. Denn natürlich würde Rispo den Fall nicht übernehmen können. Und natürlich würde Thilo sich darum reißen, ihn zu bekommen ... perfekt also."

„Aber warum hast du dann Josh angeschwärzt und nicht mich?", fragte ich leise. „Du hättest mich doch viel einfacher als Mörderin darstellen können."

„Nein, du bist zu lieb. Zu sympathisch", meinte er und verzog das Gesicht. „Dir traut niemand eine so grausame Tat zu. Dem cholerischen Rispo hingegen ... außerdem: Wenn er im Knast sitzt, kann er schlecht den Drogenfall weiterverfolgen, richtig? Er ist zu gut in seinem Job, zu hartnäckig. Er hätte das Leck gefunden. Er hätte herausgefunden, dass ich es war, und das konnte ich nicht zulassen! Ich will endlich versetzt werden! Und da es mein Tipp war, in seinem Spind zu suchen, werde ich vielleicht endlich diesen *scheiß* Thilo los!"

„Verstehe", flüsterte ich – und es war die Wahrheit. Dieses Mal verstand ich ihn. Ich verstand so gut, dass er nicht weiter mit Thilo arbeiten wollte, der ihn nur schikanierte. Dass er verzweifelt gewesen war. Dass er einen Fehler gemacht hatte, aber nicht einsah, den Rest seines Lebens dafür zu büßen ...

„Siehst du, und deswegen mag ich dich", sagte Sösser mit quälendem Gesichtsausdruck. „Du würdest nicht lügen."

Er kannte mich offenbar nicht sehr gut.

„Deswegen tut mir das Ganze hier leid. Ich wollte eigentlich nie wieder jemanden umbringen."

„Dann tu es nicht", sagte ich laut, in dem Versuch, meinen eigenen hektischen Herzschlag zu übertönen. „Dann ..." Ich hielt verwirrt inne, denn aus den Augenwinkeln nahm ich eine plötzliche Bewegung wahr.

Mit leicht geöffnetem Mund starrte ich über Sössers Schulter. Die Tür, auf der *Nur für Personal* stand, öffnete sich einen Spaltbreit.

Verwirrt wollte Dürer meinem Blick folgen, doch ich ließ ihn nicht.

„Steffen", rief ich laut und hoffte, dass er nicht sah, wie mein Finger am Abzug zitterte, während Emilys Kopf sich durch den Türspalt schob. „Warum gehst du nicht einfach? Du hast genug Geld gespart, oder nicht? Du musst nicht hier in Köln bleiben." Ich dachte an die Poster, die ich in seinem Badezimmer gesehen hatte. „Du könntest dich auf einer Südseeinsel absetzen. Wenn du uns umbringst, wird die Polizei dich suchen. Sie wird herausfinden, dass du hinter allem steckst." Ich spürte, wie mir der Schweiß den Nacken hinunterlief, während meine Schwester sich vorsichtig durch die Tür schob, den Finger an die Lippen gelegt. Was tat sie? Was hatte sie vor? Wir konnten die beiden Wahnsinnigen unmöglich allein bezwingen! Das musste sie doch wissen.

Andererseits ... wenn sie die beiden Männer ablenkte, könnte ich womöglich schießen ... aber wie hoch war die Chance, dass ich Dürer traf? Ich hatte doch keine Ahnung, was ich hier tat. Womöglich würde ich den Boden erschießen, während Steffen und Sösser sich erschreckten und einfach drauflosballerten. Und ihre Zielgenauigkeit war mit Sicherheit höher als meine.

In meinem Kopf überschlugen sich die Gedanken, dennoch redete ich weiter. Ich musste laut sein. Möglichst viel Lärm machen, damit niemand Emily hörte. „Sösser ... ich werde dich nicht verraten. Wirklich nicht. Ich schwöre auf meine Mutter." Ich sah ihm fest in die Augen und scharrte gleichzeitig mit den Füßen über den Boden, während Emily die Tür leise ins Schloss sinken ließ. Niemand der beiden Männer hatte sie bemerkt. Das rot-goldene Licht war gedämpft. Die Schatten tief. Außerdem standen sie mit dem Rücken zu ihr und starrten irritiert auf meine Füße. „Ich verstehe, warum du sie töten musstest. Jorina hat dich ausgenutzt und hinter deinem Rücken über dich gelacht. Sie mochte nett gewesen sein, aber sie war kein guter Mensch. Sie war deiner nicht wert. Du solltest nicht dafür büßen müssen, dass du zu einer so harschen Entscheidung gezwungen wurdest. Jeder hätte an deiner Stelle so gehandelt."

„Denkst du?", fragte Sösser unsicher.

„Ja, ich –"

„Oh mein Gott, sie lügt", unterbrach Steffen mich genervt. „Und das noch nicht einmal gut. Natürlich erzählt sie dir, dass sie dich versteht. Sie möchte nicht *sterben*. Meine Güte, Mann! Wie leichtgläubig bist du?"

Sösser schob unschlüssig seinen Unterkiefer hin und her, während Emily von hinten auf ihn zuschlich, die Hände hob und in Richtung seiner Füße nickte. Ich verstand.

„Ich weiß nicht ...", sagte Sösser leise.

„Doch, natürlich weißt du." Mein Finger verkrampfte sich um den Abzug. Ich würde schießen müssen. Scheiße, ich würde auf Dürer schießen müssen. Aber wie? Zielte ich überhaupt? *Und wie fest musste man diesen verdammten Abzug überhaupt drücken?* „Ich bin nicht Jorina. Ich betrüge und lüge nicht. Ich bin Louisa Manu. Du kennst mich aus tausenden Erzählungen. Ich bin ... nett."

„Ja, schon, aber ..." Sösser kam nicht dazu, den Satz zu beenden.

Aber nicht, weil Emily ihn packte.

Nein. Weil ein plötzlicher Knall unsere Trommelfelle zerriss.

Die Tür hinter Dürer flog aus ihren Angeln, der dahinter geklemmte Perlenvorhang zerriss lautstark, und dann passierte alles auf einmal.

Mit einem lauten Schrei stürzte Emily sich nach vorne und zog Sösser die Füße unter seinem Körper weg, sodass er seitlich von der Bühne kippte. Dürer wirbelte perplex herum, jemand schrie „Polizei, alle auf den Boden!", genau in dem Moment, als ein zweiter Knall ertönte.

Diesmal jedoch war es ein Pistolenschuss.

Ich wusste nicht, woher er kam. Ich wusste nicht, wer geschossen hatte oder ob jemand getroffen worden war. Um mich herum wirbelten nur noch Farbschlieren umher. Menschen strömten in den Raum, schrien durcheinander. Taschenlampen leuchteten auf, weitere Knallgeräusche zerrissen die Luft. Vielleicht Schüsse, vielleicht auch etwas ganz anderes. Jemand brüllte Anweisungen, weiße und rote Punkte tanzten vor meinem Auge, ich konnte Dürer nicht mehr erkennen, ich konnte gar nichts mehr sehen, meine eigene Angst blendete mich ... und schließlich tat ich einfach das, was ich am besten konnte: Ich warf mich auf den

Boden, den Arm mit der Waffe nach vorn ausgestreckt, den anderen um meinen Kopf geschlungen.

Hart prallte ich mit der Brust zuerst auf den Holzuntergrund auf. Die Luft trieb mir aus den Lungen, ein scharfer Schmerz zuckte durch meine Wirbelsäule, die ungesicherte Pistole rutschte mir aus der Hand, krachte auf den Boden ... Ein Knall ertönte, ein Schuss löste sich, jemand schrie laut auf, und im nächsten Moment sah ich, wie ein dunkler Schemen von der Empore stürzte.

Dann sah ich nichts mehr, denn ich presste mein Gesicht auf den dunklen Holzboden, die Arme über dem Kopf zusammengeschlagen. Ich wusste nicht, ob noch Bedrohung herrschte. Ich fühlte mich auch nicht dazu in der Lage, nachzusehen. Ich musste mich beruhigen.

Mein verschwitztes T-Shirt klebte an meinem Rücken. Meine Beine wollten nicht aufhören zu zittern. Meine Ohren klingelten. Meine Lunge brannte. Meine Wirbelsäule protestierte. Meine Rippen knackten. Ich wollte einfach nur noch hier liegen. Hier liegen, bis alles vorbei war. Bis es still war. Bis ich allein war.

„Louisa?“

Ich zuckte angesichts der männlichen Stimme an meinem Ohr zusammen und schlug mit der Stirn auf dem Boden auf.

„Alles okay? Louisa? Geht es dir gut? Ich bin es, Marvin. Keine Angst. Es ist vorbei.“ Sanfte Hände umfassten meine Schultern und zogen mich in eine aufrechte Position.

Langsam öffnete ich die Augen. Vorsichtig, falls ich etwas sah, das ich nicht sehen wollte. Doch als die roten und weißen Punkte endlich zum Stillstand kamen, blickte ich lediglich in Marvins besorgtes Gesicht.

Marvin hatte ein beruhigendes Gesicht. Ein mir bekanntes Gesicht. Ich vertraute Marvin.

„Es ist alles gut“, flüsterte er eindringlich. „Es war nur ... eine kleine Schießerei. Aber wir mussten schießen, Sösser wollte weglaufen. Er hat auf Emily gezielt, wir ... wir hatten keine Wahl. Aber jetzt ist alles gut.“

„Er hat auf –“ Meine Stimme brach. „Emily? Wie geht es ihr?“ Ich wollte mich umsehen, doch Marvin blockierte meine Sicht.

„Mit ihr ist alles in Ordnung. Wie geht es *dir*?“

„Ich bin ... gut. Mir geht es ... alles super.“ Ich nickte hastig, wie um meine Worte zu bestätigen. Vielleicht zitterte ich aber auch einfach nur so stark, dass ich dachte, es wäre ein Nicken.

Erleichtert atmete Marvin aus. „Gott sei Dank! Rispo hätte mir nie verziehen, wenn dir etwas passiert wäre.“

Wieder nickte ich und stützte mich mit den Händen hinter mir ab. „Was ist passiert? Es ging alles so schnell und da war plötzlich so viel Licht, ich ... ich habe es nicht sehen können. Hast du ... Hast du die Tür eingetreten?“

„Nein, nein. Das war Stetter.“ Marvin verzog sein Gesicht. „Es tut mir leid, ich musste ihm Bescheid geben. Du hast seinen Partner beschuldigt, es ist sein Fall ... andererseits ist deine Intuition oftmals nicht allzu verkehrt. Ich musste es ihm sagen. Es wäre dumm gewesen, allein herzukommen.“

„Ist ... ist okay“, wisperte ich und versuchte meinen Atem zu regulieren, während Marvin sich neben mich hinhockte und endlich mein Sichtfeld freigab. Mein

Blick schnellte durch den mittlerweile hell ausgeleuchteten Raum und blieb an Sösser hängen, der, die Hände auf den Rücken gedreht, von einem Polizisten am Boden gehalten wurde. Eine Blutlache bildete sich unter seinem Bein, doch er schien bei Bewusstsein, zumindest konnte ich ihn wimmern hören. Emmi saß starr daneben, weiß wie eine frisch gestrichene Wand, die Arme um ihre Knie geschlungen.

Dann war da Thilo. Thilo, der Dürer Handschellen anlegte. Der Barkeeper hopste merkwürdig auf und ab und fluchte sich die Seele aus dem Leib.

„Du hast ihm aus Versehen in den Fuß geschossen", murmelte Marvin. „Gut gezielt, Lou."

„Ich habe überhaupt nicht gezielt. Die Pistole ist mir aus der Hand gefallen", sagte ich tonlos.

„Ja, ich weiß", murmelte Marvin. „Aber die Geschichte würde ich so nicht erzählen." Er lächelte mich schief an. „Kannst du aufstehen? Draußen wartet ein Krankenwagen, die werden dich untersuchen."

„Okay", flüsterte ich, bewegte mich jedoch nicht von der Stelle. Schließlich atmete ich tief durch und sah Marvin von der Seite her an. „Was passiert mit Josh?"

Der Polizist lächelte freundlich. „Der dürfte schon sehr bald wieder frei herumlaufen."

„Gut", sagte ich erleichtert und schloss die Augen. „Das ist ... gut."

Kapitel 22

Die nächsten Stunden waren ein einziges Durcheinander.

Ich wurde vom Notarzt untersucht, ich wurde mit auf die Wache genommen und ich wurde verhört. Ich wehrte mich nicht einmal mehr dagegen, ich kannte das Prozedere. Ich wollte einfach nur, dass alles vorbei war. Dass ich endlich aus dem Alptraum aufwachte und nie wieder daran denken musste, ihn je gehabt zu haben.

Auf dem Präsidium steckten sie mich in einen kleinen Raum mit Bildern von Bulldoggen an den Wänden. Kramer schob mir ein Snickers zu und bat mich sanft darum, noch einmal genau zu erklären, was im Stripclub vorgefallen war. Ich gab ihnen mein Telefon mit der Aufnahme des ganzen Gesprächs und redete. Redete, bis mein Mund trocken war. Redete, bis ich aufhörte zu zittern. Redete, bis ich so erschöpft war, dass mir das angebissene Snickers aus der Hand fiel.

Und die ganze Zeit über fragte ich mich, wo Rispo steckte. Warum er noch nicht bei mir war. Sie mussten ihn mittlerweile freigelassen haben.

Als ich schließlich drei Stunden später in die mir mittlerweile verhasste Eingangshalle des Präsidiums ging, um danach zu fragen, bemerkte ich, dass ich nicht die einzige besorgte Frau auf der Suche nach Josh war.

Inessa stand am Empfangstresen und redete auf die Rezeptionistin ein, die mit steinernem Gesicht nickte, jedoch nichts sagte.

Was zum Teufel tat sie hier? Josh war *mein* Freund, nicht ihrer. Sie hatte nicht das Recht, sich um ihn zu sorgen!

„Schön, Sie sind absolut keine Hilfe!", hörte ich Inessa rufen. Sie machte eine rüde Handbewegung in Richtung der Rezeptionistin, lächelte mir knapp zu und setzte sich dann auf einen der orangefarbenen Plastikstühle.

Ich folgte ihr mit dem Blick.

„Meine Güte, ist das eine wunderschöne Frau", murmelte eine Stimme neben mir.

Ich zuckte zusammen und fuhr herum. Emily stand neben mir und nickte anerkennend zu Inessa hinüber. Seufzend schloss ich die Augen. „Das ist Inessa-Bitch", murmelte ich.

„Eieiei."

„Ich weiß", sagte ich seufzend, lächelte meiner Schwester dann aber zu und legte einen Arm um ihre Schultern. „Wie geht es dir, Emmi?" Die erste Schießerei konnte einem immer etwas aufs Gemüt schlagen. Wenn ich darüber nachdachte ... die zweite konnte es auch.

Sie hob unschlüssig die Achseln. „Mir klingeln die Ohren noch ein wenig, aber ansonsten ... bin ich okay."

„Das ist gut. Danke übrigens ... für die Ablenkung."

„Ach, die Polizei kam zwei Sekunden später rein. Ich habe nicht wirklich viel getan."

„Aber du warst bereit, etwas zu tun. Um mein dummes Leben zu retten. Also ... danke."

„Okay. Gerne." Das Lächeln, das an ihren Mundwinkeln zog, war so herzzerreißend schüchtern, dass mir die Tränen in die Augen schossen. Denn Emily war nicht schüchtern. Nie. Und dass sie bereit gewesen war, ihr eigenes Leben für mich zu riskieren, bedeutete mir mehr, als ich sagen konnte.

Emily räusperte sich betreten und sah hastig weg. „Nicht weinen, Lou. Gott, wir befinden uns an einem öffentlichen Ort! Hat Mama dir denn gar nichts beigebracht?"

Ich hickste und lachte zugleich, während ich die Tränen, die mir in die Augen stiegen, wegblinzelte. „Entschuldige. In Lebensgefahr zu schweben, macht mich immer so emotional. Aber ich werde versuchen, es abzustellen."

Erleichtert atmete Emmi aus. „Gut. Aber schön zu wissen, dass die Polizei zwar ein paar faule Eier in ihren Reihen hat, aber ansonsten noch einen ganz ordentlichen Job machen kann, oder?"

Ich nickte. Im Nachhinein war ich froh, dass Marvin Verstärkung mitgebracht hatte. Allein wäre er womöglich überfordert gewesen. Und zumindest in einem hatte Josh recht behalten: Thilo war ein guter Polizist. Und ein noch besserer Schütze. Er hatte Sösser einen glatten Beinschuss verpasst. Kramer hatte mir erzählt, dass beide, Sösser und Dürer, sich wieder vollkommen erholen würden. Wenn auch in einer Gefängniszelle. Rasso hingegen ... Rasso war tot.

Seufzend ließ ich den Arm von Emilys Schulter sinken und schloss die Augen. Ich war froh, dass es vorbei war, aber gleichzeitig war ich auch traurig. Weil

Menschen so grausam waren. Weil ich versucht hatte, zu helfen, und nicht jedem hatte helfen können.

„Hey, Lara Croft“, murmelte eine dunkle Stimme sacht an meinem Ohr, bevor sich vorsichtig zwei starke Arme um meine Hüfte schlangen. „Heute schon in Gefahr begeben?“

Ich hickste erneut, und diesmal konnte ich die Tränen nicht aufhalten, die in meinen Augen brannten. Halb lachend, halb weinend drehte ich mich um und schlang blind die Arme um Josh, der sich von hinten an uns herangeschlichen hatte.

„Nein“, sagte ich leise und presste meine Wange an seine Schulter, während er mich so fest an sich zog, dass meine ohnehin angeschlagenen Rippen knacksten. „Es war alles sehr langweilig ohne dich. Ich habe ein paar Worte mit Sösser gewechselt und er hat sich sofort ergeben.“

Josh schnaubte, doch ich konnte sein Lächeln an meiner Schläfe spüren. „So eine hübsche Lügnerin.“

„Es war halb so wild“, log ich erneut und atmete seinen Geruch ein. Nichts konnte mich so beruhigen wie der Geruch von Vanille und Wald. „Es sind kaum Schüsse gewechselt worden.“

„Mhm, das hat Marvin mir erzählt“, bemerkte er trocken, legte seine Hand warm in meinen Nacken, um meinen Kopf sanft von seiner Schulter zu ziehen, und strich mir mit dem Daumen über die Wange. Einige endlose Herzschläge lang sah er mir nur in die Augen, dann küsste er mir sacht die Tränen von den Wangen. „Geht es dir gut?“

„*Jetzt* geht es mir gut“, sagte ich wahrheitsgemäß und atmete tief ein und aus. „Was ist mit dir?“

„Ich saß in einem warmen Büro und wurde mit nichts weiter als Fragen gefoltert, mir geht es also hervorragend."

Ich lächelte zittrig und nickte.

„Weißt du, ich bin einfach nur froh, nicht dabei gewesen zu sein", murmelte er. „Es erst erzählt bekommen zu haben, als es schon vorbei war."

Das konnte ich sehr gut nachvollziehen. „Vielleicht solltest du mir doch mal das Schießen beibringen", schlug ich vor. „Damit ich das nächste Mal auch wirklich zielen kann und nicht überlegen muss, wie ich den Täter am besten totrede."

„Lou, du darfst weder eine Waffe besitzen noch sie bedienen. Also nein: Ich werde dir nicht zeigen, wie man sie benutzt." Er verengte die Augen. „Und wenn du noch einmal den Ausdruck ‚das nächste Mal' benutzt, raste ich aus."

Tadelnd sah ich ihn an. „Meine Sicherheit ist dir überhaupt nicht wichtig, oder?"

Düster sah Josh mich an, und ich schmunzelte. Er sah wirklich aus, als hätte er alles Böse der Welt vorwärts und rückwärts gesehen.

Breit lächelnd zog ich seinen Kopf zu mir heran, um ihn zu küssen. „Gott, ich liebe dich", flüsterte ich an seinen Lippen. „Mehr als ... Glitzer."

„Eklig, Lou", bemerkte Emmi trocken. „So was sagt man nur in Soap-Operas."

Ich ignorierte sie. „Und es tut mir leid, dass ich so eifersüchtig war. Ich arbeite daran. Aber ich verstehe jetzt, dass du mich brauchst. Nicht nur, um den Stock in deinem Hintern zu entfernen, sondern auch für alles andere. Wie zum Beispiel dafür, dich aus dem Gefängnis frei zu bekommen. Monopoly-Style."

Josh zog eine Grimasse ... doch nur, um sein Lächeln zu verbergen. „Ich habe keinen Stock im Hintern."

„Nein, weil ich ihn entfernt habe. Habe ich doch gesagt."

Er küsste mich noch, während er schnaubte, sodass meine Lippen kitzelten. „Dich stört es also überhaupt nicht, dass Inessa hier ist und mich anstarrt?", wollte er leise wissen und sah über meine Schulter.

Ich schluckte, schüttelte jedoch den Kopf. „Nein. Gar nicht. Und pass auf, ich beweise es dir. Ich werde das Problem jetzt ein für alle Mal aus dem Weg schaffen."

Erwartungsvoll hob Josh eine Augenbraue. „Tatsächlich?"

„Ja", sagte ich und reckte das Kinn. „Ich bin ein besserer Mensch geworden. Pass auf."

Ich wandte ihm den Rücken zu und schlenderte zu Inessa hinüber, die von den Stühlen aufgesprungen war und zwischen Josh und mir hin- und hersah.

„Hey", sagte ich freundlich lächelnd zu ihr. „Ich wollte mich bei dir bedanken."

„Oh", verblüfft strich sie sich ihre weiße Bluse glatt. „Wofür?"

„Dafür, dass du dumm genug warst, Josh gehen zu lassen. Denn das hat mich sehr glücklich gemacht. Also danke." Ich lächelte und schüttelte ihre Hand, die lose an ihrer Seite hinabhing, bevor ich leise, sodass mich niemand hören konnte, hinzufügte: „Aber wenn du ihn noch einmal bittest, zu dir zurückzukommen, drücke ich dir ein Bügeleisen ins Gesicht. Glaub mir, ich weiß, wie ich damit durchkomme – ich bin mit einem äußerst kompetenten Polizisten zusammen.“

Sie riss die Augen auf und starrte mich fassungslos an, doch ich gab ihr keine Zeit, mir zu antworten.

„Josh“, rief ich über die Schulter. „Willst du noch mit Inessa reden? Ich habe alles gesagt.“

Rispo schlenderte auf uns zu, während Emily am Rezeptionstresen lehnen blieb, den Blick noch immer auf Inessa gerichtet.

„Mhm“, machte Josh nachdenklich und legte mir einen Arm um die Schultern. „Nein, ich glaube, bei unserem Essen bin ich alles losgeworden, was ich loswerden wollte. Aber danke, dass du gekommen bist, um zu sehen, ob es mir gutgeht.“

„Oh.“ Blut schoss in Inessas Wangen und sie nickte. „Ich wollte nur …“ Ihr Blick schweifte zu mir. „Ich wollte …“

„Ja?“, fragte ich betont nett.

Sie ließ die Schultern sinken. „Nichts. Es ist nichts. Bis dann, Josh.“ Sie hob die Hand und verschwand im nächsten Moment nach draußen in die Dunkelheit.

„Hey“, beschwerte sich Emily. „Ich wollte noch mit ihr quatschen. Ich will wissen, was für eine Haarkur sie benutzt.“ Sie warf mir einen verärgerten Blick zu, bevor sie ihr nachsetzte.

Zufrieden sah ich den beiden hinterher. „Ich liebe es, lose Enden zu binden“, stellte ich fest.

„Mhm. Ich auch.“ Josh legte den Kopf schief und sah mich fragend an. „Du hast ihr gedroht, oder?“

„Ja“, bestätigte ich. „Können wir gehen?“

Er lachte leise, schüttelte jedoch den Kopf. „Nein, ich muss noch eine letzte Unterschrift –“

„Rispo“, erklang eine schroffe Stimme hinter uns. Es war Thilo, ein Klemmbrett unter dem Arm, einen Stift in der Hand. „Du musst das hier noch unterschreiben“, sagte er knapp und hielt Josh das Klemmbrett hin.

„Jap“, erwiderte Rispo tonlos und ergriff den Papierkram.

„Danke, Thilo“, sagte ich freundlich. „Dafür, dass du zusammen mit Marvin den Stripclub gestürmt hast. Du hast mir wahrscheinlich das Leben gerettet.“

„Jaja, kein Problem. Ist mein Job“, murmelte er abwesend und wich meinem Blick aus. Sobald Josh die Unterschrift gesetzt hatte, riss Thilo ihm das Brett auch schon aus den Händen. Er wandte sich zum Gehen, blieb jedoch nach ein paar Schritten stehen.

Thilo drehte sich nicht um. Wenn überhaupt, drehte er sich noch ein wenig weiter weg. Trotzdem war seine Stimme deutlich vernehmbar, als er sagte: „Es ... tut mir leid.“

Im nächsten Moment war er im gegenüberliegenden Gang verschwunden.

Ich betrachtete Joshs ausdruckslosen Gesichtsausdruck, seinen angespannten Körper ... und wusste, dass auch ihm klar war, dass Thilo sich gerade möglicherweise nicht nur für den heutigen Tag entschuldigt hatte.

„Lass uns gehen“, murmelte er und legte mir einen Arm um die Schultern. Wahrscheinlich weil er wusste, dass er ein herzlicheres Schuldeingeständnis nie bekommen würde.

Ich hatte in meinem Leben noch nicht so lang und tief und gut geschlafen. Der ganze Stress der letzten Tage war mit einem Mal von mir abgefallen und hatte nichts außer Müdigkeit, Erschöpfung und innerer Ruhe zurückgelassen. Josh und ich fielen zu Hause ins Bett, schliefen in unseren Armen ein und blieben für die nächsten zwölf Stunden exakt so liegen. Wahrscheinlich hätte ich diese zwölf Stunden auf vierundzwanzig ausgeweitet, wenn ich nicht von einem penetranten Klingeln geweckt worden wäre.

„Bitte sag mir, dass das kein Feuermelder ist", murmelte ich, zog die Decke höher über meine Schultern und vergrub das Gesicht in Joshs Halsbeuge.

„Es ist mein Handy", antwortete er verschlafen und zog die Arme enger um mich.

„Wie kann es dein Handy sein? Dich ruft nur die Arbeit an und sie können dich unmöglich jetzt schon mit einem neuen Mordfall belästigen."

Josh seufzte, streckte seinen Arm aus, sodass ich auf den Rücken rollte, und tastete hinter mir nach etwas.

„Es ist nicht die Arbeit und es ist nicht der Feuermelder. Es ist deine Mutter", stellte er schließlich fest.

Mist. Auf einmal war mir der Feuermelder lieber. „Sag ihr, dass ich noch schlafe."

„Dann wird sie mir erklären, dass ich dich wecken soll."

„Sag ihr, dass ich dich jedes Mal beiße, wenn du versuchst mich zu wecken." Das wäre nicht einmal gelogen.

„Das wird ihr egal sein. Lou, hier, geh ran. Ich will ihren Zorn nicht auf mich ziehen", murmelte er und stupste mit seinem Handy gegen mein Kinn, damit ich es hob.

Verärgert öffnete ich die Augen und nahm ihm das Telefon aus der Hand. „Ich habe für dich auf jemanden geschossen, ist das denn gar nichts wert?"

„Du bist hingefallen und ein Schuss hat sich gelöst. Das ist nicht dasselbe."

„Ich habe mich *hingeworfen* und ein Schuss hat sich gelöst. Das ist ein Unterschied."

Ironisch sah Josh mich an. „Dass du das auch noch mit einem solchen Stolz in deiner Stimme sagen kannst."

Ich lächelte breit. „Schuss bleibt Schuss", stellte ich fest, bevor ich den Anruf entgegennahm. „Hey, Mama, was gibt's?"

„Louisa, Jannis war gerade hier und hat mir erzählt, was gestern passiert ist", kam sie direkt zum Punkt.

„Oh." Automatisch war ich hellwach. „Dann hat er dir doch auch gesagt, dass es mir gutgeht, oder? Es ist nichts passiert, es –"

„Ja, ich weiß. Ich wollte nur sichergehen, dass du Sonntag dennoch zum Brunch kommst."

Verwirrt blinzelte ich das Telefon an. „Ähm ... was?"

„Na ja, nur weil du eine Leiche auf deiner Couch liegen hattest und schon wieder mit einer Waffe bedroht wurdest, heißt das nicht, dass du dich um den Sonntagsbrunch drücken kannst, Louisa!"

Mist. Ich hatte gehofft, das Wochenende mit Rispo im Bett zu verbringen – um noch mehr zu schlafen. „Das hatte ich nicht vor", log ich. „Natürlich kommen wir."

Rispo hob die Augenbrauen und fragte lautlos: „*Wir?*"

Ich grinste. „Josh freut sich schon drauf."

„Gut. Deine Schwester kommt nicht, sie fährt übers Wochenende an die Ostsee. Sie muss nachdenken."

Ungläubig öffnete ich den Mund. „Sie darf schwänzen, aber ich nicht?“

„Louisa, sie hat ihre Hochzeit abgeblasen. Das war ein traumatisches Erlebnis.“

„Ich wurde beinahe umgebracht und habe jemanden angeschossen!“

„Jetzt werde nicht gleich dramatisch. Das könnte jedem passieren.“

Schnaubend richtete ich mich in den Kissen auf. Gut zu wissen, dass alles wieder beim Alten war. „Schön! Ich werde Punkt elf da sein. Wenn der Brunch stattfindet, dann gehe ich davon aus, dass du und Papa euch wieder vertragen habt?“

„Oh ... ja.“ Sie räusperte sich verlegen. „Das Ganze hat sich dann doch relativ einfach aufklären lassen. Aber wer hätte ahnen sollen, dass dein Vater so romantisch sein kann? Damit hätte ich niemals gerechnet. Auf jeden Fall ist jetzt wieder alles in Ordnung.“

Erleichtert sackte ich zusammen. Gott sei Dank. Diese neue Seite meiner Mutter hatte mir Angst eingejagt. Ich wollte die alte wieder zurück. „Das hört sich doch sehr gut an. Sag Papa, ich möchte seine neuen Kochkünste auch mal austesten.“

„Ich richte es ihm aus. Ach, und bevor du auflegst, ich soll dir von Trudi sagen, dass sie sehr enttäuscht von dir ist. Es wäre sehr gemein von dir, Emily zu einer Schießerei mitzunehmen und sie außen vorzulassen. Und ich muss ihr da recht geben, Louisa. Nur weil jemand etwas älter ist, kannst du ihn deswegen nicht diskriminieren und aus Aktivitäten ausschließen.“

Aktivitäten? Ich konnte nicht fassen, dass ich diese Unterhaltung führte! „Ich habe Emily nicht mitgenommen, sie war eben einfach gerade da. Und die Sache im Stripclub war wahrlich kein Freizeitspaß, Mama!"

„Das hört sich für mich sehr nach einer Ausrede an."

Oh mein Gott. Stöhnend legte ich den Kopf in den Nacken. „Schön! Ich werde mich bei ihr entschuldigen. War es das dann?"

„Ja ... nur eine Sache noch."

„Was?", fragte ich pampig.

„Ich bin froh, dass es dir gutgeht, Lou", sagte meine Mutter auf einmal ernüchtert. „Sehr froh."

Auf einen Schlag verpuffte meine Wut und wich Zuneigung. „Danke", flüsterte ich. Ich bin auch sehr froh. Bis Sonntag." Dann legte ich auf und sah Rispo an. „So, da ich all die unangenehmen Dinge für heute schon hinter mich gebracht habe ... glaubst du, meine Wohnung ist wieder zugänglich?"

Josh hob die Schultern. „Finden wir es raus."

Eine Stunde später waren wir frisch geduscht und standen vor meiner Wohnungstür, die mittlerweile nicht mehr mit rot-weißem Absperrband verbarrikadiert war. Die Tür wirkte so braun und unschuldig wie eh und je – nichts deutete darauf hin, dass sie bis vor kurzem in einen Mordfall verwickelt gewesen war. Nervös nahm ich Josh die Schlüssel aus der Hand, um zu öffnen.

„Bist du dir wirklich sicher, dass du dir deine Wohnung schon angucken willst?", fragte er zweifelnd. „Sie haben den Tatort gerade erst freigegeben und der Tatortreiniger war noch nicht da, also ..."

Ich verdrehte die Augen. „Die Leiche ist weg, oder? So schlimm kann es doch gar nicht aussehen." Vorsichtig stieß ich die Tür auf ... und schluckte fest.

Es *sah* schlimm aus.

Das Blut war auf meiner Couch eingetrocknet und hatte einen metallischen Geruch zurückgelassen. Die Lache davor hatte sich im Boden festgesetzt, und selbst die Stelle, an der die Finger von Jorina sie berührt hatte, konnte man noch erkennen. Denn der Blutfleck war dort heller als an den anderen Stellen. Meine Wohnung befand sich noch in exakt demselben Stadium des Chaos, in dem ich sie zurückgelassen hatte, inklusive Glitter. Normalerweise machte es mir nichts aus, Unordnung anzusehen, aber in diesem Fall ... in diesem Fall fühlte ich mich unglaublich unwohl.

Rispo legte sacht die Hände auf meine Schultern und zog mich gegen seine Brust zurück. „Die Erinnerungen werden verblassen."

„Werden sie das?", fragte ich zweifelnd und schloss die Augen, weil sich immer wieder das Bild der blassen, regungslosen Jorina davorschieben wollte. Das hier war nicht mehr meine Wohnung. Es war der Ort, in den Sösser mitten in der Nacht eingedrungen war, um eine frisch getötete Frau auf meiner geliebten Couch zu positionieren – während ich im Nebenzimmer geschlafen hatte. Es fühlte sich nicht mehr an wie ein Zuhause. Es fühlte sich an wie ... ein Tatort.

Und an einem Tatort konnte ich unmöglich ruhig schlafen.

Ich erschauderte und war froh um Rispos Körperwärme an meinem Rücken. „Ich möchte hier nicht hin zurück", flüsterte ich. „Es ist ... gruselig. Ein Zuhause sollte gemütlich sein. Nicht gruselig."

Josh schwieg einige Moment lang, schließlich murmelte er: „Vielleicht solltest du einfach bei mir einziehen."

Überrascht wandte ich den Kopf zu ihm um. „Was?"

Er hob eine Schulter und drehte mich, sodass er die Arme hinter meinem Rücken verschränken konnte. „Vielleicht solltest du einfach bei mir einziehen", wiederholte er, diesmal mit festerer Stimme.

Mit leicht geöffnetem Mund hob ich die Augenbrauen. „Ähm ... hältst du das für eine gute Idee?"

„Wahrscheinlich nicht, aber ... lass es uns trotzdem machen. Du wirst die ersten Wochen nur mit Finn auf meiner Couch auskommen müssen. Er ist ziemlich fertig wegen deiner Schwester und will endlich sein Leben auf die Kette bekommen, um sie zurückzuerobern. Deswegen müsse er aus Papas Wohnung ausziehen."

„Und bei *dir* wieder einziehen?", fragte ich zweifelnd.

„Ja, bei seinem Bruder zu wohnen und sein Essen zu essen ist erwachsener, als bei seinem Vater zu schmarotzen. Wusstest du das nicht?"

Ich sah auf meine Schuhe und nickte langsam. „Okay."

„Okay, es ist erwachsener, oder okay, du ziehst bei mir ein?"

Tief atmete ich durch, dann lächelte ich zu ihm hoch. „Letzteres. Aber dir ist klar, dass deine Wohnung nicht so bleiben wird, wie sie jetzt ist, oder?"

Er zog eine Grimasse. „Das hatte ich befürchtet. Was willst du ändern?"

Alles. „Oh, ein wenig hier, ein wenig da", sagte ich vage und legte meine Hände in Rispos Nacken.

Er stöhnte laut auf. „Schön, aber du läufst nicht wieder Amok, so wie mit den Pflanzen. Wir schließen Kompromisse."

„Damit komme ich klar. Und wo wir gerade bei den Pflanzen sind ... Was schwebt dir denn da so als Kompromiss vor?"

„Eine Pflanze", sagte er fest.

Ich schnaubte. „Fünf."

„Zwei."

„Fünf."

Josh verengte die Augen. „Drei."

„Viereinhalb. Aufgerundet auf fünf."

„Du verhandelst scheiße, Lou."

Ich musste lächeln. „Nein, *du* verhandelst scheiße, denn du bist dabei, zu verlieren."

Er seufzte und strich mir die Haare aus dem Gesicht. „Schön, fünf Pflanzen. Aber ich darf mir aussuchen, wie groß sie sind."

„Du darfst dir von zweien aussuchen, wie groß sie sind."

Er zog eine Grimasse. „Du wirst mir eine Palme ins Wohnzimmer stellen, oder?"

„Eine riesengroße", sagte ich und nickte.

„Na gut ...", murrte er. „Aber du kaufst dir deinen eigenen Rasierer."

Er hatte vielleicht extravagante Wünsche! Aber schön ... „Abgemacht", meinte ich grinsend, bevor ich zögerlich hinzufügte: „Josh, ich weiß, wir haben da schon drüber geredet, aber ... bist du dir wirklich sicher, dass ich zu dir passe?"

Er lächelte breit und küsste mich fest auf die Lippen, bevor er mich in eine feste Umarmung zog, sodass sich mein Körper perfekt an seinen schmiegte. „Siehst du?", murmelte er und küsste meinen Nacken. „Passt."